产权电子商务标准化发展研究

赵海军　罗金凤　著

科学出版社

北京

内 容 简 介

在创业板推出之后，我国多层次资本市场建设的下一个重点就是作为初级资本市场的产权市场，本书重点研究的就是我国产权电子商务的标准化发展大计。全书共7章：第1章提出我国产权电子商务的标准化发展取向，第2章阐述了产权电子商务标准化发展的国内外研究现状，第3章研究和论述了我国产权电子商务统一市场的主观瓶颈——地方主义障碍，第4章论述了产权电子商务标准化的四大基本范畴——行业发展的法制化、业务流程的规范化、业务分类与产权信息技术的标准化，第5章论述了产权电子商务标准化的经济学意义，第6章提出了产权电子商务标准化发展的若干战略措施，第7章主要是产权电子商务标准体系的构建思路与初步方案的研制，给出了产权电子商务标准化的粗略方案——PrebXML。

本书适宜产权市场监管部门、产权交易所及相关中介机构的专业人士、资本市场信息化与金融电子商务系统的技术开发人员、金融电子商务与标准经济学等交叉领域的研究人员阅读，也可作为金融信息化、金融作业标准化等专业方向研究生的辅助教材。

图书在版编目(CIP) 数据

产权电子商务标准化发展研究/赵海军，罗金凤著. —北京：科学出版社，2011.

ISBN 978-7-03-032691-1

Ⅰ.①产… Ⅱ.①赵…②罗… Ⅲ.①产权市场-电子商务-标准化-发展-研究 Ⅳ.①F713

中国版本图书馆 CIP 数据核字(2011)第 227191 号

责任编辑：徐 蕊/责任校对：陈玉凤
责任印制：张克忠

科 学 出 版 社 出版
北京东黄城根北街16号
邮政编码：100717
http://www.sciencep.com

北京九天志诚印刷有限公司印刷
科学出版社发行　各地新华书店经销

*

2012年1月第 一 版　　开本：720×1000　1/16
2012年1月第一次印刷　　印张：12
字数：230 000

定价：36.00元
（如有印装质量问题，我社负责调换）

目 录

第1章

我国产权市场的发展现状与未来趋向

  产权市场作为我国多层次资本市场体系中的初级资本市场的地位已经非常明确，在创业板市场顺利推出之后，作为初级资本市场的产权市场的发展问题已经摆在我们面前，而我国的产权市场长期以来由于管理体制上的"条块分割"，使得整个市场一直呈"散乱"式发展。中国共产党十六届三中全会通过的《中共中央关于完善社会主义市场经济体制若干问题的决定》对"产权"作了权威的定义："产权是所有制的核心和主要内容，包括物权、债权、股权和知识产权等各类财产权"。在这部事关我国下一步经济改革与发展的纲领性文件中又进一步提出要"建立归属清晰、权责明确、保护严格、流转顺畅的现代产权制度"，对我国产权市场的发展指明了方向，并对其发展提出了严格的规范要求。几年前笔者曾撰文认为：我国产权市场作为整个社会经济系统中的一个子系统，须以系统科学的思维通盘规划，应当尽快在"交易创新"的理念指导下，打造一个全国统一的电子化产权市场有机体，走在统一市场、统一法律、统一信息披露制度和技术标准前提下的机制灵活、均衡布局、创新发展的市场自适性发展道路[1]。这一思路的核心，一是我国产权市场要走电子商务之路，二是要走产权电子商务的标准化发展之路。本章将按照这一思路，主要阐述我国产权市场的现状特点、我国产权市场走电子商务之路的必要性及产权电子商务的标准化发展趋向。

1.1 我国产权市场的发展现状

1.1.1 我国产权市场的特点

产权市场是为需要进行产权交易的双方提供产权交易的场所[2]，它是多层次资本市场的重要组成部分，被业界定位为初级资本市场。我国的产权市场产生于20世纪80年代中期，它是地方政府为满足国有企业改制和资产重组的需要，而自发组建的一种资本市场的特殊形式[3]。正是基于这样一种特殊背景和形成途径，我国的产权市场呈现出如下特点：

1. 产权市场的地方主义壁垒

产权市场的地方主义壁垒是中国产权市场的重要特点。由于中国受计划经济和市场经济两种体制的双重影响，"地方保护主义"还表现的较为严重，集中表现为部门之间、地区之间以及行业之间的封锁。对于产权市场来说，中国缺乏明确的产权界定和有效的法律执行机制，这就造成了产权转让管理体制没有形成全局性的状况，使得一些潜在的非正式制度发挥了替代作用。我们知道，产权市场的地方性经济利益与国家整体经济利益之间存在着矛盾和冲突，产权市场作为地方政府自发制度创新的产物，其地方经济的发展要求与全国的社会整体利益经济发展要求之间在目标上不完全一致。地方政府从自身利益考虑，容易死守着既得利益，从而造成各地产权市场难以实现真正意义上的统一，也不可能进行有效的制度和市场创新。一些地方政府从本地区的经济利益出发，习惯用行政手段对本地区的企业加以保护，一方面控制本地的资源外流，另一方面又努力去吸引外部资源，明显表现出地区产权保护意识，导致各产权交易机构缺乏联合的原动力，从而阻碍了全国范围内资源共享的实现，也阻碍了全国统一产权市场的形成。

2. 产权交易机构遍地开花

从法治意义上来讲，产权交易机构应是依法设立的接受产权交易双方委托并对产权交易的合法性、规范性和真实性进行审查的中立性服务机构。但是，现在成立产权交易机构没有统一的标准，更没有法律依据，出现了盲目设立产权交易机构的现象。自从1988年武汉市率先成立武汉产权交易所以来，全国产权交易所迅速发展，遍地开花，数量不断攀升，到1989年已有25家正式挂牌营业，到了1995年，全国产权交易机构数量增长到170多家，截至2005年，全国共有产权交易机构将近200家，特别是全球金融危机以来，我国为适应国民经济结构战略调整的新形式,全国各地又纷纷设立了很多新型的专业性产权交易机构,现在我国的产权交易机构已经突破 400 家,有的是一省多家,有的甚至一市多家。这种不考虑地区经济的基本情况而盲目设立产权交易机构的状况,造成了交易主体和交易信息的集中度不够,市场分散、规模小、覆盖面窄的情况突出。除了北京、上海、天津等地的产权市场比较活跃之外,其他地方的大部分产权市场都处于"有场无市"的状况,无法发挥好产权市场的作用,白白浪费了资源,让自身面临着较大的生存压力。另外,在缺乏全国总体布局的情况下,产权交易机构的重复设置让产权交易在行业整体方面处于无序状态。有的产权交易机构为了寻求生存和发展,甚至违背行政规定,自行开展一些业务。各地产权市场的发展参差不齐,缺乏统一的规则和统一的监管,这给中国产权市场未来的发展带来了很大的障碍,无法形成有效规模和市场竞争力,导致投资者对产权市场缺乏信任,阻碍了产权交易行业的总体发展。

3. 在管理上各自为政

在规范产权市场方面,由于各地的产权交易市场发展不平衡,致使我国缺乏统一的法规来规范和约束各地的产权交易活动,地方政府则根据本地的实际情况制定一些地方性的法规和行政规章来规范当地的产权交易行为,如《天津市加强产权交易管理暂行办法》、《北京市产权交易管理规定》、《上海市产权交易管理办法》、《广州市规范国有企业改制工作实施办法》等。监管机构是各级国有资产管理部门,在行政上各自为政。这种缺乏统一的监管主体和法律规章、政出多门、规则各异的情况,不仅阻碍了资源的自由流动,而且在涉及跨地域的产权交易时,交易双方为克服地区政策差异需要付出更多的交易成本,其蕴含的潜在风险是不容低估的。

4. 产权市场信息化程度低,条块分割严重

我国的产权市场是为解决我国经济发展中存在的问题,而由地方政府主导、以中心城市为基础自发筹建的,走的是一条自下而上的发展道路。由于产权交易市场形成的特殊性,它们具有很强的地域性,具有自己的组织和服务范围,并且按照各地自行制定的产权交易规则进行运作,基本上处于人为分割、各自为政的状态,除了少数几个产权交易中心与外地的产权交易机构进行计算机联网,实现信息共享外,大多数的市场之间缺乏交流和沟通,具有明显的非统一市场体系结构特点,产权市场信息化水平普遍较低。这种特殊的发展模式使得中国的产权市场缺乏统一的规划、指导和监管,导致了各地的产权交易机构按照区域被割裂开来。全国没有统一的规范模式,没有形成统一的产权交易平台,进而出现了竞争无序的状况,难以带动产权在全国范围内的有效转移配置,这些都直接影响了产

权的流动。

这些"条块分割"、"多头管理"、"制度混乱"、"标准不一"等特征，都为以后中国资本市场的发展带来了潜在的威胁。为了充分发挥产权市场在资本市场中的基础性市场作用，促进中国经济的发展，并且与国际资本市场接轨，产权市场的实践者们只有不断思考产权市场的统一性问题，打破地方障碍，才能更好地促进我国产权市场健康、规范的发展。

1.1.2 我国产权市场面临的问题

经过 20 多年的发展，在市场经济条件下，产权市场为资源的优化配置、国有资产的有序流动、国有企业的规范改制，以及产业调整提供了便利的条件，让中国的资本市场呈现出了繁荣的景象。但是由于产权市场是中国特有的市场，在世界上没有相同的案例可以参考，发展经验不足，各种内外部条件尚不成熟，中国的产权市场在发展的过程中不可避免的出现了许多问题。

1. 现有的法律法规权威性不足

2003 年 12 月，国务院国有资产监督管理委员会（以下简称国资委）与财政部联合颁布了《企业国有产权转让管理暂行办法》，这是我国第一部全面规范企业国有产权转让的全国性政策性文件，为国家统一产权交易市场提供了一个指导性的框架，但是此法规作为一项新政策，在奠定国有产权进场交易基本制度的同时，我们可以看到它只是提供了一个指导性的框架，缺乏实施细则，在实际操作方面具有一定的局限性，一些地区性的难点问题无法在该指导框架中得到解决。另外，地方政府在按照该《企业国有产权转让管理暂行办法》制定实施细则时，由于各地区的发展情况不同，以及人们对其的理解程度也存在差异，这就造成了地区之间的产权交易实施细则的不一致。其他相关的规范性文件也缺乏权威性，除了《公司法》、《证券法》等是由国家立法机构颁布外，其余大多数是国务院及其部委以及各地以"条例"、"实施细则"、"办法"等名称出现的行政性法规，缺乏权威性和延续性，而且主要是针对国有企业的购并制定的，不具有普遍适用性。同时，现行的法律、法规和规章中还存在大量不适合现实要求的问题，比如，立法的层次较多，体系复杂，适用范围具有特定性，依照不同所有制分别制定，缺乏整体适用性；另外，在立法过程中行政干预现象也非常严重，政府在企业购并中的职能缺乏明确规定。

2. 产权交易机构缺乏对转让项目的责任感

有的产权交易机构为了争夺客户资源，甚至满足一些客户提出的不规范操作要求，人为的破坏产权交易规则。另外，在项目价格产生阶段，按照《企业国有产权转让管理暂行办法》的规定，"经公开征集只产生一个受让方或者按照有关规定经国有资产监督管理机构批准的，可以采取协议转让的方式"。"经公开征集产生两个以上受让方时，转让方应当与产权交易机构协商，根据转让标的的具体情况采取拍卖或者招投标方式组织实施产权交易。"但是有的产权交易机构屈服于上级的压力，在转让项目进场后不挂牌，从而就避免了出现两个受让方的情况，因此，不竞争而直接进行协议转让，将不合法的变成了合法。还有其他的情况也是产权交易机构缺乏责任感的表现。有些产权交易机构网站公告企业国有产权转让项目的出让条件为"资产评估基准日到产权转让完成日，标的企业的经营性盈亏由受让方享有或承担"。而国务院办公厅转发国务院国资委《关于进一步规范国有企业改制工作的实施意见》明确规定，"自企业资产评估基准日到企业改制后进行工商变更登记期间的净资产增加或减少，应由国有产权持有人享有或承担"。从这条规定我们可以看出，经营性盈亏由受让方承担的出让条件明显不符合规定，而公开发布的转让信息都是经过产权交易所审核后才准予发布的，这种情况的出现不由让人产生对交易平台公平、公正性的质疑。市场内主体发生行为违规的现象往往与产权交易机构失责有关，上述公告出现的出让条件就是交易机构失责典型的例子，这种行为违背了公平、公正原则，也让产权交易机构无法得到社会的认同。

3. 产权市场监管体系不健全

在监管机构方面，目前我国缺乏全国性的产权交易监管机构。因为产权交易机构基本上都是由地方政府审批设立的，所以国有资产监督管理机构对产权市场没有直接的监管职能，只能对产权市场从事国有产权交易方面的业务进行指导和监督。而目前对产权交易全国统一性方面来说最有影响力的法规——《企业国有产权转让管理暂行办法》，虽然对产权转让的场所、转让方式、转让程序等做出了一系列规范，但是它也没有明确产权交易市场的主管部门。最终表现出了各地产权市场的主管部门不统一，缺少整体协调性的状况。例如，工商局对经营性质和虚假宣传进行管理，法院和检察院对欺诈和不履行行为进行司法管控，政府从社会角度对产权转让行为进行控制。这种定位不明确的监管方式实行起来也只是流于形式而已。

在监管法规方面，国务院总理温家宝在 2005 年 2 月北京召开的第三次廉政工作会议上特别强调"要进一步完善国有资产监管的法规体系，强化对国有资产的监管，防止国有资产流失"。目前，政府已经出台了一些法规政策来加强和规范对产权交易的监管，2003 年国务院颁布了《企业国有资产监督管理暂行条例》，该条例赋予了国有资产监督管理机构相关的职责和权限，为中国建立企业国有资产政府监督机制提供了一个基本的制度框架。2003 年 12 月国务院国有资产监督管理委员会和财政部联合发布了《企业国有产权转让暂行办法》，促进了国有资产的有序流转，进一步明确了国有资产监督管理机构对企业国有产权转让的监督职责和权限。另外，还有一些法规，如1991年国务院发布的《国有资产评估管理办法》、1996年国务院发布的《企业国有资产产权登记管理办法》、2000年财政部、国家经济贸易委员会、劳动和社会保障部联合发布的《国有资本保值增值结果计算与确认办法》等，规定了国有产权转让过程中参与主体应当遵循的行为规范，这为政府监管部门执行监管行为提供了相应的制度保障。虽然我国已经颁布了产权转让监管方面的法律法规，但是这些规定在实际执行过程中缺乏明确的实施细则，暴露出了很多问题。比如，监管失效问题，在产权转让过程中，具有监管职责的政府机构应当出场，但是在一些产权转让中政府机构不出场或不认真履行监管职能，导致国有资产流失点。再者，国家缺乏对资产评估机构的强制性规范约束，致使它们具有很大的随意性。还有一点需要说明的是，国家缺乏一些规章制度来规定当交易价格较大幅度低于净资产价时必须停止交易的保护规则约束，因此，出现这种情况时也只有完全听任市场的摆布，造成国有资产在流通中流失的问题。

4. 产权交易规则和业务流程没有规范和统一

虽然我国产权市场在大原则方面基本上实现了统一，产权市场交易制度建设上了一个新台阶，但是由于我国的产权市场缺乏国家层面的政策性文件，人们对交易规则统一进程的认识度不高，各地行政管理各自为政、产权市场单打独斗的情况仍然存在，这就造成了各地产权交易的交易规则和业务流程步调不一致，具有差异性和随意性，影响了产权市场交易主体的规范竞争和产权的顺畅流转。各地产权交易机构的交易规则业务流程不尽统一的地方，主要表现在项目编号规则、是否实行产权经纪机构代理交易制、是否实行产权交易价款统一结算、国有产权挂牌转让的条件、产权转让信息披露的内容和格式要求、信息披露的时限、对受让条件的要求、产权交易合同的格式和内容、收费标准等方面。

（1）收费标准不统一。一般来说，产权交易机构对产权交易费用按照成交额的大小来抽取。北京产权交易所根据北京市发展和改革委员会印发的《关于产权交易服务收费标准（试行）的函》（京发改［2005］2651号）的相关规定，结合实际情况，以产权交易成交金额为基数，采用分档递减累加法计算，具体标准如下：

成交金额	差额计费率/%
1 000 万元以下	0.2
1 000 万元以上 10 000 万元以下	0.1
10 000 万元以上	0.05

上述成交金额中的"以下"包含本数在内，"以上"不包含本数。差额计费率为单笔单向计费比率。单笔单向协议转让服务费不低于 1 000 元人民币。竞价服务费收费标准为不超过成交金额的 5%。单笔单向竞价转让服务费不低于 3 000 元人民币。顾问服务费收费标准由委托方与受托方自行协商确定[4]。

上海联合产权交易所根据上海市沪价行（1996）第 294 号文和沪国有资产 [2002] 426 号文，结合上海产权市场实际情况，制定《上海联合产权交易所收费办法》:[5]

一、挂牌项目收费标准（单向）

交易总额	差额计费率%按总资产额计算	差额计费率%按净资产额计算
1 000 万元以下（含 1 000 万元）	2	2.5
1 000 万元以上～2 000 万元	1.5	2
2 000 万元以上～5 000 万元	1	1.5
5 000 万元以上～10 000 万元	0.5	1
10 000 万元以上～50 000 万元	0.3	0.5
50 000 万元以上	0. 2	0.3

二、协议项目收费标准（单向）

交易价格	收费标准	收费方式
500 万元以下	3‰	按成交价格（含 500 万元）的 3‰收费（收费不足 1 000 元的，按最低标准 1 000 元收费）
500～1 000 万元	2‰	500 万元以下部分按 3‰收费，500 万元以上的部分按 2‰收费
1 000～5 000 万元	0.5‰	500 万元以下部分按 3‰收费，500 万～1 000 万元部分按 2‰收费，1 000 万元以上部分按 0.5‰收费
5 000 万元以上	0.2‰	500 万元以下部分按 3‰收费，500 万～1 000 万元部分按 2‰收费，1 000 万～5 000 万元部分按 0.5‰收费，5000 万元以上部分按 0.2‰收费

天津市物价局根据天津产权交易中心《关于天津产权交易中心调整收费项目和收费标准的函》（津产权综字 [2008] 64 号），发布了《关于调整天津产权交易中心收费项目和标准的通知》，规定产权交易中心按成交额向交易双方各收取一定比例的手续费:[6]

交易价格	收费标准	收费方式
500万元以下	3.5‰	交易手续费双方各收取1‰，鉴证手续费双方各收取2.5‰
500万～2 000万元	3‰	交易手续费双方各收取1‰，鉴证手续费双方各收取2‰
2 000万元以上	2.5‰	交易手续费双方各收取1‰，鉴证手续费双方各收取1.5‰

　　北京产权交易所、上海联合产权交易所和天津产权交易中心是国务院国有资产监督管理委员会选择的三家为中央企业国有产权转让服务的产权交易所，这三家市场按照国务院国有资产监督管理委员会的要求全面加强了机构建设，但是从上面的收费标准我们可以看出，即使是影响力和权威性都很大的产权交易机构，它们的收费标准也各不相同，那么，全国各地的产权交易机构在收费标准方面也都是根据当地的情况制定了不一样的标准。收费标准的不统一是国家在统一全国产权市场过程中需要考虑的一个因素。

　　（2）国有产权挂牌转让的条件不同。在国务院国有资产监督管理委员会颁布《企业国有产权交易操作规则》之前，各地产权交易机构的企业国有产权交易行为是不统一的，甚至国务院国有资产监督管理委员会指定的北京产权交易所、上海联合产权交易所、天津产权交易中心，以及重庆联合产权交易所，它们在进行企业国有产权交易时遵循的规则也不相同。上海联合产权交易所为了规范产权交易行为，维护产权交易当事人的合法权益，保证产权交易挂牌审核质量，制定了《上海联合产权交易所产权交易挂牌、合同审核程序管理办法》（沪联产交〔2005〕046号）。该《办法》规定产权转让挂牌要严格按照初审、复审、主审及按审批权限设定的工作程序进行。会员递交挂牌申请书和产权交易合同及附件资料，产权交易所对具备主体资格、符合交易条件、合同文本规范、附件材料齐全的挂牌申请予以受理，初审人员对这些资料进行全面审核。复审人员在对资料复核后，对产权挂牌价格在500万元以下的申请予以挂牌。主审人员对初审、复审出具的意见进行审核后，对产权挂牌价格在500万～5 000万元的申请予以挂牌。产权交易部副总经理对主审出具的审核意见审核后可对产权挂牌价格在5000万元以上至1亿元的申请予以挂牌。产权交易部对产权交易部副总经理出具的审核意见审核后可对产权挂牌价格在1亿元以上的申请予以挂牌。北京产权交易所有关国有产权转让的规定按照《企业国有产权转让管理暂行办法》规定的批准程序办理。《企业国有产权转让管理暂行办法》第二十八条规定，企业国有产权转让应当审查如下书面文件：转让企业国有产权的有关决议文件；企业国有产权转让方案；转让方和转让标的企业国有资产产权登记证；律师事务所出具的法律意见书；受让方应当具备的基本条件；批准机构要求的其他文件。

为了统一规范企业国有产权交易行为，《企业国有产权转交易操作规则》第二条规定："省级以上国资委选择确定的产权交易机构进行的企业国有产权交易适用本规则"，从而强制性的对国有产权交易行为进行了统一规范。

（3）对产权交易价格的确定不统一。北京产权交易所对产权交易价格的确定按照 2005 年 6 月由北京市人民政府第 159 号令修改的《北京市产权交易管理规定》来执行。《北京市产权交易管理规定》第二十一条规定："企业国有产权转让价格的确定依照《企业国有产权转让管理暂行办法》的规定执行"，即"在清产核资和审计的基础上，转让方应当委托具有相关资质的资产评估机构依照国家有关规定进行资产评估。评估报告经核准或者备案后，作为确定企业国有产权转让价格的参考依据。在产权交易过程中，当交易价格低于评估结果时，应当暂停交易，在获得相关产权转让批准机构同意后方可继续进行"。《北京市产权交易管理规定》对低于评估结果 90％ 的转让项目进行了具体的规定，即"转让价格低于评估结果 90％ 的，应当经集体企业产权所有者同意"。上海联合产权交易所按照《上海联合产权交易所组织交易签约操作细则》中第三条规定："企业国有产权转让信息公告期满后，只产生一个符合条件意向受让方的，意向受让方应当在产权交易机构组织下进行报价，意向受让方的报价不得低于挂牌价"。上海联合产权交易所发布《转让信息操作规则》第十一条规定："在规定的公告期限内未征集到意向受让方，转让方可以在不低于评估结果 90％ 的范围内设定新的挂牌价，并再次发布《产权转让公告》。如新的挂牌价低于评估结果的 90％，转让方应当重新获得产权转让批准机构批准后，再发布《产权转让公告》"。

从以上规定可以看出，不同的产权交易机构在对待交易价格低于评估结果90％ 的交易项目时采取的策略是不同的。

除此之外，我们对各产权交易机构进行产权交易遵循的规则进行比较可以看出，产权交易机构在项目编号规则、产权转让信息披露相关内容、对受让条件的要求，以及产权交易合同的格式和内容规定等方面也存在不统一情况。交易规则的不统一直接导致了跨区域交易合作运作效率的低下和成本的增加，进而导致了项目合作的相对落后，这是发展我国产权市场必须克服的问题。

5. 信息披露机制不成熟

信息是交易的基础，信息披露是产权交易过程中非常重要的环节。从目前我国产权市场的运营状况来看，信息披露的完善程度还需要大力加强。首先，我国缺乏统一的信息披露标准。在产权市场，国家没有一部法律对信息披露的内容、形式、期限、格式、披露媒体、受让方的条件等做出统一的强制性规定，这就使得各地区的信息披露标准不一样。比如，在信息披露时，产权交易机构不仅披露了《企业国有产权转让管理暂行办法》（国资委、财政部令第 3 号）规定的信息，他们还根据自己的具体情况披露了其他信息。北京产权交易所按照企业性质不同归类，编号公布基本信息；按照出让方和受让方约定条件确定进一步披露的时间和范围。上海联合产权交易所对产权类项目信息分为 A、B、C、D 四级披露，其中 B 级信息包括企业总资产、负债、所有者权益等披露项目[7]。这些差异加大了地区间产权转让合作的成本，也在一定程度上影响了竞争规则。其次，信息披露的内容不够全面准确。大多数的产权交易机构没有去深入理解项目的性质，以至于抓不住该转让项目的有用信息，而只是简单的发布转让信息，这让一些无用的信息挡住了投资者的视线，影响了意向受让方的集聚度。另外，产权交易机构工作人员相关专业知识的缺乏也阻碍了信息披露内容的质量。如果工作人员专业素质很高，那么他们会运用专业知识并结合国家的产业政策，对投资者群体进行细分，针对不同的投资者群体，分析该项目的潜在价值，然后制作高水平的转让公告和推介材料予以发布，还可以对重点项目以多种形式专题推介。这种具有高质量内容的信息披露会大大吸引意向受让方，进而为后面阶段的项目竞价奠定基础。除此之外，在信息披露实践中还出现信息不完全公开的情况，从而形成暗箱操作，使交易进场成为走形式。这样，信息披露的促进价格发现功能就不能完全实现，从而也无法保证转让资产在产权交易中的保值增值。

6. 产权交易有向大机构集中的趋势

目前，我国的产权市场大体上分为三个层次，即第一层次的京、津、沪、渝联合产权交易所，这一层次的产权交易机构是国务院批准的中央企业国有产权转让的平台；第二层次是省级产权交易机构；第三层次是地方级产权交易机构[8][9]。在成交宗数和总额双双放大的同时，强者越强的"马太效应"在我国产权交易体系中上演。从产权交易机构的交易量来看，2000 年以后，产权市场资源配置明显地向上海、北京、天津三大市场集中，并迅速与国内其他多家产权交易市场拉开距离。由于这三家市场具有良好的地域优势，他们更具竞价能力，能为客户的产权卖出更高的价格，因此交易项目大量涌向这里。这样造成的直接后果是其他产权交易机构交易量的萎缩，最后可能造成产权市场的"垄断"。

我国产权市场在发展的过程中除了上述提到的这些问题外，诸如此类的问题还有很多，比如，国有股权主体过于分散、市场竞争规律经常被人为因素阻断、越权行政、政策制定相对落后、缺少相应的法律法规来界定产权交易范围和交易中的一些关系等[10]。我们一方面需要肯定产权市场在资源的优化配置中所起的作用，另一方面，我们还必须承认目前我国的产权市场的功能还不是很完善，无法充分满足投资人的要求。我们需要逐步完善产权市场的市场功能，让它最终成为国有资产、民营资产以及外资等产权交易服务的大市场。随着市场经济的发展，我国的产权市场正在由政策性、地方性市场向市场化、资本化、区域化、全国化甚至国际化方向发展，我国需要加大对交易规则、机构间合作、交易方式、市场监管、行业自律等方面的研究，让我国产权市场更快更好的发展。

1.1.3　我国产权市场的电子商务之路

从上面的介绍中我们可以看到，虽然中国的产权市场进入了一个相对繁荣的阶段，但是在中国产权市场表面繁荣的背后，积累着可能诱发危机的深层矛盾和诸多问题。在市场经济条件下，任何一类市场都是一个有机统一体，产权市场也不例外。经过分析，产权市场在发展的过程中遇到的这些问题，归根结底是产权的标准化问题，只有尽快规范我国的产权市场，才能提高产权转让的公开透明度，避免暗箱操作，进而充分发挥其在初级资本市场的功能。随着产权交易的逐渐增多，以及人们对"阳光交易"的渴求，网络技术为产权市场的规范化发展提供了机遇，为产权市场铺开了一条电子商务之路。产权电子商务之路是我国产权市场健康发展并与国内外资本市场顺利接轨的有效途径。

1. 产权电子商务可以打破地域限制，并与国际资本市场接轨

传统的产权市场具有地域限制的问题。一个地区产权转让的信息若要在大范围内流通，需要花费很高的成本，并且也需要花费很多的时间才能达到目的，如果希望在全国甚或国际上知晓，就会更困难或根本不可能。我们知道，网络最大的特点就是信息的传播不受地域的限制并且不受时差的影响，现时的通信技术可以保证投资者在任何时间、任何地点通过网络进行交易活动，并且在接通网络的环境下，这种交易行为是持续的。所以，产权交易机构通过建立电子商务平台进行网上产权交易活动，包括信息发布、竞价、鉴证等基本业务流程，就可以打破地域的限制，实现面向全国甚至全球交易对象的交易活动。

利用互联网进行网上产权交易，可以使更多的国际投资机构在第一时间掌握中国产权市场及并购项目的最新资讯。产权交易所通过与国际著名的资讯平台合作，采用国际通用的电子化手段，实现项目信息的高效上载与发布，按照国际规范（包括符合国际惯例的融资文件的格式和语言等）进行信息披露，可以为国内企业开辟一条专业化、规范化的跨境融资信息发布渠道，能够迅速将中国企业融资需求信息传达给世界各地的潜在投资者，加速国内项目与海外投资机构的直接对接。

2. 产权电子商务可以提高交易效率，降低交易成本

首先，信息网络技术的全面应用提高了操作效率。应用网络技术，产权交易机构可以让信息发布、审核跟踪和反馈、报价、交易鉴证、产权交割等业务流程通过信息网络系统更规范、更便捷的方式完成，进而大大提高规范操作效率。另外，因为交易流程的信息详尽地记录在交易系统中，通过信息系统的查询功能，无论是项目转让方还是投资人都可以在产权交易机构工作人员的帮助下，迅速得到他们想要的信息和资料。其次，信息网络技术的全面应用提高了市场开拓的效率。产权交易机构的工作人员借助信息化、网络化手段可以与机构保持动态联系，随时将项目进展情况与总部进行实时连接，从而延伸了市场平台的服务功能。另外，产权交易机构通过建立投资人数据库，记录境内外投资人的基本情况，提高了发现潜在投资人的机会，进而为开拓市场服务。产权交易机构的工作人员可以根据投资人数据库记录的信息，通过亲自上门拜访客户，或通过电话解答投资人的咨询，或发放投资意向问卷等形式从潜在投资人那里获取第一手投资需求信息，进而有针对性地向投资人推介融资项目，从而提高吸引意向受让人的效率。再次，信息网络技术的全面应用提高了交易效率，降低了交易成本。一方面，它使业务人员不需要整天进行大量烦琐的事务性工作，有更多的精力运用于方案设计、包装推介等工作，进而大大提升市场平台的综合服务质量。另一方面，它也降低了交易双方的交易成本。网络的便捷方便了转让方的信息发布，节约了信息发布的成本；方便了交易双方的信息获取，降低了获得信息的成本；方便了交易双方的沟通，降低了双方之间的沟通成本。这些都归功于网络信息传播的及时性和无地域性的特点。

3. 产权电子商务可以推进产权市场的一体化发展

把信息技术运用于产权市场，实现产权的网上交易，可以大力推进产权市场朝着一体化方向发展。首先，产权交易机构要想实现产权的网上交易，就必须建立相关的产权交易系统，如产权交易管理系统、竞价交易系统等。那么，国家在统一全国产权市场过程中，就可以从产权交易系统的规范性入手，从技术上来规定系统建立的标准，比如，系统的各个功能模块之间相互衔接的接口、数据库的设计规范、报价询价系统记录的信息内容和格式、项目推介系统必须包含的信息内容和格式标准等。其次，产权交易机构实行产权的网上交易，可以提高机构之间信息共享意识，进而促进产权市场的一体化建设。互联网技术的应用使得信息共享更加方便。我们知道，转让产权项目相关信息被人知晓的程度直接关系到竞买人的数量，进而关系到该项目最终转让的价值大小，产权交易机构为了扩大信息发布的范围倾向于与其他机构联合发布信息，以此来提高发布信息的知晓度和影响力。为了实现信息的联合发布，以及网站统一版块内容显示的统一性，合作的产权交易机构的信息系统建设就需要进行统一，如项目编号、信息披露的内容、用户信息的记录内容等，即合作推动了产权市场的一体化建设。产权市场的一体化战略有利于增强产权市场的整体服务功能，有利于各区域产业机构调整升级，有利于各交易机构实现资源共享，有利于各地区以最低的成本实现市场资源的优化配置，促进区域经济又快又好的发展，因此，产权电子商务的发展为推进产权市场的一体化发展提供了机遇。

4. 产权电子商务可以确保交易资产的保值增值

产权电子商务使产权交易更加透明，确保产权"阳光交易"，避免私下转让暗箱操作行为的发生，更有利于发挥产权市场发现买主、发现价格的功能，确保交易资产的保值增值。

我国传统产权市场的成交项目，通过市场由社会投资者收购的只有很少一部分，大多数的企业还只是在产权市场中走走形式，由企业内部人或事先物色好的对象收购了，市场机制发现买主、发现价格的基本作用并不明显。信息化手段的运用通过一系列的计算机管理规则或减少产权交易方式的中间环节，可以极大地避免交易机构工作人员工作差错以及不良行为造成的越权操作带来的风险。信息化手段的运用，带来的阳光交易极大地促进了产权市场发现买主和发现价格的功能。我们知道，信息披露的充分性是充分发现买主的前提。而互联网具有无地域性和速度快等特点，那么利用信息化手段来进行信息披露，可以大大提高产权项目在信息发布、信息检测、公开征集受让方和公开竞价的效率。将转让信息通过互联网发布，使得境内外的各类投资者可以在同一时间看到相同的信息，扩大了产权转让信息的披露范围，提高了信息披露的速度，也吸引了境内外各类投资者进场交易，进而可以发现更多的潜在投资人。《企业国有产权转让暂行管理办法》规定，除了在省级以上报刊披露信息外，还必须在交易机构网站上同时披露转让信息，就是考虑了互联网的特点让信息披露范围更广、速度更快，进而在大范围内以最短的时间来聚集更多的投资人。

发现买主和发现价格是相互促进的。《企业国有产权转让暂行管理办法》规定："20 个工作日的信息披露期内找不到买主，将允许对评估值打折 10% 以内重新挂牌转让。只找到一个买主时，就以挂牌价格进行转让。而找到两个以上意向受让人时，则必须实行竞价交易"。因此，找到的意向受让人越多，转让价格竞争就会越激烈，转让产权的价格就会越高。究其原因，主要是意向受让人通过信息网络向转让方出具价值判断信息，最终的受让方由网络系统根据价高者决定，这种网络竞价的方式能够有效激发意向受让人之间的价格竞争。在网络竞价过程中，互联网对各意向受让人来说就是一个黑箱系统，每个竞买者完全不知道对方的情况，竞价者有多少、在哪里、是谁报的某个价格、实力怎样等都不清楚，就是在这样透明化的情境中竞争者可以反复多次的报价，在网络上与对手竞争。这样的竞价态势最终往往产生交易价格比挂牌价格高的结果，实现产权的增值。2005 年 7 月净资产评估值为 6.19 亿元的雪津啤酒有限公司产权，在福建省产权交易中心最终由比利时英博啤酒集团以 58.86 亿元的高价收购，增值率高达

852.37%，这个在业内引起轰动的项目，就是充分利用竞价机制实现的国有资产保值增值的典型案例。

5. 产权电子商务可以弱化政府职能越位的情况

在信息化技术还没有普及运用时，传统的产权市场要想充分征求、听取和平衡社会大众对国有产权转让的意见，需要花费巨大的交易成本，甚至很难实施。在这种情况下，只好把国有产权转让的事项交由政府去做，进而形成了政府决定企业国有产权流转的习惯。我们知道，政府的职能定位在经济调节、市场监管、社会管理和公共服务几个方面，由政府代替市场是勉为其难的，因为工作人员在为具体的待转让的企业国有产权寻找买主和确定价格方面并无长处。这种制度安排的结果往往造成了权钱结合、侵害职工权益、国有产权的盲目流动，最终导致国有产权流失。信息化的运用有效的实现了企业国有产权流转的市场化机制，即由市场而不再由政府来解决企业国有产权流转中的"该不该卖，该由谁卖，该卖给谁，该以什么方式卖，该卖个什么价"这五个基本问题。另外，产权交易机构通过建立电子商务平台进行网上产权交易，可以让交易更加公开透明，交易流程也会更加规范。网上产权交易可以实现从转让登记开始到最终的鉴证结束，每一操作步骤都用计算机实现不可跳跃和逆转的运作过程，并且还可以实现自动报警和实时检测，这就实现了不允许任何人有离开制度规范和计算机系统进行操作的可能，从而进一步弱化了政府的职能越位和干涉产权交易的行为。

要建立规范的产权市场，则交易项目的受理、转让信息的发布、竞价过程的展开等都应该用电子化方式来实现规范化，从而彻底消除交易过程中人为的随意性。另外，为了提高产权交易的效率、转让产权项目的保值和增值以及与国际资本市场接轨，也需要实现产权的网上交易。从上面的分析来看，中国的产权市场走电子商务道路是非常必要的。

1.2　我国产权电子商务发展现状及存在问题

为了避免产权市场出现暗箱操作、违规操作，给产权交易双方带来资产损失，国家相关部门以及产权业内人士都在考虑利用电子商务平台来进行产权交易。通过建立统一开放的产权市场网络，信息共享，缩短交易过程，降低产权交易成本，提高运作效率，建立一个"阳光"的产权交易平台。

1.2.1　我国产权电子商务的发展现状

互联网的逐渐普及，人们对于网上交易的方式比较容易接受，另外，由于互联网技术的发展，网上产权交易的进入门槛相对较低，现在我国各产权交易机构都在建立自己的网站，给客户提供信息，以及网上交易服务。

1. 企业产权转让信息监测系统的建立

监督管理部门在继续用好常规行政监管手段的基础上，逐渐认识到了利用信息化手段监管产权市场的重要性。2007 年国务院国有资产管理委员会牵头建设了"企业国有产权交易信息监测系统"，通过对全国产权交易机构交易信息的自动采集和国有产权转让信息的集中再发布，促进国有产权场内交易竞价机制的形成。该系统不仅能对各地国有资产"买卖"从挂牌、举牌、竞价到成交的每一个动向，进行全过程跟踪，还设置了"电子警察"来分析判别产权交易行为的合理性，并测算预警级别。目前主要开通了对北京、天津、上海三市国有资产监督管理委员会和三地产权市场的信息监测网络作为试点运行，以后会推向全国。该监测系统的运用表现出以下几个优点：第一，网络监测使监测从事后转到了事中，让人们可以很清楚的看到市场中存在的问题。监测系统通过实时地发布监测警报，让各机构的整改工作得到及时有力的开展。第二，网络监测能够及时地观测到各地企业国有产权转让的市场动态，能够对重点项目进行全程跟踪，能够自动的生存相关统计分析，从而有效的减少和控制了场外协议转让行为。第三，该网络监测系统的上线对产权交易机构的运作也起到了规范作用。因为交易机构要对接监测系统，则必须对它们的交易制度、交易流程、交易系统，甚至组织内部的行为等按照要求进行规范化改造，也就形成了新的统一的规范制度和操作规则。如果国家要求全国所有的产权交易市场都与该监测系统对接，那么一个统一的中国产权转让市场信息平台就形成了。

国务院国有资产监督管理委员会监控的电子化无疑增加了国有资产转让的透明度，这种监测措施将会改变过去普遍存在的经营者擅自决策、少评低估、暗箱操作、自买自卖的混乱情况，进而防止转让资产的流失。

2. 信息披露实现电子化

为了使信息披露范围最大化，《企业国有产权转让管理暂行办法》规定："在省级以上报刊和产权交易机构网站上同时披露转让信息"。因此，产权交易机构是否拥有自己的网站成为判断该机构是否合格的一个标准。目前，所有的产权交易机构都建立了自己的网站，信息发布实现了电子化。为了扩大信息发布的范围，以及产权转让信息的知明度，产权交易机构开始考虑机构之间进行联合发布信息的合作。2005 年天津产权交易中心开发了异地同步显示系统，并且通过大力宣传和推广，已经为大部分北方产权交易共同市场成员和部分南方机构安装了该显示系统，实现了信息格式的标准化，提升了信息发布的能力，进而也提升了产权交易所发现价格的功能。另外，由于北方产权交易共同市场已经实现了信息发布的标准化，通过计算机服务系统可以及时的展示共同市场其他成员的各类挂牌信息，实现了信息挂牌异地同步显示，从而能够为转让方在更广泛的领域寻求投资者，实现价值发现。

3. 实现了网络竞价方式

网络竞价可以提高企业产权转让的竞价率。2004 年北方共同市场开发了"中国产权交易网络综合竞价系统"，并在北方产权交易共同市场范围内进行推广运用，实现了异地举牌竞价。竞价系统有力的促进了转让资产的保值增值，更好的发现价格。2005 年上海联合产权交易所先后启用了拥有一级网络用户结构的网络竞价系统，以及中心平台主控加异地平台主持的网络竞价系统。2006 年该交易所又开发了全新的网络竞价系统，实现了单点对多点模式、点对点模式、多级网络用户等网络竞价模式。两段式和多段式网络报价的应用模式，将传统的一次性报价、综合竞价以及较新的网络竞价等业务行为统一纳入网络自动报价系统中，同时，还实现了网络竞价系统和视频会议系统的同步运用。网络自动报价系统突破了时间和空间的限制，实现了产权交易 24 小时不间断服务，促进了产权交易的标准化和规范化，实现了产权交易的透明化和公开化，进一步增强了产权市场发现买主和价格的功能。

4. 国际合作趋势明显

尽管中国的产权市场与国外的资本市场存在很多差异，但是，中国国有资产战略调整中存在的巨大机遇，以及信息时代全球经济一体化的发展趋势等，都强烈吸引着全球资本对中国的高度关注和介入，而中国企业也具有走出去的迫切需求，双方的共同期望使得中外产权交易合作势在必行。目前，国内产权交易机构充分利用网络的便利会同世界各大信息机构，实现业务合作，以及发布包括中国在内的各国产权交易的供求状况等经济信息，使得交易信息和交易活动国际化。与国际合作进展比较顺利的产权交易机构集中于北京产权交易所、上海联合产权交易所以及天津产权交易中心等产权交易机构。北京产权交易所除了建立"跨国并购绿色通道"，在香港等地开设办事机构，与中国台湾、新加坡、韩国等资本密集型国家和地区展开深入交流外，为使更多的国际投资机构在第一时间掌握中国产权市场及并购项目的最新资讯，2004 年北京产权交易所搭建了中国产权市场第一家跨境私募融资电子平台，与 Bloomberg（彭博）、Sunbelt（桑贝尔特）、Reuters（路透有限公司）等全球著名的金融资讯平台合作，采用国际通用的电子化手段实现项目信息的高效上载与发布，按照国际规范进行信息披露，其融资文件的格式和语言（英文）均符合国际惯例，为国内企业开辟了一条专业化、规范化的跨境融资信息发布渠道，能够迅速将中国企业融资需求信息传达给世界各地的潜在投资者，加速国内项目与海外投资机构的直接对接。另外，北京产权交易所还建立了一个"分类、分级、分重点"的国际投资人数据库，收录了境外包括产业投资者、投资银行、资产管理公司、金融控股集团、保险集团、企业养老基金、风险投资基金等各类机构近 2000 家。这为今后有针对性地、高效率地向境外投资人推介融资项目打下了坚实的基础，同时也为数以万计的境内企业实现跨境融资提供了各种资源支持。2006 年上海联合产权交易所与联合国南南合作局共同合作开通了"联合国全球技术产权交易系统"，采用英文和中文对照的方式（以英文为主），相关制度、运行规则、应用平台等按照国际标准，这既为推动各类产权在更大范围、更宽领域去发现买主、发现价格提供了方便，同时也为实现市场资源的优化配置提供了条件。

5. 区域化产权共同市场交易规则逐渐统一

随着产权交易机构自身的发展，对跨地区协作、扩大资源整合与配置范围的要求日益提高，进而促进了产权市场的区域性联盟。目前，我国共有四大区域性的产权交易市场，分别是长江流域产权交易共同市场、北方产权交易共同市场、黄河流域产权交易共同市场和西部产权交易共同市场[10]。2007 年，泛珠三角区域 9 个省区产权交易机构的代表共同签署了《泛珠三角区域产权交易机构合作框架协议》，联手构建跨省区的区域产权交易共同市场体系，旨在逐步解决各省区产权交易相对封闭、割裂的不利局面，更好地发挥泛珠三角区域各产权交易市场的集聚、扩散和示范功能。同样，包括上海联合产权交易所、长江流域产权交易共同市场在内的 40 多家产权交易机构，目前已实现了信息共享、游戏规则的统一。各区域市场规则的统一，表现在制度建设和信息系统构建两个方面。

在制度的统一方面，2008 年在江西南昌召开的长江流域产权交易共同市场会员大会上传出消息，为了统一让共同市场有一个统一的交易规则，《长江流域产权交易共同市场电子竞价暂行规则》将在共同市场各成员单位施行，这是共同市场自 1997 年成立以来第一个统一的产权交易规则。该制度试行一年来，在 2009 年的长江流域产权交易共同市场年会上，共同市场理事长蔡敏勇指出，通过交易数据显示，该规则为共同市场带来了显著的成果，有效促进了共同市场各会员单位的合作发展。另外，在"统一交易规则"计划实施过程中，"业务标准委员会"牵头进行了大量的调研和协调，制定出台了《局域网电子竞价交易试行规则》。只要有统一的规则，那么异地之间的交易就不会因为规则的不同而让产权交易产生障碍。按照该《规则》，共同市场在 2008 年已经成功进行了多次异地机构间的网络竞价交易，提高了跨地区竞价交易的规范化水平，促进了各机构之间的跨区域合作[11]。除了区域内的交易规则在逐渐统一外，国家也在加强区域间的交易规则统一建设工作，国务院国有资产监督管理委员会于 2009 年根据

《中华人民共和国企业国有资产法》、《企业国有资产监督管理暂行条例》（国务院令第 378 号）、《企业国有产权转让管理暂行办法》（国资委、财政部令第 3 号）等有关规定，制定了《企业国有产权交易操作规则》，并要求上海联合产权交易所、北京产权产易所、天津产权产易中心、重庆联合产权交易所四家交易机构按照该《规则》执行，这一强制性规定保证了我国主要产权交易机构交易规则原则上的统一。

在信息系统的统一方面，区域共同市场通过构建信息网络共享平台，以此来推动区域性产权市场信息化和一体化发展。以长江流域产权交易共同市场为例。目前，长江流域产权交易共同市场会员单位已经由以交流、合作为特征的松散型合作伙伴关系，发展到以信息化和一体化发展为特征的紧密型战略合作伙伴关系的新时期。共同市场大力构建共同市场的产权交易信息管理系统，并对各会员机构网站在软件开发、接口、人员培训等方面交易规范和改进。作为共同市场理事长单位的上海联合产权交易所，把经国务院国资委产权局认可的产权交易管理系统和竞价系统无偿提供给共同市场内会员单位，并进行了培训、使用和维护。目前，上海联合产权交易所已为全国多家省级机构和地市级交易机构安装了产权交易系统，包括产权交易信息管理系统、与国务院国资委监测系统对接的程序和竞价系统，这些系统根据市场发展的需要进行统一更新和升级。交易系统的统一无疑极大地促进了区域交易统一化进程。

➢ 案例 1

金 马 甲

金马甲是目前国内唯一一家定位为"网上产权交易市场"的门户网站，它以"协产权有序流转，助资本融通天下"为使命，提供包括网络竞价、动态报价、项目路演及集中采购等在内的诸多交易工具，构建其以联盟成员和认证会员为核心的会员服务网络，最终铸就面向全球的以动态报价为标志的网上产权交易市场。

金马甲由包括北京产权交易所、广州产权交易所、天津产权交易中心等 23 家产权交易机构出资共同创立，并获得了中国产权市场创新联盟、全国工商联并购公会、北京股权投资基金协会等相关机构的鼎力支持。基于以上资源背景，国内诸多投资机构，中间服务机构以及大型企业集团等大多成为金马甲的认证会员。与此同时，基于以股东为主的交易机构提供的准确项目信息，金马甲从一开始就具备了国内任何类似网站无法企及的项目数量及质量。目前，金马甲已经快速成为互联网产权网络交易的第一品牌，以及中国有产阶层交易与交流的首选平台。

（资料来源：金马甲官方网站．http://www.jinmajia.com/）

➢ **案例2**

重庆联合产权交易所要打造产权交易"淘宝网"

重庆联合产权交易所（以下简称重庆联交所）于2004年成立，是重庆市国资委指定的重庆市唯一的国有产权交易及鉴证机构。在市场体系构建方面，横向与全国主要产权交易所和重庆市旧车、船舶等有关专业市场合作，纵向把分支机构建到了主城区外的每一个区县，实现了国资进场交易工作在重庆市的全覆盖。在信息系统建设方面，投入700余万元资金用于信息化建设，不仅建有业内一流的网站，而且建立了国家监测（2007年4月，与国务院国资委监测系统正式对接）、产权交易、电子竞价、股权托管、OA办公、人力资源、财务管理等7大软件系统。重庆联交所是面向全重庆、全社会的产权交易大市场；是与直辖市地位、长江上游地区经济中心相匹配的、辐射西部、服务全国的产权交易大市场。

本报讯（记者 付好）日前，重庆联交所董事长刘轶在接受记者采访时透露，重庆联交所有意打造一个形式上类似于淘宝和阿里巴巴的电子商务平台，但卖的是产权，实现产权交易网上报名、网上竞价和网上结算，把生意做向全国。

1. 可上网实现产权交易

刘轶介绍，重庆联交所目前正在打造一个电子商务平台，这个交易平台将面向整个西南地区乃至全国，具有信息发布、交易和结算功能，主要针对二手房和二手车等民营资产，此外国有企业里比较尖端的知识产权、公共资源，如排污权和特许经营权等，都可进入这个平台交易。

重庆联交所有意把这一电子商务平台打造成产权交易的"阿里巴巴"，重庆联交所电子商务平台与"阿里巴巴"和淘宝网最大的区别就在于后者的交易内容只能是百货，限制于物权交易，而重庆联交所具有政策资源，可以交易产权；此外，相对于民间中介机构，重庆联交所是一个公信力比较强的平台，也是重庆联交所搞电子商务平台的优势之一。

2. 预计两三年内可运行

据悉，重庆联交所现在所使用的网站，其主要功能是发布交易信息。刘轶称，尽管只承担发布信息的作用，只有少量互联网交易放在上面，目前重庆联交所的官方网站，每天已经可沉淀项目达1000个左右，吸引1万次以上的点击量，最高时甚至达到3万多次。而该网站的关注人群来自全国乃至世界各地，比如，雨田大厦第三次拍卖时，参与竞价的一位澳大利亚华侨，就是在网站上看到拍卖公告，才赶回来的。

刘轶预计，若一切正常，重庆联交所的电子商务平台将在两三年的时间内上路运行，届时，由于可为买卖双方节约差旅费、误餐费和人力成本，将会具有很大竞争力。

3. 打造司法拍卖"阳光平台"

"涉讼资产进场不是法院想做就能做到的，也要看当地交易所的条件。"刘轶介绍，重庆联交所能承担全涉讼资产进场，与实现国有资产交易在政策、种类、地域和网络上的全覆盖，且打造了一个公信力很强的"阳光平台"分不开。

（资料来源：重庆晨报．"重庆联交所要打造产权交易"淘宝网""．2010-4-12，http://www.cqcb.com/cbnews/cqnews/2010-04-12/61234.html）

1.2.2　我国产权电子商务发展中存在的问题

虽然我国的网上产权交易出现了迅速发展态势，但是仔细分析目前的网上产权交易行为，可以发现，中国的产权网上交易还存在很多问题，需要进一步完善。

1. 网站建设不完善

1）网上产权交易系统不是很稳定

网上产权交易最大的优点就是便利的操作程序和快捷的传输速度，但是在网站建设考虑不周全的情况下，可能会出现线路拥挤不畅、速度慢、网络不稳定的问题。比如，"黑客"可以使用简单的大量推送垃圾信息的方法来大大降低网络的运行速度，严重时网站甚至被迫关闭，这就在一定程度上抵消了网上交易快捷的优势。

2）网站功能不完善

在当前的现实条件下，我国的网上产权交易还只是交易手段的一种创新，距离电子商务时代还有很大的差距。事实上，绝大多数的产权交易机构仍然习惯于传统的产权交易方式，而对网上交易的重视不够，这就导致了产权交易机构对网站建设的资金投入不足，对网站的维护意识薄弱，网站的功能也不完善，这也是目前绝大多数产权交易机构的网站还只是用于信息的发布，真正实现网上产权交易的机构还不多的原因之一。另外，产权交易客户对网上产权交易的接受程度也很低，这导致了网上交易客户规模小，一些产权交易为了降低成本，人为的减少网站建设的投入。目前，在极力推荐并逐步实施网上产权交易的产权交易机构，主要集中于影响力较大的机构，如北京产权交易所、上海联合产权交易所等，重庆联合产权交易所也在试运行产权电子商务平台，主要进行二手房和二手车等民营资产，以及国有企业里比较尖端的知识产权，公共资源中的排污权和特许经营权等项目的交易。网站功能不完善还表现在软件设计方面，客户服务功能较弱，如网上交易没有提供个性化服务和互动性服务等。

2. 网上产权交易的政策和法律环境还不完善

法律法规对电子商务和网上产权交易的开展能够起到积极地推动作用。在证券市场上，为规范网上交易管理，证监会颁布了《网上证券委托暂行管理办法》、《证券公司网上委托业务核准程序》，对网上交易的技术要求、资格管理等方面做了较为详细的规定，这些规定是当前对证券、期货网上交易进行监管的主要依据。目前，我国还不存在相关的法律法规来规范网上产权交易，相关的法律也滞后于电子商务的发展，法律的滞后阻碍了我国网上产权交易的发展。网上产权交易作为一种新的交易方式，在政策法规方面必须解决好以下几个问题。

1) 超越国界的管辖权问题

在因特网上，信息的传播没有国界的限制，投资者可以利用互联网在世界的任何地方进行交易，当进行跨国交易时，就会因为某些规则的不同而引起一系列相关问题和纠纷。由于各国的法律不同，在这种情况下，该选择什么样的法律来处理纠纷则是监管人员面临的一个挑战。

2) 网上信息披露问题

尽管我国制定了一些法律，如《企业国有产权转让管理暂行办法》、《企业国有产权交易操作规则》等，对信息披露的内容、媒体、方式等作了相关的法律规定，但是这些法律对信息披露内容的真实性、合法性、完整性等未作出严格的确认，对通过网络发布谣言或其他扰乱产权市场秩序的行为制裁缺少可操作的法律条文。

3) 对网上产权交易所使用的技术标准没有统一严格的规定

网上委托系统和其他业务系统的隔离和交接度，系统安全、数据备份和故障分析手段，实时监控和防范非法访问的功能和设施，数据传输、身份识别的技术标准，为网上客户提供的替代交易方式等，这些网上交易必须具备的技术标准，我国产权市场还没有建立，使得一个个的信息系统成了彼此独立的信息孤岛，影响了系统之间的互联互通，无法有效的实现资源共享，也难以实现计算机统一数据上报、汇总和分析。

3. 网上交易安全问题

与证券市场一样，产权网上交易也面临着交易安全问题。比较突出的一个问题是在网络竞价的过程中系统出现意外，给投资者带来损失。由于网上交易系统是一种非现场的远程交易方式，依赖于产权交易机构后台系统的支撑，如果产权交易机构的内部交易系统、硬件网络、通信线路等出现故障，则网上交易可能被中断，这对于激烈进行中的网络竞价者来说，带来的损失是很大的。产权交易者资料被窃取或泄露也是一个较为严重的问题。产权交易实行网络化意味着产权交易者可以通过网络实现交易过程，其中包括产权交易机构要求的一些资料的网上传输，网上竞价，以及达成协议之后的资金的划拨等，网上产权交易平台的安全性不够，则很可能会发生信息被截获。无论是产权转让方还是产权受让方的资料出现泄露的情况都会给该方带来交易中的被动，进而造成资产的损失。

影响网上交易安全的因素大致可以分为以下两个方面：第一，网上交易载体——信息系统的安全性，包括网上交易系统的稳定性、网络安全性、硬件防火墙安全性能、机房供电保障等。第二，产权交易机构对网上产权交易的管理、风险控制能力，以及产权交易当事人自身的安全防范意识等。近几年，产权交易业务规模逐渐扩大，但是多数产权交易机构存在信息技术人员配备不充足的问题，有的机构投入资金建立了设备机房，但是仅配几个值班人员负责基本的设备巡检以及简单的业务操作，这给交易安全带来了隐患。信息安全是人们接受网上产权交易考虑的因素之一，完善的安全保障和完善的信息服务是网上交易的重要保障，采取强有力的安全策略来保障产权交易平台网上交易的安全性，就显得非常必要也非常重要了。

尽管网上产权交易目前仅仅只是一种交易手段的创新，还没有在国内普及，试运行的过程中也出现了许多问题，但是我们要看到它是一场革命性的变化，从某种意义上来说，网上产权交易带给产权市场的是一次制度创新，它将极大地改变产权交易机构的组织结构和运作模式，我们必须从电子商务的高度去认识和发展网上产权交易。

1.3　我国产权电子商务的标准化道路

从前面的介绍中我们已经知道，中国产权市场在发展的过程中表现出了许多优点，虽然取得了很多很好的成绩，但是也存在着很多问题，目前正在试探着向网上产权交易方向发展，走一条电子商务之路。要想走好这条道路，产权市场的实践者们需要建立一个监管严格、规范有序、透明公开的市场体系，并且要充分利用网络的特点，努力进行产权交易方式的创新，对产权市场进行标准化建设。

1.3.1　实物型产权向价值型产权方向转化

在产权市场发展的起步阶段，交易品种以非证券化的实物型产权为主，当越来越多的国有存量资产急需通过重组实现优化配置时，这种以实物型交易为主的产权市场就不能适应需要了，因为它无法把大量的存量资产由实物形态转变为证券形态，因此，如何将实物形态的产权转化为证券化的标准产权，成为产权市场自身发展的内在要求。我国产权市场的实践者们正在探索如何让实物型的产权转变为价值型的产权，从而使大量的非股权性企业产权得以规范的价值量化或资产证券化，进而使产权市场转变为以价值型产权交易为主、可连续交易的初级资本市场，最终与高层次的资本市场相联通，构成一个相对统一的多层次资本市场体系。天津文化艺术品交易所创造性的提出"艺术品份额化的理念"是比较典型的实物型产权向价值型产权转化的例子[12]。艺术品份额化就是在对艺术品实物鉴定、评估、保管和保险后，按其价值拆分成相应数量的份额予以发行并上市，采用市场申购与竞价交易方式，按时间优先价格优先原则完成份额的交易与划转。举例来说，假如一件艺术品价值 2000 万元，那么就可以把它分成 2000 万个份额，每份份额代表了该艺术品相应比例的所有权，定价 1 元；此时投资人可以参与艺术品上市前的发行申购，持有艺术品的原始份额。如果申购到 2000 份份额，当每份份额价格从 1 元涨到 3 元的时候，投资人所持有份额的价值就变成了6000 元，如果投资人出售手中所持有的份额，就获利 4000 元。文化艺术品经此拆分后，就可以放到艺术品交易所的电子交易市场上像股票那样地买卖。这种按份额买卖艺术品的方式就是份额化的艺术品交易。交易方式基本和股票市场一样，只是全部在网上开户、网上交易，可以当天买、当天卖，佣金双向收千分之二。

没有拆分的实物型产权交易需要的资金比较多，个人往往难以承担，因此交易对象一般是企业，这就限制了产权交易的受众面。天津文化艺术品交易所通过交易方式的创新降低文化艺术品投资门槛，实现了文化艺术品投资的大众化。份额化的投资方式，有效的降低了投资门槛，将会大大加快我国产权市场的发展。

1.3.2　交易系统建设

从国外的经验来看，场外交易市场的交易系统都非常发达，他们充分利用计算机网络技术构建了高效、快速、覆盖范围广的交易系统。我国可以借鉴国外的经验，按照市场经济的要求建立健全产权交易市场网络体系，形成全局一体化、纵向层次化、横向专业化的格局。政府部门需要加大公共财政支持力度，由财政投入并在各省、市产权交易网的基础上，整合为全国统一的产权交易网，从而实现资源共享、信息共享、业务共享。其主要功能应该包括：第一，实现交易流程、规则和信息发布等的统一性；第二，与国务院国资委开展的监测业务对接；第三，开展网上电子竞价，扩大资源的配置空间，提高竞价交易率和增值率，降低交易成本，促进产权跨区域顺畅流转；第四，实现异地办理股权登记变更服务；第五，为实现公共资源市场化公开配置提供服务。另外，产权市场在建立覆盖全国的产权市场体系过程中，可以参照证券交易所的信息技术、交易规则和监管经验，对现有产权交易机构进行整合和改造，建立一个全国联网报价、分散成交、统一监管的非上市公司股份转让的初级资本市场。

1.3.3　法制法规建设

制度是产权交易市场发展的保障，而最关键的制度是立法。为了让我国的产权市场发展有规可循，首先，国家需要做出总体的规范，然后地方政府在不违返国家总体规范的前提下，根据本地实际情况制定地方性的产权交易行政法规。作为产权交易行业，本身还应有行业自律性的规范约束，这种规范是偏重于行为和技术规范，是由自律性的行业协会等社团组织制定行业规范来共同遵守的。在制定制度的过程中，首先，需要解决产权交易中界定不清的问题[9]。例如，产权交易机构定位于产权交易活动的行业性管理机构，还是本身就是从事产权交易业务的单位；土地交易市场应不应该纳入当今的产权交易市场；属于证券、期货以外的诸如非上市公司股权托管、登记业务等其他经济产权是否应纳入现今产权交易市场等。其次，应统一产权交易的基本法律含义。在规定产权交易的基本法律含义时用词要统一，内容要统一。再次，在现有法律基础上，制定以富有中国特色的企业产权交易法律体系，有一个整体的规范，要注意涵盖《公司法》、《证券法》等法律法规未能规范到的空白区域，如产权交易活动中主体的资格与要求、交易的各种形式、信息披露与公告的要求等。最后，制定《产权交易法》要从我国国情出发，建立全国统一、规范的产权交易市场。

1.3.4　在产权交易机构的规范性方面

现阶段的思路是先制定有关法规，对产权交易严格规范，对各类产权交易机构进行规划、改组和改造，清理整顿现有的产权交易机构，对不符合条件的予以取缔，并在以后的审查认定中严格把关，在此基础上，构建现代的、规范的证券场外交易市场，大力推行产权市场证券化进程，充分发挥产权市场的资本集中与重组功能。被合并的交易所全部作为新组建的交易所的会员单位、经纪公司或股东，可以探索跨省区的区域联盟体形式。各产权交易所的行为不能违背国家的总体方针，并且在执行任务的过程中，还要遵守地方性的行政法规。各产权交易所在统一的标准下信息共享，促进产权在全国流动。

1.3.5　在资本市场的建设方面

我国可以借鉴国外电子交易所的发展模式，建立自己的电子交易所，实现网上交易。我国的电子市场正在形成，如金马甲最近实施的以产权交易及投融资为主要活动的第三方电子商务平台就是很好的开端。我国需要不断学习先进技术，建立中长期规划，按步实施，持续改进升级，在硬件上保持领先。在软件上，要不断深入市场调研分析，了解市场需求，顺应市场求新求变，促进交易所业务发展以及品种的创新，为交易所提供更完善的服务。

我国的网上产权市场要想获得很好的发展，首先应与我国的证券市场接轨，然后再进一步发展，与国际资本市场接轨。这些目标的实现，归根结底就是要对我国的产权市场进行信息化、规范化、标准化建设，各个子系统之间相互开放，交易制度标准统一，走产权电子商务标准化发展之路。

本章主要参考文献

[1]　赵海军. 我国产权市场发展模式的辩证思考. 生产力研究，2007，20：56～57，59

[2]　刘江. 我国国有产权交易的法律规制与对策. 贵州大学硕士学位论文，2007

[3]　贾保文，王坤岩. 中国产权市场发展的现状、前景与抉择. 产权导刊，2007，5：38～42

[4]　北京产权交易所. 北京产权交易所产权交易收费办法. http://www. cbex. com. cn/article//jygz/gycq/200912/20091200015038. shtml，2009-12-31

[5]　上海沪深城会计师事务所有限公司. 上海产权交易收费标准. http:///www. hsccpa. com. cn/ E_ReadNews. asp? NewsID＝328，2009-11-02

[6]　天津市物价局文件. http://www. tj. gov. cn/tjep/ConInfoParticular. jsp? id＝11894，2008-12-25

[7]　张铭，李纪，尚启君，等. 企业国有产权交易信息披露规范研究. http://www. sasac. gov. cn/n1180/n1271/n4213364/n4213672/n4222580/4373221. html，2008-04-25

[8]　邓路，孙龙建. 中国产权交易市场的创新与发展. 云南社会科学，2009，3：21～28

[9]　吴汉顶. 制度安排是产权交易市场健康发展的根本. 产权导刊，2006，12：29～31

[10]　邓路，孙龙建. 中国产权交易市场的创新与发展——从国资流转平台到构建多层次资本市场的跨越. 云南社会科学，2009，3：22～29

[11]　绍兴市股权托管中心有限公司. 长江流域产权共同市场电子竞价规则稳步推进. http://www. xn-fiqs3frupmwbn4e20j3q2bqkfoqe. com/news_show. asp? id＝603，2009-05-21

[12]　天津文化艺术品交易所. http://www. tjcae. com/ywjs. htm，2011-01-31

第2章

产权电子商务标准化发展的研究现状

产权电子商务标准化就是为在产权电子商务或网上产权交易过程中获得最佳秩序，对实际的或潜在的问题，制定共同的和重复使用的规则的活动，它包括制定、发布及实施产权电子商务标准的整个过程。标准化的重要意义是改进产品、过程和服务的适用性，防止贸易壁垒，促进技术合作。让网上产权交易在一套标准的规范下运作，目的就是用标准提供的成套成型的规定和程序来确保产权交易的程序化、规范化，提高产权交易的质量和产权市场效率。怎样促进我国产权电子商务的标准化发展呢？本章主要通过梳理国内外学者在这方面的研究状况，进而了解和探讨我国产权电子商务的标准化发展方向。

■ 2.1 国内产权电子商务标准化发展的研究现状

2.1.1 理论研究

1. 相关概念的界定

虽然本书主要是研究产权电子商务的标准化发展问题，但是为了在进行后面的讨论和分析过程中不让读者产生困惑，我们认为很有必要把相关的概念以及它们之间的关系理清楚，其中包括产权、产权交易、产权市场、产权电子商务等内容。

1）产权

产权是由复杂整体而产生的概念，是新制度经济学研究的重点。由于对产权研究的侧重点不同，产权经济学家在对何谓"产权"这个概念上的说法还没有达成一致，有的学者认为产权是经济主体对资源所能行使的权利，它是以财产所有权为基础，以其派生出的占有权、经营权、收益权和处置权等权利组成的权利集合[1]；有的学者认为产权是对自己所拥有的物的使用而引起的互相认可的行为规范，是用来界定人们在经济活动中受益、受损和补偿的规则[2]。人们只能在他们的权利范围内受益，一旦超出权利的界限，就会损害别人的利益，就必须做出补偿。与"所有权"偏向于人与物的关系不同，产权侧重于说明物的存在和使用时引起的人与人之间的行为关系，是所有权主体发生交易关系时的行为规范，用以解决所有权如何协调的问题。中国共产党的十六届三中全会通过的《中共中央关于完善社会主义市场经济体制若干问题的决定》中指出，产权是所有制的核心和主要内容，包括物权、债权、股权和知识产权等各类财产权。这就明确了产权包括物权、债权、有形资产和无形资产，是对产权认识的一种深化。总之，产权是关于财产的权利，是一种权利，具有排他性，能够使行为人在交易中形成明确的预期，体现的是人与人的关系。人们在理解产权时，静态上，可以从财产的归属意义上去理解产权；动态上，可以从对财产的支配、转让和收益等方面去理解产权。

2）产权交易

就人们的常识来说，交易就是买卖、转让或让渡。事实上，当经济主体在进行财产权利的买卖和交换时就是在从事一种交易活动，它是促进企业竞争和经济结构调整，保障资源高效利用的一种惯用做法。在定义上，产权交易是指资产所有者将其资产所有权和经营权全部或部分有偿传让的一种经济活动，一般包括企业收购、股权转让、兼并、破产、重组等内容[3]。有的学者认为产权交易是市场经济进一步发展的产物，它的本质是资产存量的重新优化组合，通过产权交易，调整了企业现有的资产存量，优化了资源配置[4]。一般来说，产权交易是产权所有者将其资产所有权和经营权进行有偿转让的一种经济活动。对于实物型产权交易来说，它是一种非标准化的交易，这个特点让其成为一次性买卖，产权交易双方在完成交易之后就很可能不再进入产权交易所。当然，对于那些从实物型产权交易转化为价值型产权交易的项目除外。也有分割式产权交易的，即一次性转让部分产权，或整体产权分期的、多次的实现交易。产权交易的标的是很复杂的，不具有同质性，每一次交易涉及的企业的资产状况、财务因素、发展因素等都是不同的。

3）产权市场

从广义上讲，产权市场是产权交易场所、市场运行规则、市场服务等产权交易相关领域和围绕产权的交易行为而形成的经济关系的总和。从狭义上讲，产权市场是产权主体从事以产权有偿转让为内容的交易场所。从定义上可以看出，产权市场是产权交易顺利进行的重要条件之一。从资本市场的层次来看，产权市场是资本市场的基础市场，是资本市场的重要组成部分，它可以为未上市企业提供资源合理配置、风险转移的交易场所，从而帮助未上市企业实现财富的储备和增长。由于企业产权是生产要素的组合，因此，产权市场接纳的对象大多数是投资者和企业，并且他们必须具有相应的经营管理能力以及对交易产权性能的了解，这样才能高效率地使用这一产权。经过多年的发展，产权市场的功能和地位逐渐明确，在促进资源优化配置等方面发挥着积极的作用，受到了社会各界的关注。杨光献[5]在如何规范发展中国的产权交易市场方面做了探讨。他认为随着社会主义市场经济的发展，中国的产权市场必然朝着规范化、法制化、一体化方向发展。其中，规范化和法制化可以通过立法和建立相关制度的方式来实现，一体化可以通过统一产权交易制度、健全监管体系等方式实现。王彪[6]给出了建立产权交易市场应注意的几个问题。他认为中国产权市场的规范化和法制化建设不完善，产权市场定位不明确，政府代替产权市场，产权交易管理职能和经营职能没有分离，资产重组功能没有凸现等都是我国产权市场上出现的问题，要使产权市场为国有企业改革和优化资源配置提供全方位的服务，必须将产权市场的规范化、法制化和产权市场的正确定位等问题落到实处。除此之外，学术界在产权市场的重要地位、价格发现、市场监管、运行机制等方面也进行了深入的研究。

4) 产权电子商务

产权电子商务，即网上产权交易，指投资者利用互联网网络资源，包括公用互联网以及与之相连的局域网、专网、无线互联网等各种手段进行与产权交易相关的活动[7]。相对于传统的产权交易场所现场交易，网上产权交易打破了时空限制，减少了交易环节，加快了信息流转，具有方便快捷、自主性强、限制少等优点。对于投资者来说，可以充分利用互联网获取更多的产权信息，实现足不出户即可完成申请、竞价、交接等流程。网上产权交易既是产权交易活动，又是一种电子商务过程[8]。这种双重性决定了在网上产权交易活动过程中，既包含了传统产权交易的成分，又具有电子商务的成分。产权市场在发展网上产权交易的过程中，需要在遵循传统产权交易规则的基础上，结合电子商务的特点改进传统产权交易流程，实现交易的电子化。

2. 产权市场定位的理论研究

针对我国产权市场发展混乱的现象，一些学者认为我国的非上市公司之所以不规范，很重要的一点就是产权交易的定位没解决好[9]。对产权交易市场的定位往往决定了产权交易市场的运作功能，我国产权市场的现有定位与整个市场经济的运行发展不相适应。一些学者从产权市场定位的角度阐述，认为正确的市场定位能使产权市场发挥基础作用，并且探索适合我国资本市场发展的产权市场应该如何定位的问题。尹刚[3]对我国产权交易所的定位问题从传统定位和多层次资本市场定位两个方面进行了阐述。在传统定位方面，分析了无形交易市场在产权交易中的缺陷，认为有形的产权交易市场应该定位于为国有产权交易服务，并且要保证国有企业产权交易的透明化和公开化。在多层次资本市场下的定位，它是建设多层次资本市场的重要组成部分，是初级资本市场的交易平台。葆文[10]等分析了中国产权市场的定位缺陷及其对产权市场发展的制约；提出了政府监管、行业自律、市场组织、经纪商代理的新的产权市场管理和运营模式；讨论了中国产权市场实现定位转换的路径选择。一些学者从层次资本市场发展的模式来探讨产权交易市场在多层次资本市场的角色和作用。熊焰[11]认为："从本质上讲，产权市场是资本市场。中国产权市场已经起步，无论多难，都将逐步融入中国多层次资本市场体系，若干个产权市场可能逐步成长为给非上市股份公司的股权提供流动性服务的柜台市场"。任胜利[12]也认为产权市场融入资本市场是必然趋势，而从创新交易品种入手是进入资本市场的有效途径。陈长永[13]在谈论我国产权交易市场的定位时，分别从经济体制的角度，职能范围的角度和市场机制的角度详细探讨了我国产权交易市场究竟如何定位的问题。

3. 产权界定理论研究

产权如何界定是中国产权研究学者一直争论不休的问题。现有文献中，对"产权"的理解大多数基于经验，由于观察和分析问题的角度不同，人们对产权的含义和形式还没有达成统一的认识。国内对产权界定立论角度有很多，比较流行的说法主要是产权要素说、内容说、权利说和权力说、财产说和资产说、法定说等几种[14]。产权要素说主要集中在经济学和管理学领域，以刘凡、刘允斌的《产权经济学》，刘诗白的《产权新论》，高德步的《产权与增长：论法律制度效率》，张克维的《产权、治理结构与企业效率——国有企业低效率探源》，文宗瑜的《产权制度改革与产权构架设计案例教程》等为代表[14]。产权内容说将产权分为广义产权、中义产权和狭义产权，以实现经济学概念和法学概念的衔接。产权权利说主要集中在制度经济学和知识产权法的研究领域，我国比较有代表性的就是郑成思的《知识产权、财产权与物权》[15]。产权财产说和产权资产说的主要观点集中在民商法领域。梅夏英[16]的《财产权构造的基础分析》，史树林、庞华玲[17]的《国有资产法研究》等专著中有相关的论述。产权法定说主要以佟柔[18]等《挂靠企业产权性质归属问题讨论》，张海龙[19]主编的《产权交易法律实务》，余能斌[20]等《国有企业产权法律性质辨析》，吴清旺[21]等《物的概念与财产权立法构造》等为代表。由于产权法定理论具有产权的法定性、权威性和高效性等特征，具有一定的合理性，是对产权界定立论的主流观点。

对产权界定清楚是很重要的。它可以不断的使权力在此基础上通过市场进行转移，而且根据产权理论观点，还有利于节约交易费用并使资源配置达到最优。产权的清晰界定是产权交易的必要前提，因为只有明确界定的产权才能形成合理的价格[22]。产权界定明确后，交易双方对自身的权利和利益才会有明确的意识，这样才会展开充分有效的竞争，落实使用资源的责任，促进市场的有效运作。产权界定清晰也是政府职能得以体现的必要条件，它可以让政府决定是否需要对产权进行限制和干预。刘洋[23]认为，产权界定不清晰会导致资产运营中的委托代理出现严重问题。我国国有企业的国有资产所有权归属问题笼统的说是"归国家（全民）所有"，这从经济学的角度来看界定是非常模糊的，"全民所有"只能提供一种定性的、概念上的判断，而不能提供一种可操作的程序，总之，这种说法没有明确权利与义务关系。有的经济学者认为它没有把产权相关的"三权"（即使用权、收入的独享权和转让权）具体落实到个人，所以没有人会放心大胆的行使国有资产的这三权，这就印证了国有企业产权界定是不明晰的说法。也有学者认为国有企业改革进程缓慢，其中一个原因就是产权不明晰[24]。虽然产权在法律上界定清晰是交易的前提，但是产权界定需要花费成本，并非所有产权在事实上都能够完全的界定清楚。一些学者从成本收益的角度对是否需要对产权进行完整的界定进行了探讨。由于个人的产权由消费产权、从中取得的收入和让渡资产的权利构成，那么将交易成本分析方法引入到产权理论可以解决产权的边界界定问题[25]。产权交易成本是与转让、获取和保护产权有关的成本（巴泽尔，1997），那么，如果要完整的界定产权就必须对它的价值属性有完全的认识，而信息的获取是要付出代价的，人们在考虑完全界定并保护产权时就会衡量他们得到资产的全部潜力值不值得付出这些成本。一些学者提出的模糊产权的概念，就是在考虑是否清晰进行产权界定时融入了交易成本因素。很多人都认为企业是以节约交易成本、追求最大利益为目标的经济个体，企业家对成本和收益进行权衡比较后，有时候会自愿选择模糊产权，那样会更有效率。张涛[24]认为，由于交易成本的存在导致的产权不可能完全界定的情况并不表示产权就不能充分界定。"产权充分界定指在既定的技术、制度、知识结构和偏好等约束条件下，交易双方攫取公共领域财富所达到均衡状态时的产权界定水平。"通俗的理解，产权充分界定就是在约束条件下的资源配置最优。

4. 产权结构研究

产权结构的理论研究主要是强调产权比例的合理化，学者们认为如果结构不合理，那么造成的后果是整个经济的发展和社会的稳定都会出现问题。产权多元化研究是产权结构研究的热点。对于国有企业来说，产权结构的一元化无法解决行政干预问题；对于私营企业来说，产权结构的一元化无法解决家族血缘关系的干预问题。有学者提出，"我们要突破'单一公有'和'国有国营官办'论，建立社会主义初级阶段所有制形式多元化和多样化的理论和制度"。市场经济中存在不同类型的产权主体，不同的产权主体具有不同的特点，并且在某一领域都有自身独特的优势，再加上产权具有可分性的特点，产权的交易活动可以不受限于整体要素的交易，比如，产权的归属权、支配权等方面可以实现在不同主体之间进行转移，即实现产权结构多元化的局面。刘洋[23]认为，在国有企业中建立多元化产权结构，一是在国有控股和国有参股的条件下，引入非国有的股东，让股权多元化；二是可以把单一国有股东变为多人国有法人股东，这将有利于克服国有企业资产"所有者缺位"的问题，也有利于建立有效的治理结构。在谈及国有产权结构的多元化时，刘向阳[22]从国有产权组成结构的多元化定义入手，认为国有资产的产权不仅仅包括以股权形式存在的国有产权，还包括以债权形式存在的国有产权，人们对资产的权益表现于股权和债权两个部分，并且两者的构成和比例需要合理，即要克服出现应该表现为企业股权的部分却不合理的表现为企业的债权，或是相反。

另外，有些学者把产权结构与企业绩效结合起来进行研究。中国社会科学院2001 年的一份报告通过对国有企业改革后各行业的亏损状况进行分析，证明企业亏损与产权结构无关而与企业所在的行业直接相关。它说明了企业亏损是由泡沫后遗症引起的经济失衡和经济疲软导致的，不是产权结构造成的。张涛[26]把产权结构与市场结构和企业绩效联系起来，研究了什么样的产权结构对应什么样的市场结构，进而说明不同结构下企业绩效高低的原因，并且为不同的企业提高绩效提供了可行性的建议。

5. 网上产权交易法律制度建设的理论研究

个人理性与团体理性的不一致往往导致两者之间可能会产生利益冲突，而"制度是一系列被制定出来的规则、秩序和行为道德、伦理规范，旨在约束和规范主体福利或效用最大化利益的个人行为"[27]，制度的强制性可以减轻利益冲突问题的发生。制度也有均衡问题，一般来说，成型的、稳定的制度代表利益主体之间找到了实现自己利益最大化的平衡点，当出现其他的原因导致这种平衡被打破时，制度也会被迫变化进行新的平衡的调整。网上产权交易是传统产权交易方式的一种改变，产权交易相关者的交易方式、交易内容、交易流程等都发生了变化，各主体之间的利益分配也随之变化，而制度均衡与主体利益均衡是纠缠在一起的，即制度均衡随着利益均衡的打破也被打破，根据前面的理论分析，在这种寻找新的利益均衡点的过程中，相关的制度也会跟着发生变化，通过建立新的制度来建立新的均衡。我国网上产权交易起步较晚，与之相关的政策和法律还未跟上网上交易技术发展的水平，这成为制约我国网上产权交易的因素之一。制度建设是产权交易市场健康发展的根本，也是产权市场公平正义的保证，它的优劣决定了产权交易能否顺利实现其促进经济发展的目标。以此说来，要想产权市场有一个好的发展，必须有健全的法律制度作保障，"如果产权交易市场不能与其他市场一样具有可依之法，要求它规范就只能是缘木求鱼"[28]，因为"无法治"意味着政府不能保障投资者的回报免受剥夺，不能保护投资者的权益免受窃取，不能保证合同权得到执行。从某种意义上来说，如果产权市场制度告别幼稚性制度变迁，进入强制性制度变迁阶段以后，它的再变迁应当是上升到强制性法律的轨道[28]。很多学者也认为，可以用立法的形式来引导和控制产权交易[29]，进而使其走向规范化。规范化的制度需要在产权交易方式、交易内容、交易程序、交易中介等方面做出明确的规定，并严格按照制度规定来操作。另外，网上产权交易的实现要借助网络技术，因此，与网络相关的一些问题，比如，网络安全、侵犯隐私、网络欺诈、网络纠纷、知识产权保护，以及管辖权、数字签名和身份认证等方面，对传统的法律法规提出了挑战。在发展网上产权交易的过程中，国家需要充分考虑网络和电子商务的特点，对现有的法律法规和相关的制度进行适当的修改和完善，或制定新的法律法规，建立网上产权交易法律法规体系。

6. 产权流动性研究

从实行改革开放到现在，我国的经济已经取得了很大的进步，但是，我国的国有企业在市场上的竞争力却没有很大幅度的提高。究其原因，其中很重要的一点就是国有企业产权界定不明确，进而导致了产权不能合理的流动和交易。我们知道，国有企业占有进行生产经营的财产，但是这些资产具有"凝滞性"[30]，有些部门的资产处于闲置或低效率运行状态，而有些企业则需要这些资源，所以，从提高国有企业的竞争能力和国民经济的整体效益上来看，国有资产迫切需要能够自由流动。限制国有产权流转会降低国有产权的配置效率，由个人或政府强行定价转让，则会造成有权者的腐败，国有产权在流转过程中也出现许多国有资产流失的现象，因此，国有产权的流转问题成为许多学者的研究焦点。邓志雄[31]认为，造成国有产权流转困难的原因，在于社会的市场化和信息化程度不够时，政府的职能越位习惯，并且认为解决企业国有产权流转基本问题的出路，在于充分利用信息化手段有效实现市场化机制。王培良[25]利用均衡原理对产权的稳定性和产权的流动性进行了客观辨证的分析，认为国有企业资产流动是资产增值的有效途径，对于出现国有资产流失的现象，可以通过对资产稳定性的分析找到造成资产流失的根本原因，这样就可以设计出更为合理的产权流动规则，让产权流动变得更合理、更科学。有的学者还提出了把股权交易代办系统改造成全国的电子公告市场，把各地的产权交易市场改造成区域性的产权交易市场，建立各层次市场间的升降级机制，形成多层次资本市场体系，让不同类型的产权在多层次资本市场上流动，进而充分发挥市场的资源配置功能[32]。

7. 产权证券化研究

证券化就是将流动性较低但能够产生稳定现金流的资产转变为流动性较高的可以出售和流通的证券的过程，也就是产权标准化的过程。虽然产权交易不是证券交易，但是由于交易对象和交易目的的多样性，允许多种交易方式并存是应该的，即产权的整体交易、部分交易、拆为标准化的单位进行交易等都是应该允许的。另外，资本市场发展的高级形式和更成熟的形式是标准化单位的拆细交易，只要管理的好，应该允许。有的学者甚至认为，我国地方产权交易所之所以不能充分发挥作用，其中的一个原因就是产权没有证券化[14]。有些专家在研究资产证券化时，把它作为流动性过剩问题的解决措施之一，从这一研究角度来看，有些学者认为资产证券化具有吸收流动性的功能[33]。周茂清[34]分析了实物型产权在产权交易发展中的障碍，以及证券化的标准产权在产权交易发展中的意义，给出了证券化标准型产权的分类，并且从资产证券化、融资方式证券化、投资方式证券化、经济关系证券化四个方面阐述了产权证券化的主要表现，进而从拓宽融资渠道、企业资源优化配置的运作空间和国内资源优化配置的范围三个方面说明了产权证券化的现实意义。当我们对产权交易客体进行重新定位，通过产权交易方式的创新把实物型产权转换成价值型产权进行交易，即像证券市场一样，把产权作为单元化的、均质的、可流动的、证券化的资本进行流动和转移，就可以摆脱实物型产权交易遇到的时间和空间上的约束和限制。刘向阳[22]重点阐述了企业技术产权证券化和固定产权证券化的方法，并且进一步提出了建立产权基金来促进产权的价值型交易。比如，企业产权在转让的过程中，为了不被陈旧的设备或沉重的负债等压低转让价格，可以将产权进行分拆，如将有价值的专利、商标、房地产等实行证券化转让。在技术产权转让的过程中，为了保值增值可以将技术产权进行组合升级，包装成证券向投资者发行。其实，产权的证券化过程就是产权的标准化过程，在形成过程中为了达到规范化的要求往往对其进行了"浓缩"处理，这时候形成的标准化产权就代表着较高的经济价值，并且具有较高的效益预期。

8. 产权市场的层次性和一体化研究

任何单一市场的容量都是有限的，未上市公司资本也有流通的需要。"大力发展资本市场，推进多层次资本市场体系建设，扩大直接融资规模和比重"，这是 2007 年温家宝总理在两会期间提出的加快我国多层次资本市场建设的一个明确的要求。我们知道，资本市场中的投资者的需求是复杂的，这种复杂性由不同投资者对风险的偏好不同，以及他们在获取信息及分析能力方面的差异性所致。投资者投资需求的不同，则需要将不同风险状况的投资产品进行分类和分场所进行交易。多层次资本市场就是根据企业的规模、抗风险的程度，以及不同生命周期、不同阶段融资需求和风险投资的需要而建立起来的分层次的市场。建立多层次的资本市场体系可以使企业和投资者在资本市场体系中进行可选择的、连贯性的运营和投资。

有些学者提出我国产权市场需要形成全局一体化、纵向层次化、横向专业化的格局[29][35]。考虑全局一体化时，要统一规范区域性产权交易市场建设，统一产权交易管理体制，统一程序和办法；考虑纵向层次化时，首先建立全国产权交易中心，其次建立几个大型的区域性产权交易市场。另外，组建全国产权交易协会，实行行业自律；考虑横向专业化时，建立专业性交易市场，比如，企业兼并市场、资产拍卖市场、闲置资产调剂市场、技术转让市场、租赁市场等。当然，任何问题的解决都是在争论中逐渐成熟和清晰的。对于是否能够建立全国一体化的产权市场的问题，有的学者认为是无法实现的。他们认为全部的国有产权既不可能拿到一个地方来交易，也不可能全部拿到交易所来交易，因为产权交易市场本来就不是标准化的市场，不可能做到像股票市场那样集中交易，并且，建立唯一的产权交易中心很容易造成垄断，最后丧失市场竞争，造成交易成本提高，服务质量下降。有些学者同样也对产权市场的统一问题产生了质疑[36]。他们认为国有产权体制是分级管理的，体制上政企不分，这样无法实现统一；承担了社会职能的国企，不依靠当地政府根本无法完成产权交易。另外，通过建立全国性的信息查询系统，再加上资本具有流动性的本质，这样在没有建立全国性的交易中心的情况下也不会妨碍交易双方的跨地区交易。除此之外，从安全性方面来考虑，目前规范化程度较高的证券市场还不能完全做到信息披露的公开、公平、公正和准确，而产权交易中心的信息披露规范化程度还远远不及证券市场，那么在全国范围内交易避免信息欺诈至少从目前状况来看是不可能实现的。

9. 产权交易机构信息共享机制研究

在现代的信息化社会，信息是一种重要的战略资源。对于产权市场的发展来说，信息共享可以打破产权市场行政地域上的条块分割现象，提高市场的聚合力，推动产权在大范围市场上流转。从这方面来说，各产权市场信息共享的程度直接关系到我国产权市场一体化发展实现的可能性。尹刚[3]认为，产权交易所信息共享机制是一个有机的体系，是产权交易所统一化过程中解决产权交易信息供求问题的过渡形式。它由产权交易信息披露制度、产权交易所构造模式和产权交易方式三个方面构成。

　　虽然学者们结合我国资本市场自身的特点对产权交易的理论进行了大量深入的研究，对我国经济发展的影响方面取得了一定的成果，但是在产权交易主体的产权清晰、产权比例、产权交易中介组织的机构设置、交易模式，以及对如何降低或消除产权交易市场机制运行产生的社会费用、提高运行效率、改善资源配置、促进经济增长等问题缺乏详细的、系统的、深入的研究，这在产权的标准化进程中是需要解决的理论问题。

2.1.2　实践研究

　　实践研究集中于产权交易技术方面。对于产权交易技术如何标准化问题的研究主要是国家政府和各产权交易机构在实践中的探索，表现在产权市场电子化、信息化、信息披露、数据库建设、信息传输、信息管理，以及如何进一步发展网上产权交易活动的监管策略等方面。

1. 产权市场的电子化

　　从我国大部分的产权交易所业务动态情况来看，目前，产权竞价方面的电子化是产权市场电子化方面研究的热点，并且很多产权交易所也正在试运行网络动态竞价系统。被称为"永不落幕的竞价平台"——网络动态报价，由金马甲公司开发建设，在全国产权交易市场推广应用，它是基于互联网的在线实时交易平台，突破了传统交易方式时间、空间、行政区划的约束，让各竞买人"足不出户、互不见面"即可参与整个竞价过程，使产权交易活动更加便捷、规范、透明。另外，经过几年的实践摸索与提炼，北京产权交易所创造出了一整套符合中国产权市场需要、符合北京产权交易所运行需要的规则制度，并形成了便于操作的相应细则，北京产权交易所将这些规则进行了电子化，开发出了一整套稳定的交易系统[37]。除此之外，人们正在研究如何让交易项目的受理、转让信息的发布、意向受让方的选择、交易方式的确定、竞价过程的展开、交易合同的形成、结算签证的完成等方面也用电子化方式来实现规范化。

2. 产权市场的信息化

　　在对产权市场进行信息化建设的过程中，人们主要从产权交易系统的统一性，以及在规范产权交易市场行为的信息化建设等方面进行了研究。

1）产权交易系统统一化建设研究

　　信息系统的建设，应该将"统一领导、统一规划、统一标准、分布实施、分级管理、网络互联、信息共享"作为贯穿系统建设各环节的基本原则[38]。与产权交易相关的各个机构在各自系统软、硬件上存在的差异，会阻碍实施电子化数据交换进程，因此在组织系统开发的过程中，要保证各开发系统为将来形成统一的整体留有良好的接口和充分扩展的余地。一些学者认为，非常有必要研究制定交易系统的数据交换协议，用以统一规范、指导各机构信息系统在交换接口上对有关交换的数据格式、会话机制以及市场业务数据交换内容的描述。曾海泉[22]在他的"证券交易系统接口协议"的研究报告中，讨论了一些全球典型的证券交易接口协议的数据格式、会话机制以及业务数据交换内容，探讨了未来交易系统接口协议的发展趋势，分析了我国证券市场目前的接口协议，提出了相应的启示和建议。证券市场交易系统的统一化研究，为产权市场交易系统的统一性提供了良好的借鉴作用。上海联合产权交易所积极推进构建跨区域信息网络共享平台，推动区域性产权市场信息化和一体化发展。在统一交易规则基础上，探索共同市场成员单位在项目运作上，同步采集、同步挂牌、同步推介、同步交易的"四同步"项目联动合作新方式；探索建立以"四个同步"为特点的"长三角区域产权交易网上市场"，待条件成熟时，再建设"长江流域产权交易网上共同市场"，激活共同市场新一轮发展动力。张益平[39]认为，我国产权交易市场结构的顺利转型，迫切需要构建全国性的产权交易信息网络体系。该系统能够整合各地产权转让信息、建立规范的全国性产权转让信息披露机制，建立统一的产权转让交易的报价系统，各地产权机构通过系统得到产权出让和受让方交易意向信息，降低产权交易的信息成本，促进产权跨地区流动。在相关制度配套后，覆盖全国的计算机产权交易系统，还可以进行网上交易，最终建立一个全国性的市场交易体系，实现我国产权交易市场体系结构的根本性转变。高峦[40]认为，在构建产权市场的统一平台过程中，需要做好基础设施建设，逐步实现信息软件的兼容与统一，构建共同市场的项目挂牌、报价询价、信息披露、交易管理、数据统计、项目推介、竞价交易等共享系统；在试运行网上产权交易系统时，积极推动信息共享、资源共享；在总结"长三角区域产权交易网上市场"试运行情况后，统一更新、升级，进一步构建及实施"长江流域产权交易网上共同市场"，以信息化加快区域性产权交易一体化进程。此外，交易规则需要统一，市场内各机构的交易行为要规范。这可以通过制定共同市场内统一的信息发布标准、收费标准、交易规则来实现会员单位之间的交易规则相互统一和接轨。

2）在规范市场交易行为方面

有些学者认为重点问题在于加快市场制度规范的信息化实现与预警控制。实现制度规范的信息化，可以保障制度规范不能因个人的意志而改变，进而消除交易过程中的个人随意性。另外，产权交易市场也要充分利用信息化手段来做好市场监管。国务院国资委在 2007 年开通了对京、津、沪三市国资委和三地产权市场的信息监测网络，有了这种监测网络，在信息化的网络交易过程中每个购买者都可以反复报价，转让交易机构竞价过程是完全透明的，监管方对重要的交易环节可以进行实时的观察。实践表明，网络监测使监测从事后转到事中，市场中存在的问题一目了然、适时发现，既能及时观测出各地企业国有产权转让的市场动态，又能对重点项目进行全程跟踪，还能自动生成相关统计分析，有效减少和控制场外协议转让。试点的成功会逐步推广到全国主要的产权交易市场，当监测网络扩大后，这个网络就能按统一的规范集合披露出各地所有的产权转让信息及其成交状态，一个统一的中国产权转让市场信息平台就展现在世人的面前，既充分满足各方的需要，也广泛接受各方的监督（资料来源：新浪网，2008.01）。

总体来说，随着互联网的发展，信息化是产权市场今后发展的一个必然趋势。2005 年北京产权交易所一个内部的信息化建设规划（即"北交所 12.8 工程"），几次升级，今天能成为整个产权业界的一个共同信息门户，北京产权交易所信息发布平台开设不到一年，就积聚了全国 30 家以上的产权交易机构共同入股[41]，这说明产权市场在信息化方面的需求之旺，同时也反映出我国需要加大产权市场的信息化建设。

3. 信息披露

信息披露制度就是对信息披露的内容、方式、途径等进行规范[14]。在国家制度规范层面上，国家在信息披露的规范性方面采取了许多措施，比如，通过制定法律法规的形式强制性的对信息披露的媒体、信息披露的时间、信息披露的内容、信息披露的格式等方面作了要求。2008 年 2 月 28 日，京、沪、津、渝四家央企国有产权交易试点机构与《证券日报》、《国际金融报》、《中国财经报》、《上海证券报》和《中国证券报》五家媒体在北京产权交易所联合签署合作协议，这五家媒体正式成为产权交易的指定信息披露媒体。《关于建立中央企业国有产权转让信息联合发布制度有关事项的通知》要求，未来京、沪、津、渝四家机构的央企项目信息将在签约媒体的固定版面、固定时间进行同时发布。此外，访问任一交易所网站的联合发布信息专栏，将可以查询四家试点机构所发布的产权转让项目的所有信息。京、沪、津、渝四家国内最具规模的产权机构，在北京与国内最主流的财经媒体签约联合发布产权转让信息，标志着产权机构信息化建设正迈向新的高度。

在学者研究层面上，一些学者对信息披露规范化操作的意义作了阐述，比如，规范的信息披露可以确保信息披露的范围和送达方式、可以保证交易机构自身在信息披露过程中的规范操作等[31][42]。张铭等[43]在研究企业国有产权交易信息披露的规范性时，对信息披露制度作了较为系统、全面的设计，包括企业国有产权交易披露内容、披露方式、披露程序、披露时效性、披露责任主体和监管体系等内容，为我国国有资产监管部门制定相关政策措施提供了理论和实践依据。

鲁阳[44]在《建立公开透明的信息披露制度》一文中，也对产权交易信息披露具体措施进行了论述。产权交易信息披露方式和风险防范方面也有学者对其进行了研究，比如，信息披露风险出现的环节，西部产权交易所总裁王浩生[45]认为，信息披露的风险集中于信息的提供、加工、发布、反馈、使用这五个环节，为了防范这些风险，需要根据各个环节的特点，在每个环节都做好信息披露的风险防范工作。

4. 数据库建设

产权交易市场涉及很多机构之间的数据传输和数据共享问题，各机构的系统结构是多种多样的，这样，系统结构的多样性就导致了系统间数据交换的复杂性。目前，证券市场的交易所在与券商发生这样的系统不一致的情况时，主要的方法是在业务交换层面上，制定大家认同的系统接口协议。我国的证券市场上沪、深两个交易所的数据库系统采用的是这样的一种数据库接口协议，即把市场数据、委托信息等信息，按照预先规定的数据库模式，形成数据库记录文件，然后在券商系统和交易系统之间进行传输交换[46]。产权交易市场在进行信息化建设时，可以借鉴系统建设比较成熟的证券市场的方法，通过共同协议来指导参与者进行系统开发和电子化数据交换。

学者们除了研究怎样利用和规范数据库来方便机构之间的数据联通外，还研究了数据库在提高网上交易服务品质方面的作用[8]。他们认为，如果要用较小的代价为客户提供准确的、切实需要的服务，则必须对客户的行为进行长期的客观的跟踪、分析和研究，然后根据这些研究结果对交易系统和服务模式进行不断的调整。当产权交易机构建立自己的数据库后，就可以在交易数据和网上交易的客户行为数据的基础上，进行数据分析和数据挖掘，然后有针对性的为客户提供服务。这种个性化的服务会大大提高交易成功率，实现产权交易项目的保值和增值。

5. 信息管理

信息技术的不断发展，不法分子利用互联网犯罪的方式也不断增多。那么，对信息进行有效安全的管理，便成了产权交易机构进行网上产权交易必须做好的一项工作，它包括客户的资料、交易的信息、竞价双方的情况等。保证私密信息不泄露是圆满完成网上产权交易的必要条件，产权交易机构必须采取措施保障信息的安全。证券市场网上产权交易实行的较早，技术已经比较成熟。但是，仍然出现了许多证券公司客户账号密码被盗的事件，人们认为投资者网上交易安全意识淡薄是一方面的原因，但是更为主要的原因是证券公司网上交易安全监控存在漏洞，需要采取技术手段来防止"弱密码"的产生，进行网上监控，构建网上交易犯罪综合监管体系[47]。产权网上交易市场发展的较晚，可以说还处于起步阶段，产权交易市场的参与者可以借鉴网上证券交易市场在保护信息安全方面的成功和不足之处，在构建交易系统的过程中充分考虑各种可能引起的安全隐患，最大限度地保护客户的信息安全，降低客户不必要的损失。

6. 信息传输

信息是产权交易市场中的一项重要资源，建立畅通的信息网络，对于促进产权交易的意义重大。有的学者认为，要建立完善的产权交易市场体系，需要建立快捷、高效的市场传导系统。我国需要建立全国性的产权交易信息网络，产权交易机构通过信息联网，及时提供产权交易信息。建立转让信息库，广泛收集企业转让信息，把社会上分散的需求和投资意向聚合在一起，存档立户[48]。通信技术的应用让我国的产权市场基本上形成了资源共享的产权交易网络体系。我国计划在全国建立若干个产权交易信息发布中心，通过信息网络，及时、广泛、高效的为交易双方提供交易信息，扩宽交易领域，降低交易成本。

7. 网上产权交易活动的监管策略研究

利用互联网进行产权交易是一种必然的趋势，但是，目前我国的网上产权交易才刚刚起步，再加上互联网技术和利用互联网开展交易还未成熟，使得网上交易活动孕育着较大的技术风险和业务风险。为了让网上产权交易活动有秩序的进行，研究和解决网上产权交易的监管策略，建立完善的网上产权交易活动监管体系，是关系到产权交易健康发展的关键策略。目前许多学者在这方面进行了研究。有的学者认为，考虑周全的监管体系可以防范网上产权交易风险[8]，这种监管体系需要考虑管辖权，即对于跨行业合作与跨国界的产权交易网站，需要明确具有管辖权的监管部门；明确提供交易行情的机构网站或媒体，即对那些随意提供产权交易情况的非官方网站需要具有相应的管理制度。信息披露的连带责任，即当客户从某一网站的连接进入到另一网站进行交易时，另一网站的信息发生了问题，该网站是否负有连带责任。网络纠纷，即当网上交易遇到线路故障等事故时，造成交易无法进行，给投资者带来了意料之外的损失，产权交易机构是否对此损失进行赔偿，以及赔偿的额度范围等规定。网络犯罪，即欺诈等违规行为的防范与对策。网络安全，即当信息泄露、篡改、冒充等行为发生时如何应对的措施。

8. 如何进一步发展网上产权交易的研究

产权市场现在的网上交易，是传统产权交易方式的一种延伸。各产权交易机构网上交易规则和交易流程的不一致势必会给客户带来疑惑，不利于网上交易进行集中的宣传，不利于系统的更新换代和服务质量的提高。一些学者认为，对信息系统建设的标准进行统一可以解决这个问题，因为网上产权交易需要用信息系统来实现，如果系统建设标准一致，那么就会形成统一的网上交易流程和规则，数据也可以在各交易机构的系统之间畅通无阻的传送和接收。

发展网上产权交易，学者们和实践者们除了在系统的统一性方面进行了相关的研究，他们还考虑了产品的创新，产品从单一化到多样化，以及产品从大众化到个性化的发展。比如，现在一些产权交易机构除了经营运作一些传统的产权交易业务之外，正在积极的向矿业权、林业权、生态环境等方向延伸。我们一方面要承认业务类型的增多会增加网上交易的活跃度，另一方面也要明白利用网络来发展新业务离不开信息技术的支持，因此，对于实施新业务给产权交易平台带来的各种影响，产权交易机构需要预测并采取相应的防范措施。

现在国内的各产权交易机构都建立了自己的网站，给客户提供信息，以及相关的网上交易服务。我们把这些网站集中起来进行分析就可以发现，各交易机构的网站都是一个个的信息孤岛，没有从整体上进行统一规划，没有形成全国统一的网络体系，这给网上交易的统计、研究、监管等带来了困难，同时也不利于网上产权交易的发展。国内的网上产权交易要想能够再上一个台阶，必须重新规划整合现有系统，以集中交易和数据仓库作为网上交易的系统基础，实现真正意义上的产权电子商务。

2.2　国际产权电子商务标准化研究现状

对于西方资本主义国家而言，产权交易贯穿于资本主义经济发展的整个过程，对市场经济的发展起着不可估量的作用。产权在经济发展中的重要地位引起了学者们对它的极大关注，最早的研究可以追溯到 19 世纪末 20 世纪初，旧制度经济学派的出现。我们知道，当一种市场的形态出现后，它就会向成熟资本市场的某种形态靠拢，而资本市场是国际化的市场，当我们在研究中国产权电子商务标准化问题时，认真总结和分析国外学者和机构在这方面的研究现状是很有必要的。查阅国际上学者们有关产权的研究，我们主要从理论和实践两个层面进行归纳总结和分析。

2.2.1　理论研究

1. 产权理论研究

西方学者早在 20 世纪 30 年代就提出了产权理论，它随着企业并购运动的快速发展而迅速发展。产权理论的内容很多也很杂，首先在"什么是产权"这个问题上就有很多说法。以科斯为代表的当代西方学者认为，产权就是财产所有权，并且认为他们所说的财产所有权是包含很多方面权能的权利束。有些学者认为，产权是保障人们对其资产排他性权威的一种规则。对产权概念进行过研究的德姆塞茨定义产权，即产权是包括一个人或他人受益或受损的权利，它是一种社会工具，能够给交易双方提供可持有的合理预期[49]。阿尔钦认为，产权是一个社会强制实施的选择一种经济物品来使用的权利[50]。另外，阿贝尔、诺斯、威廉森等经济学家也有过对产权的定义。虽然产权经济学者在讨论产权含义时有着各自的观点，但是从上面几个定义来看，它们都强调了产权是被允许通过采取某种行为来获得利益的权力，以及人与人之间的财产权益关系。因此，我们可以认为产权离不开权、责、利的关系，并且这种关系受到法律的强制性保护。

在学术界，对产权理论进展发生影响的学派主要有以 O. Willamson 等为代表的交本学派，以 S. Pejovich 等为代表的比较产权学派，以 T. Schultz 等为代表的自由竞争学派，以 Kenneth Arrow 等为代表的信息学派，以 Alchian等为代表的所有权学派，以 Buchanan 等为代表的自由竞争学派。他们的主要理论观点有以下几点[29]：第一，经济学的核心问题是权力买卖，人们购买商品是要享有支配和享受它的权力。第二，资源配置的外部效应是由于权利无法严格界定而产生的，市场运行的失败是由产权界定不清导致的。第三，产权制度对经济运行非常重要，它决定了经济运行的组织形态、采用的技术，以及运行的效率。第四，明确界定私有产权为有效的寻找最优体制奠定制度基础，自由的交易可以帮助寻找有效率的体制。第五，在自由交易的制度下，中央计划是可行的，只要计划是有效的，那么自由交易的双方就可以得利。这些产权理论给后人的研究提供了理论基础，学者们围绕着企业产权理论研究取得了一系列显著的成果。

2. 资产证券化研究

资产证券化首先产生于美国。目前，国际上对资产证券化的研究主要集中于应用性研究，理论研究还很少也不成熟。在理论方面，以下几种观点比较受人关注：Steven[51]的成本诱导资产证券化理论，Claire[51]的减少信息不对称资产证券化理论，Christopher[52]的风险隔离资产证券化理论，Jure[53]的优化公司资本结构的资产证券化理论等。

国外对资产证券化的研究，主要集中于资产证券化产品定价和风险管理等深层次和难度大的问题，其采用的研究方法主要是期权方法，进行对资产证券化产品的利率风险、违约风险、提前偿付风险等进行数量上的理论分析，采用显性有限差分法、隐性有限差分法、蒙地卡罗模拟法、二元树图法、三元树图法、免疫方法、竞争风险方法等及其各式各样的改进方法进行数值分析，并进行实证研究。基于各种各样的风险分析模型和各式各样的数值方法的组合，形成了多样的资产证券化风险评价与定价模型[33]。

3. 产权界定问题

科斯认为，市场交易的前提是权利的初始界定，没有这种权利的初始界定，就不存在产权的转让和重新组合的市场交易[54]。科斯在他的《社会成本问题》中从交易成本的角度引出了产权界定的问题，指出交易成本的高低取决于企业产权界定的清晰与否，企业产权界定清晰，企业间运用市场机制建立经济联系的摩擦就小，交易成本就低；反之，交易成本就高。另外，他在解释科斯定理时指出，在交易过程中，权利界定是最重要的，至于把权利界定给谁在此是无关紧要的。后来的许多学者以科斯定理为基础，把产权界定的清晰性与交易成本联合起来进行了研究。Alex 等[55]研究了在最初产权界定模糊的情况下，双方去法庭消除产权模糊的问题或在审判之前或之后通过谈判方式自己解决该问题产生的执行成本。还有一些学者通过研究不完全信息对交易成本的影响显示了最初的产权安排对执行效率的影响很大[56][57]。

4. 资本市场的层次化研究

一般来说，主板市场对企业的挂牌要求都非常的严格，如果企业不能满足相关的条件，那么它们就不能上市或被摘牌退市。为了使那些达不到主板市场挂牌条件的企业，或从主板市场退市的企业也能够进行证券交易，国家建立场外市场来为其服务，这样就同时存在着主板市场和场外市场。美国等其他发达国家已经按照企业不同发展阶段融资发展的需求建立了多层次资本市场，比如，美国的多层次资本市场就包括主板市场、创业板市场、场外交易市场（OTC 市场）、地方性的柜台市场，以及私募股票交易市场[58]。美国通过建立联结紧密的多层次资本市场，满足了不同企业和投资者的需要，任何类型处于任何发展层次的企业和投资者都可以在美国的资本市场上找到属于自己的层次，然后利用该层次的交易平台进行交易，有力地促进了社会经济的发展。

5. 产权结构与企业绩效的关系研究

贝恩在吸收和继承完全竞争理论、垄断竞争理论和有效竞争理论的基础上提出的"结构-行为-绩效"分析范式（简称 SCP 范式），认为产权结构决定了产业内的竞争状态，并决定了企业的行为及其战略，从而最终决定了企业的绩效。该范式强调了不同产业具有不同的规模经济要求，一旦企业在规模经济的基础上形成垄断，就会利用其垄断地位与其他垄断者共谋限制产出和提高价格以获得超额利润[59]。澳大利亚经济学家泰腾郎提出，企业绩效与产权结构没有多大的关系。他认为，产权的变动可以改变激励机制，但是并不能保证能够提高企业的绩效。英国经济学家帕克和马丁通过对英国多种私有企业进行调查后，经过分析也得出了与泰腾郎同样的结论。

2.2.2　实践研究

我国的产权交易市场与国外的场外市场很相似，在这里，我们通过介绍国外的场外市场在标准化实践方面的做法来启示我国的产权市场标准化建设问题。

1. 场外市场的规制建设

以美国的股票场外交易市场为例。在场外交易市场的市场建设方面，为了规范场外市场，解决市场管理混乱、缺乏透明度、功能定位模糊等问题，美国证券交易委员会提出建立自动化操作系统的解决思路，并建立了全国证券交易商协会自动报价系统，即 NASDAQ。NASDAQ 根据不同的上市标准又分为全国市场和小资本市场。为了让场外市场都具有可靠和准确的报价，以及给投资者和管理者有关最新交易信息，国会认为一个全方面完善的小额股票自动报价系统，能满足投资者和市场参与者的要求，并且可以监督和管理数据，于是提出建立自动报价系统。另外，国会还通过了《1990 年证券实施救济法和小额股票改革法案》，OTCBB 市场以此法案为依据被建立。此外，还有致力于提高场外交易市场信息的透明度以使场外交易市场的做市商、发行人、经纪商和投资人更有效率的Pink sheets 市场。1999 年该市场引入了以网络为基础的、实时报价的电子服务，使市场运作的效率得到了很大的提高。对于那些"灰色市场"，即那些股票不在NASDAQ、OTCBB 和 Pink sheets 上市或报价的市场，NASD 要求它的会员将所有场外交易股票的交易情况报告给 NASDAQ，所以"灰色市场"的股票收盘价和成交量的信息也可以获得。从这些运作方式中我们可以看到，美国的场外交易市场是多层次的，每一层有它的规范标准，并且每一层之间的差异是很显著的。这种市场层次性让不同的企业可以找到自己在资本市场中的位置，从而促进了资本的流通。

在场外交易市场法律规制方面，按照西方新制度经济学的分析，经济活动中的商品交换实质上是产权的转让，离开了有效的产权制度，市场经济不可能是高效的。在 NASD 成立之前，SEC 对场外交易市场进行监管的唯一方式是直接的联邦监管，但是这一市场的规模太复杂，监管得当很困难。NASD 成立后，为了加强对场外市场的监管，美国采取政府机构 SEC 与自律组织双重监管的模式。为了防止会员组成的 NASD 在监管会员时产生与会员市场行为发生冲突的情况，NASD 进行了改组，将管理证券商的功能和 Nasdaq 股票市场的功能予以分离。针对交易实践中出现的问题，1934 年，美国的《证券交易法》在 NASD 成立后制定了大量非交易所经纪、交易商成员规则。1990 年国会通过了《1990 年证券实施救济法和小额股票改革法案》，《证券交易法》进一步被修改，从而对场外交易的规制进一步得到加强。为了场外交易市场得到进一步规范以及信息的透明化，SEC 和 NASD 围绕经纪、交易商的行为和披露义务不断制定新的法规，场外交易市场得到了进一步的完善。

2. 场外交易市场系统的统一性建设

目前，国际上的证券市场普遍采用电子化的数据交换，这种方式虽然提高了效率，扩大了市场参与的规模，但是交易市场在扩展业务的过程中，需要突破区域的限制，还需要支持不同交易系统的数据交换业务。同时，各交易所之间的数据要求能够共享，单纯从系统建设的角度出发来考虑，人们考虑从建立良好的接口协议入手进行信息系统的统一建设，实现数据在不同系统之间的交换。在用信息交换协议来实现数据交换的实践中出现了一个问题，即协议太多，导致了协议的不一致，这种不一致阻碍了业务的进一步拓展。为了克服协议不一致带来的严重后果，人们逐渐考虑通过建立权威性的组织来制定在较为广泛地区或行业使用的数据交易协议。

以纳斯达克市场为例[46]。该市场为市场参与者提供了 NWII/API 协议、CTCI 协议和 FIX 协议类型。NWII/API 协议是该市场的专用交易工作站 NWII 而开发设计的一种 API 类型接口协议。用户通过该协议可以根据自己的兴趣爱好开发出在功能上类似于 NWII 的交易工具。CTCI 协议是专门为纳斯达克市场开发的消息类型的接口协议。该协议连接纳斯达克市场的 ACES、SuperMontage 以及其他业务系统的委托处理。它支持应用业务、管理业务和 SUPER 业务的市场活动。应用业务消息主要是将特定的应用数据传送给 NASDAQ 相应的应用系统；管理业务消息负责用户系统与交易系统的会话连接和通信检查等会话层消息业务；SUPER 业务消息负责用户系统与消息交换器自身的通信，用来通知 Switch 用户系统的自身状态，把序号检查进行开启或关闭等。另外，纳斯达克市场为了适应国际标准接口协议的发展趋势，开始引入 FIX 协议。

目前，人们逐渐在考虑将数据交换协议向着服务化趋势发展。为了增强 FIX 协议的灵活性，FIX 组织正在研究怎样实现 FIX 协议会话层与应用层的独立。服务性的加强促进了其他业务的增加。业务的增加必将改变原有系统，有了数据交换协议的想法和实践经验，人们研究在不改变原有系统平台的基础上，能否通过嵌入协议的方式来达到增加新业务的目的。还有学者考虑能否找到某种方法让协议与协议之间互通，这样采用不同协议的系统之间也可以实现互通了。

3. 场外市场的监管

监管在一定程度上可以保障市场的公平、公开、公正，要想场外市场做到透明、有序和具有竞争性，对其进行监管是必要的。近几年来，欧洲地区和北美地区场外市场的网上业务发展速度很快，各种新的交易手段和技术也在不断的运用，伴随着网上欺诈、虚假信息的传播等不良行为的发生，人们在思考如何对网上交易活动进行有效的监管。一方面，政府修改相关规章法令并检查市场相关机构的运作是否规范；另一方面，政府建立相关的监督机构，形成全国性的监督体系。另外，还采用一些先进的技术来监督网络行为。比如，对于那些通过网络散布虚假公告而给相关企业带来损失的行为，人们采用电子签名的方式来确认文件的真实性，以及采用新出现的验证技术来防止网络欺诈。

对国内和国外学者的产权研究方向和研究深度进行总结分析，我们可以看到，在产权的理论研究方面，国外的研究比中国出现得早，并且大多数著名的产权经济学者都出现在国外，一些产权经济学理论也是国外学者提出的，从这些方面我们不得不承认国外的学者对产权理论的研究比中国大多数学者更深入透彻。在实践方面，经济发达国家的资本市场基本上都实现了电子化交易，并且与网上交易相关的配套体系的建设也比较完善，比如，监督管理机构的设置，交易标准的制定，各机构系统之间的数据联通问题的解决方法等，国家或是通过制定相关的法律法规或是通过研究系统之间的通信协议等来规范资本市场。我国产权市场的电子化交易目前还处于起步阶段，与网上产权交易相关的配套体系还未完全建立，比如，我国产权市场各交易机构之间信息共享还存在问题，交易规则地区之间不统一，监督管理体系不健全等问题，这些问题的存在阻碍了我国产权电子商务的发展。

经济发达国家的资本市场之所以发展的那么迅速，是因为他们有一套规范的标准体系，各层次的交易市场都要按照国家制定的相关规定来进行交易活动。而我国就缺乏这样的可以推进资本市场发展的标准体系，这也是我们为什么要研究我国网上产权交易怎样标准化的原因和意义所在。

本章主要参考文献

[1]　刘江. 我国国有产权交易的法律规制与对策. 贵州大学硕士学位论文，2007

[2]　曹宁. 技术产权资产证券化探索. 天津财经大学硕士学位论文，2003

[3]　尹刚. 试论我国产权交易所信息共享机制的法制化构建. 华东政法大学硕士学位论文，2008

[4]　王殿凯，石莱忠. 产权理论探析. 山东财经政法学院学报，1995，1

[5]　杨光献. 规范发展中国产权交易市场. 产权导刊，2005（2）：9～11

[6]　王彪. 建立产权市场应注意的几个问题. 经济论坛，2002（10）：43

[7]　霍丹. 山东辖区网上证券交易现状与监管对策初探. 证券期货市场研究报告数据库，http://reports. csrc. gov. cn/rs_new/InvalideIp. aspx

[8]　陶耿，孙伟，范伟隽. 我国网上证券交易的实证分析与监管研究. 证券期货市场研究报告数据库，http://reports. csrc. gov. cn/rs_new/InvalideIp. aspx

[9]　周茂清. 我国非上市公司的产权交易. 当代财经，2003，12：11～16

[10]　葆文，张丽丽. 论中国产权市场的定位问题. 环渤海经济瞭望，2006，10：32～36

[11]　熊焰. 产权市场将逐步融入多层次资本市场体系. 中外企业文化，2005，4

[12]　胜任利. 产权市场融入资本市场是必然趋势. 上海国资，2006

[13]　陈长永. 浅谈我国产权交易市场的定位. 产权导刊，2007，3

[14]　蒋言斌. 国有产权交易法律问题研究. 中南大学博士学位论文，2008

[15]　郑成思. 知识产权、财产权与物权. 中国软科学，1998，6

[16]　梅夏英. 财产权构造的基础分析. 北京：人民法院出版社，2002

[17]　史树林、庞华玲：国有资产法研究. 北京：中国财政经济出版社，2003：12～32

[18]　佟柔，魏振瀛，郑立等. 挂靠企业产权性质归属问题讨论. 中国法学，1989（4）：23～25

[19]　张海龙. 产权交易法律实务. 上海：上海社会科学院，2002

[20]　余能斌，李国庆. 国有企业产权法律性质辨析. 中国法学，1994（5）：81～89

[21]　吴清旺，贺丹青. 物的概念与财产权立法构造. 现代法学，2003（6）：23～32

[22]　刘向阳. 中国产权交易市场研究. 中共中央党校博士学位论文，2008

[23]　刘洋. 国有企业产权制度改革研究. 华东师范大学硕士学位论文，2007

[24]　张涛. 企业国有资产管理产权明晰研究. 武汉理工大学博士学位论文，2005

[25]　王培良. 产权稳定性分析. 贵州大学硕士学位论文，2007

[26]　张涛. 我国产权结构和市场结构下的国有企业绩效分析. 西南财经大学硕士学位论文

[27]　诺斯. 经济史中的结构与变迁. 上海：上海三联书店和上海人民出版社，1994

[28]　任胜利. 谁在阻碍产权市场制度变迁. 上海国资，2006，7：73，74

[29]　邬琼华. 我国产权交易市场发展问题研究. 华东师范大学硕士学位论文，2006

[30]　郭国庆，吴剑峰. 论产权市场的功能、管理与法制化建设. 当代经济管理，2005，27（2）：4～9

[31]　邓志雄. 以市场化机制和信息化手段推动企业国有产权规范流转. 产权导刊，2006，7

[32]　杨忠勇. 非上市公司产权交易市场研究. 西北大学硕士学位论文，2007

[33]　冒艳玲. 资产证券化的资产转移机制研究. 中南大学博士学位论文，2007

[34]　周茂清. 论企业产权的证券化. 现代经济探讨，2002，10：54～59

[35]　甘海源. 我国产权交易市场发展问题研究. 集团经济研究，2007，6：40～42

[36]　常新. 统一全国产权交易市场受质疑. 证券日报，2003-12-21，第T00版

[37]　熊焰. 在北京产权交易所五周年庆典上的讲话. http://blog. sina. com. cn/s/blog_504183620100 cgma. html

[38]　吴志华. 加强信息系统建设，促进监管效率提高. 证券期货市场研究报告数据库，http://reports. csrc. gov. cn/rs_new/InvalideIp. aspx,2003. 12

[39]　张益平. 积极推进产权市场体系的结构转型. 上海国资，2007，3

[40]　高岚. 规范发展 共同推进区域产权市场建设. http://www. cbex. com. cn/article//cqlt/gaolan/200801/20080100000424. shtml

[41]　熊焰. 跟上时代的步伐——在2009年度会员工作总结表彰会上的讲话. http://blog. sina. com. cn/s/blog_504183620100hg1n. html

[42]　杨涤. 建立国有产权信息披露制度是必然的. 国际金融报，2004-11-19

[43]　张铭，李纪，尚启君，等. 企业国有产权交易信息披露规范研究. http://www. sasac. gov. cn/n1180/n1271/n4213364/n4213672/n4222580/4373221. html. 2008. 4

[44]　鲁阳. 建立公开透明的信息披露制度. 产权导刊，2005，8：10，11

[45]　西部产权. 产权交易信息披露方式与风险防范. 西部产权交易所，http://www. xbcq. com/Html/

2005-09-09/180016. Html,2005. 9

[46]　曾海泉. 证券交易系统接口协议研究. 研究报告, 深圳证券交易所综合研究所, 2005. 5

[47]　黄耀杰. 关于加强证券公司网上交易安全的思考. 厦门证监局, 2009. 12

[48]　邹琼华. 我国产权交易市场发展问题研究. 华东师范大学硕士学位论文, 2006

[49]　德姆塞茨. 关于产权理论. 财产权利与制度变迁. 上海: 上海三联出版社, 1994, 18

[50]　阿尔钦.《产权: 一个经典注释》, 载《财产权利与制度变迁》. 上海: 上海三联出版社, 1994, 166

[51]　Steven L. Schwarcz. The Alchemy of Asset Securtization, Stan. J. L. Bus. & Fin. , 1994, 1

[52]　Christopher W. Frost. Asset Securitization and Corporate Risk Allocation. Tut L. Rev, 1997, 101

[53]　Jure SkamboL2001. Asset Securitization and Optimal Asset Structure of the Firm, http://haas. berkeley. edu/skarabot,March 21,2001

[54]　夏海波. 产权理论的发展与产权制度的构建研究. 吉林大学硕士学位论文, 2006

[55]　Alex Robson, Stergios Skaperdas. Costly enforcement of property rights and the Coase theorem. Economic Theory , 2008, 36: 109~128

[56]　McKelvey, R, Page, T. An experimental study of the effect of private information in the Coase theorem. Exp Econ, 2000 (3): 187~213

[57]　Myerson R, Satterthwaite M. Efficient mechanisms for bilateral trading. J Econ Theory, 1983 (28): 265~281

[58]　江西省产权交易所课题组. 产权市场在多层次资本市场中的功能定位. 产权导刊, 2009, 6: 39~43

[59]　百度. 什么是 SCP 范式. http://zhidao. baidu. com/question/9621387. html,2006-07-12

第3章

产权电子商务统一市场的地方主义障碍

实现产权电子商务又快又好的发展需要全国统一的产权市场。只有在这样统一的市场环境下，产权交易者才能充分利用网络交易平台完成合法的产权交易；也只有在这样统一的市场环境下，产权监管部门才能实现对全国产权交易市场进行有效的监管。但是我国产权市场的现状是各自为政的条块分割模式，建立全国统一的产权市场来进一步促进产权电子商务发展的规划受到了地方政府的限制。从经济学的角度来看，建立统一的产权市场有利于规模经济的形成和交易费用的降低，有利于交易双方获得更多的利益，理论研究与实际现象的差异让我们产生了这样的问题：产权电子商务统一市场建设为什么会出现地方主义障碍呢？它们会对产权电子商务发展带来哪些影响呢？本章将对这些问题做出详细的论述。

■ 3.1 统一产权市场出现地方主义障碍

地方主义是一种动用行政手段和方法保护当地利益，特别是经济利益的观念和行动[1]。它是地方政府在由高度集权体制下的非利益主体，向市场经济条件下的具有较大自主性的利益主体转化过程中，在处理全局利益与局部利益、长远利益与眼前利益的关系时，为了眼前利益和局部利益而损害长远利益和全局利益的错误倾向[2]；它是地方政府基于自身的利益考虑，利用所掌握的行政性权力，突破调控中心的统一规划，实施垄断的一种行为方式和价值取向[3]。在上一章我们分析过，资源只有通过流动才能被合理的配置到社会需要的各个领域中，实现资源的最优利用。从各地产权市场的产生发展过程来看，地方政府的"政策主导"、

"保护主义"打破了市场自由、公平的竞争秩序，损害了资源配置效率，降低了本地经济的竞争效率，限制了产权交易价值最大化的实现，限制了产权整体市场的发展，阻碍了全国统一产权市场的建立。中央政府一直强调要坚决克服地方主义，但是经过多年的发展，产权市场发展受限的地方主义障碍却仍然存在。究其原因，我们认为有以下几点。

3.1.1　行政区之间对优质产权和产业资本的竞争

1. 行政区之间对优质产权和产业资本竞争的方式

《企业国有产权转让管理暂行办法》（国资委、财政部令第3号）中规定，产权交易"不受地区、行业、出资或隶属关系的限制"，也就是说产权可以在全国任何一家合法的产权交易机构进行交易。市场在本质上是一个交换、合作与竞争的场所，具有资源，才能拿出东西与别人交换和合作，才能参与市场竞争。从这点来看，产权市场要获得长久的生存，就必须掌握和支配一定的交易资源，否则产权交易市场就会处于"有场无市"的状况，产权交易机构停业或被撤销的后果就可能会发生。地方政府为了促进当地产权市场的发展，进而带动当地经济的发展，努力为其争夺优质产权和产业资本。一般来说，地方政府为当地产权市场争夺优质产权和产权资本的方式有以下几种。

1) 垄断资源和生产服务

垄断资源和生产服务是地方主义的一个主要手段。对于产权市场来说，当产权资源需求比较旺盛时，地方政府往往将其控制在本地区内，不允许自由流通。他们通常用行政命令限制资源流出，阻挠产权到外地产权交易市场进行交易。主要办法是禁止本地企业到外地投资。比如，地方政府可以严禁本地企业到外地进行企业兼并或到外地投资，一旦发现则对其加以罚款。或者政府增加向外投资的审批手续，一是拖延企业的对外投资行为，二是以此作为"设租"、"寻租"的机会，让官员自己从中获利；地方的各种基础设施建设和各种商业或通信等服务不进行招标或表面上招标，实际上进行暗箱操作，把生产经营权交给本地企业。或是强行规定交易价格，让市场机制失去作用；阻止本地的稀缺资源流向外地。比如，地方政府出台相关政策，对流向外地的稀缺资源征收一定的费用；通过价格补贴、优惠的税收政策等吸引外地的投资者，到本地的产权市场进行产权交易和进行生产经营活动，吸引外地要素的流入。比如，为了吸引外地优秀的投资者进入该地区进行投资活动，地方政府突破国家的"两免三减半"企业所得税优惠政策底线，私下实行"十免二十减半"等优惠条件；降低产权挂牌交易的价格和提供其他的一些优惠政策，让本地产权转让方自愿的在本地进行产权交易活动。

下面介绍地方政府利用行政权力争夺资源所有权的一个例子——甘肃平凉国有资产监督管理委员会欲以地方产权阻碍煤业整合[4]。

围绕当地最大的煤矿资产权的归属，华亭县与甘肃省政府产生了矛盾，后来平凉市成立国有资产监督管理委员会来争夺华亭煤矿的产权。华亭县隶属平凉市管辖，在平凉市辖区的6县1区里，华亭县是唯一的上缴财政县。地方财政收入有68%来自于煤炭，而华亭煤矿占85%，华亭县便是利在必争。

2002年4月，甘肃省政府将华亭矿区建设管理委员会（矿管会）、华亭矿务局和华亭煤矿共同组建为华亭煤业集团。华亭矿管会主要经营砚北煤矿和陈家沟煤矿，2001年产煤为139万吨，总利润5万元，贷款额高达10多亿元。华亭矿务局下辖安口煤矿、马蹄沟煤矿、山寨煤矿等6家煤矿，2001年产量为167万吨，亏损996万元，而华亭煤矿2001年产量286万吨，利润总额为4511万元。华亭矿管会和华亭矿务局均属于省属企业，华亭煤矿为县属企业，继煤业集团成立之后，2002年4月29日甘肃省经贸委下发文件（［2002］55号），同意设立华亭煤电股份有限公司（筹）的复函，文中明确股份公司将以华亭煤业集团、华亭煤矿作为主发起人并联合其他发起人共同成立"华亭煤电股份有限公司"。同年6月25日，甘肃省经贸委正式下函（［2002］71号），文件在发起人中又增加了华亭县华亭煤矿为主发起人，并且在股本说明中明确华亭煤业集团以砚北煤矿、陈家沟煤矿、东峡煤矿等资产入股，占总股本25.16%，华亭县华亭煤矿占70.64%。根据甘肃省经贸委［2002］71号文件精神，12月2日，华亭县政府发文正式将华亭煤矿的资产授权给华亭县华亭煤矿经营，并同意华亭县煤矿以其优良资产2.8亿元，入组华亭煤电股份有限公司。12月10日，甘肃省经贸委突然下发［2002］174号通知，宣布废止《关于同意设立甘肃华亭煤电股份公司的函［2002］71号》，并强调从未正式发出。而在甘肃省经贸委的［2002］71号文件恰恰明确了华亭煤业集团和华亭煤矿的不同持股比例。省经贸委隐瞒了市、县两级政府和华亭县华亭煤矿，造成华亭煤矿产权悬空、股权丧失。

上面这个煤矿产权之争的例子让我们看到了地方政府在争夺产权资源时滥用其权力的不正当竞争行为。如果省可以随意整合县的资产，那么中央是否可以随意收回省的企业？政府的行政权利和资产权利要分开，用政府整合的权力来伤害地方产权是错误的，这是严重违背党的十六届三中全会关于产权是现代经济的核心的。省要收县的资产，合法的渠道可以出钱来买，如果没有钱，就说明省上不具备整合的能力，产权才是硬道理。

2）消极执法

有法可依、执法不严的现象在有些地方很普遍。虽然地方政府官员明知消极执法会扰乱市场秩序，但是在执法方面存在的这些问题还是很难克服的。晋升制度让地方政府官员对本地区的经济发展负责，使得他们不惜一切手段去获得经济的发展。许多地方执法机关受地方利益和自身利益的驱动，不按照法律和原则办事，放任管理，消极执法，甚至袒护违法行为。一方面，在执法过程中，一些地方政府利用行政方式命令、纵容有关部门和人员采用不正当手段保护本地的利益。他们对执法机关的正常执法活动设置障碍，或地方政府官员出面为违法企业说情，影响执法机关正常的执法工作。另一方面，地方政府利用不利于培育和维护市场秩序的手段，如违规为企业办理市场进入手续或信贷担保等。当税收、银行等部门的做法与本地区的局部利益产生冲突时，地方政府官员就动用许多地方资源对这些部门施加有效的压力。近年来不断曝光的煤矿安全生产问题，其中一个重要原因就是地方政府的政绩观引起的。地方政府为了实现 GDP 的增长和税收增长，放松了对煤矿的安全监管执行标准，为了加速当地经济的发展，他们对安全监管工作直接进行干预，采取放松执法、消极对待违规生产的企业，甚至偏袒保护这些企业，这就使安全生产监管的执行偏离了真正的监管目标。再者，地方政府还采取一些方式不让法院受理行政案件。比如，上下说情，劝说法院不要受理行政案件；通过上级领导或党委来干预法院受理行政案件；造谣中伤，给法院施加压力，迫使法院驳回起诉等。受此影响，消极执法现象时有发生，该查处的不查处，该惩罚的不惩罚，甚至在罚多罚少问题上出现了"议价罚款"的现象。

　　地方政府消极执法还有一个表现，那就是去抓住占据有利地位的机会。任何卓有成效的发展都是带有风险的。地方政府违背相关法律来发展当地经济也是包含着冒险因素的。在土地改革初期，有的地方政府违反土地管理法的规定下放土地使用权出让的审判权限，使得各级政府竞相协议出让土地使用权。这种做法是对严格依法办事的冲击，但是它换来的是地区经济的发展、城市面貌的变化，以及外资的利用。可以说，地方政府的这种违规行为是对经济发展的一个大促进。

3）随机进行干预，内耗严重

　　这种方式是地方政府在对当地产权交易进行干预时，往往有意或无意的不遵循国家统一意志、统一规划和统一政策，而是仅仅从当地、当时的利益出发，自作主张和随意决策[5]。在国家已经出现了产权交易机构设立过多，交易资源相对过少的情况下，地方政府仍然投资建立地方产权交易机构，这完全是一种资源浪费。在行政区交接地带共有资源所有权的争夺上，地方政府也不惜花费高昂代价参与竞争开发。比如，在开发赤壁大战古战场遗址的问题上，由于赤壁之战的作战地点是长江北岸的乌林，但是一开始作战的地点是长江南岸的赤壁，因此，为了开发旅游景点，带动当地的经济发展，赤壁市和洪湖市就为这赤壁大战古战场遗址的所属地发生了争夺，后来分别在各自的地区建立了古战场遗址，使得旅游资源被人为的分割开来。

地方政府为了各自的利益，不顾及国家整体利益的最大化，这种为地方争取资源的行为从全局经济发展来看实际上是浪费资源的行为。

2. 行政区之间对优质产权和产业资本竞争的根源探析

地方政府为了争取优质产权和产权资本等资源，甚至冒险滥用行政权力干预要素流动，制造壁垒，限制本地资源流入外地市场，利用行政权力制定优惠政策吸引外地资源进入本地市场，限制不同地区间的产权交易。地方政府之所以积极的为当地产权市场的发展去争取优质产权和产权资本等资源，主要原因基于以下几个方面。

1）地方政府官员考评体制的变化

这个问题牵涉到政府官员的晋升激励机制。考虑到如果没有对政府官员的绩效考核，那么政府官员就会缺乏推动地方经济发展的动力，这样地区经济就不会出现快速增长的局面。因此，国家赋予我国地方政府双重身份。他们担负着地方发展的责任，在中央对地方财政投资日益减少的情况下，一方面要执行中央政府的各项经济决策，另一方面又要依靠自己的资金渠道增加地方经济投资，组织地方经济活动。在执行过程中，理论上地方政府的行为追求可能出现这样几种情况，即无条件的完全服从中央的经济政策；或通过服从中央的经济政策来追求自身的功名；或通过服从中央的经济政策来追求自身的物质利益；或不顾及全局利益而只考虑本地利益进而从中获得地方人民的认可和支持[5]。由于利益主体地位得到了确认，地方政府建立了自己的独立经济目标，他们根据自己的利益目标，比如，地方财政收入的最大化、扩大地方财政支柱等，做出种种经济决策。自20 世纪90 年代以来，中央对地方、上级对下级，最关键的考核目标、决定任免升迁的事项一直是以 GDP 增长率、招商引资完成的数额、地方财政收入额为主。对于一些政府官员来说，由于地方利益与自身的利益挂钩，这就让他们更关心地方利益而不是国家利益和整体利益。地区经济的增长一方面为政府官员赢得上级的肯定；另一方面又可以为人民带来福利，从而获得当地人民的认可，这样就可以让自己在政治晋升中获胜。由于现行的政治经济体制直接与政府官员自身的利益挂钩，在干部人事制度和考评制度的约束条件下，地方政府官员从自身利益出发，采取强化资源配置本地化和保护本地市场等有悖于市场经济发展的行政性措施，开始追求以地方经济发展为主导的"政绩最大化"[6]。目前出现的情况是，只要对地方经济发展有利，地方政府官员不管在不在其职能范围之内，他们还是要做。比如，他们明知地方主义不利于地区间产权市场的协调发展，但是有利于实现本地区的产权交易，他们明知地方主义不符合我国产权市场规则和统一产权市场的要求，但是他们还是实行了地方主义，对建立全国统一产权市场的行为进行了阻扰。另外，地方政府重视短期经济效益忽视长期发展的行为也说明他们追求"政绩最大化"的目标。一般来说，追求长期的可持续发展短期收益较低，而不可持续的发展虽然更多的是着眼于短期经济发展。但是它能够在政府官员任职期限内表现出较高的收益，可以利用现有的统计指标在 GDP 中很好的展现。这样一来，地方政府官员对"政绩最大化"目标的追求不可避免的导致他们选择非可持续的经济发展战略。比如，利用各种手段千方百计的招商引资，强化资源配置本地化和保护本地市场，追求当地经济的发展，进而拥有较好的经济业绩。

保护自己的合法权益是合理的，我国宪法赋予地方人大根据本地区实际情况制定地方性法规的权力，以此来确认地方利益的存在和维护其合理性[7]。另外，地方政府在既定界线范围内改变本地区落后面貌，改善本地区居民生活，扩大自己可支配的财力物力都是合理合法的。对于目前还没有全国统一的产权市场来说，各地的地方政府为了促进当地产权市场的发展，既要控制本地资金外流，又要努力吸引外来资金，用合理的手段和充分发挥市场经济的调节机制来完成这些任务是各地政府的职责，但是现实情况是他们中的大多数都是充分利用其在资源配置的信息获取方面的优势及其行政能力，人为地设置障碍来阻碍资源的区域间流动，比如，制定当地产权交易的政策法规，或者直接参与产权交易，积极促进交易的实现，尽可能的为本地区的产权市场争取更多的资源，促进当地产权市场的发展。这种违背市场正常发展的干预，带来的后果是阻碍我国整体经济的发展。

在现在的地方政府官员考评体制下，地方政府为了自身的利益而干预产权资源的自由流动，还有另外一个原因，即我国地区经济发展的非均衡特性。由于地区之间的自然资源和自然条件等客观条件的不同、地区所处的经济地理位置不同、经济意识不同导致的地区经济发展的生产要素的供给和配置比例的不同、地区文化素质等的不同，使得我国的地区经济发展出现了不平衡性，从目前的经济发展状况来看，东部沿海地区的经济发展水平明显比中西部地区好，并且中央政府对各地区经济发展的政策也存在差异，即东部地区普遍比中西部地区具有更好的资源配置制度和产权制度，也具有更多特殊的权力和国家政策及资金导向的偏好。如果完全在市场支配下进行产权资源的流动，由于"马太效应"的存在，我们可以想象，这些资源产权绝大多数会流向东部地区，进而导致地区经济差距进一步扩大。这样，一些经济不发达的中西部地区不仅缺少资金、缺少企业家、缺少创业精神和本领，如果再失去地方政府的强制性保护，那么不仅外地的资源不会自动流入，而且本地的一些好的资源还会流向外地，这就让那些经济发展落后地区的经济发展进入了一个恶性循环。因此，政府官员理性思考的必然决定就是拒绝或尽量减少参与这种不公平的市场化竞争，采用一些违反市场规律的行政强制性方法保护本地的产权资源，这也就是为什么经济较发达、竞争力较强的地区越是要求市场准入和资源的自由流通，而越是经济比较落后、竞争力较弱的不发达地区，地方主义行为越是突出的重要原因。

2）市场机制还不成熟，使得政府有机会干涉市场份内的事情

第一，市场机制存在缺陷。市场机制在实际的经济运行过程中总会表现出隐含在其中的缺陷，比如，经济周期波动、企业的逐利行为导致的经济发展的短期化等。从产权市场的发展来说，当遇到市场机制缺陷引起产权市场的发展不畅时，首先是国家中央的层面制定一些宏观经济政策、收入分配政策、中长期的产业政策、区域布局政策等，然后由地方政府负责这些政策的具体贯彻和实施。然而，各地政府官员为了追求政权利益，就会违背市场运作规律，并且利用我国产权市场规章制度的不完善对产权交易进行过度干预，不考虑整体产权市场的发展，干预司法、滥用公权谋取私权，人为的为本地产权市场的发展创造优越的条件，扰乱市场秩序。这种权力机制失衡的表现，从政府的角度来看，就是地方政府由于受计划经济的影响，适应市场经济内在要求的政府监管体制在我国还远远没有形成。在计划经济向市场经济逐步转变的过程中，国家给地方政府相当独立、自由、宽松的自主权，让地方政府作为一个相对独立的利益主体。政府有权直接进行各种经济活动或间接通过制定经济发展战略和政策对经济活动进行引导，这意味着地方政府控制着地区国有的产权资源。目前，这种计划经济产生的政府管理经济的职能尚未完全转变，来自政府方面的行政性限制竞争的力量仍然十分强大，但是，我国还没有一套健全的责任约束制度，当地方暴露了一些问题后，如地方主义导致的经济发展受阻这类问题，中央难以追究地方政府的责任，这就进一步促进了政府权力滥用，地方主义盛行。

第二，市场存在失灵的现象，市场机制丧失了有效配置资源的功能。资源的有效利用往往是在完全竞争和不存在市场失灵的条件下进行的。当存在垄断、地域分割等行为，以及市场制度自身的不完善、市场力量弱小导致无法提供巨额资本时，市场的有效分配资源的特征就会遭受破坏。其实，市场机制能否充分发挥有效配置资源的功能，与地方政府的行为有很大的关系。由于地方政府具有行政权、司法权和立法权等权力，可以说，地方政府在某种程度上控制了该地区的经济发展。在当地的产权交易市场，产权转让的相关信息，比如，企业是否要实行转让，企业的资产评估结果等，这些信息获取速度的快慢以及获取信息的真实性和全面性对于投资者来说意义重大，在处理和对外发布这些信息时，政府官员可以直接干预产权交易机构的信息发布，让其朝着有利于当地经济发展的方向进行信息的公布。对于企业产权是否应该转让，政府也进行了干预。他们往往需要考虑该企业行为是否会实现预期目的，以及行为成本与收益相比较的结果如何，进而帮助企业找到合适的处理时机。地方政府从获得地方经济的发展和财政收入的

增加、追求政绩和部门利益等方面来考虑，与其他地方政府之间展开资源的竞争和争夺，干预产权交易的行为，在某种程度上是对市场机制发挥其作用的一种干扰，不利于实现资源的最优配置。

3）政府干预经济活动的思维惯性仍然存在

我国经济发展状况使得人们还未完全走出计划经济的思维惯性，一旦经济活动出现问题，人们首先想到让政府去解决。比如，一些地方国有企业改革，包袱沉重，创新能力弱，机制僵化，市场意识淡薄，自生能力弱，企业治理结构存在严重缺陷，使得它们无法适应激烈的市场竞争，习惯了政府对它们的庇护。地方政府出于维护自身利益的动机，通过行政权力，借助市场进入限制、金融倾斜等保护手段，来维持低效率的国有企业运营。我们知道，政府部门的一些官员缺乏产权意识，缺乏理论指导，再加上计划经济时代的思维惯性，认为自己对经济活动进行干预是责无旁贷的。这种长期以来的计划经济的影响以及官本位思想，直接导致了人们对政府的依赖。

除了企业对政府的依赖导致政府干预经济活动外，政府为了发展当地的经济自发的干预当地经济活动。政府的这种自发行为主要是由于地区间经济社会的发展不平衡引起的。地区间经济的发展、资源的占有情况等的不同，让不发达地区的政府官员意识到单纯依靠市场机制的调节作用和自发性去实现赶超发达地区将是一个不确定的长期过程。因此，地方政府进入经济发展的轨道，在了解相关情况的基础上，比如，资源、经济发展的阶段、国家的宏观政策、竞争对手的情况等，制定出连续性和竞争性的地区经济发展战略。

传统习惯对政府干预经济活动的行为也有影响。在经过漫长的岁月积淀后留给人们的思维意识，具有深厚的、基础的、广泛的影响力。它对政府经济行为产生潜移默化的影响，具有隐蔽性、长期性和普遍性的特征。地方政府在一定程度上保留着传统体制下的行为习惯就是一个很好的例子。一些地方政府偏好于用行政命令来调控当地经济的资源配置问题，习惯于下达指标来扩大职能范围；一些地方政府也习惯于传统的政府直接干预经济的行为，比如，他们依靠行政命令实行"命令式"贷款。另外，由于市场功能不完善，再加上合理的价格体系和全国统一大市场尚未形成，新体制建设不健全，地方政府使用旧体制的习惯性和新体制的脆弱，那么，地方政府行为的规范性就缺乏保障，制定的地方政策就显示出了强烈的条块分割特征，对经济干预的扭曲和无序也就导致了政府行为偏差的必然性。

4）法律体系不完善，让地方主义有了存在的空间

相对于行政机关而言，法律在人们眼里是公平和正义的象征，但是现实情况

是行政法制度的发展引起了行政权的扩大和司法权的缩小，使得对于行政决策的司法复审范围不断受到限制。这些问题主要是由于法律体系不完善以及司法权自身的局限造成的。

首先，地方人民法院和地方人民检察院的职能定位模糊，法律效力的发挥存在障碍。他们作为国家权力的直接代表，原则上与地方政府是严格分离的，但是他们主要服务于地域范围，地区的人、财、物的控制权掌握在地方政府手中，而不是由各级人民法院掌握其独立的支配权，这就让法律和司法机关失去权威，不能独立行使审判权。商品经济的发展，不管是个人还是法人都逐渐重视独立的产权关系和财产利益，地方部门在现有的评级制度下也日益重视自身的利益，逐渐将既得经济利益变成工作重点。他们在追求利益的同时丢弃了社会正义和社会公平，对资源的追逐和占有导致滥用权力。利益的追逐和权力的滥用逐渐抵消了地方法律效力。另外，不完整的司法独立也造成了司法机关屈从于行政权力。虽然我国的法律赋予了司法机关独立行使司法权的权力，但是这种原则上的规定并没有在国家法律体系中切实贯彻始终，使得这种司法权存在被干扰、破坏的可能。一方面，地方法院院长、检察院检察长的任免由地方选举决定，这就在很大程度上决定了地方司法机关必须维护地方的利益，让当地人民感受到更多的福利，以此来保护自身的职位以及职位的升迁。他们还必须服从于地方党委，在组织上难以保持独立性。另一方面，由于司法机关由地方安排干部和供给财物，使得他们不敢得罪地方，不敢坚持不利于地方的裁判。这些原因造成了地方行政权力的放大，地方主义能够产生也不足为奇了。

其次，立法和司法上存在漏洞，也是地方主义利用的地方。第一，法律与行政行为之间没有准确对应，目前的法律并不能保证行政中的每一个行为细节都能在其中找到相应的规定。一方面是由于立法者并非全知全能，知识和推理能力有限。不可能知道和预测每一件事情，因此也就不可能详细说明行政人员在实施行政行为时必须权衡的所有因素。另一方面是由于地方利益和全局利益的界限不明确，导致中央和地方在事权、物权、财产权等方面界限不清，未能通过具体的、明确的、权威的法律来界定，比如，我国还没有法律规定省际之间的产权交易属于中央政府的事权，也没有法律规定省内地区之间的产权交易属于省政府的事权，因此，我国就没有法律依据来对地方主义行为提出诉讼，这给司法和行政执法机关处理案件带来了困难，给地方政府利用这些漏洞实行地方主义提供了机会。第二，法制不是万能的，有其天生的盲点。对有争议的事物还未取得一致看法时不能纳入法制范畴。比如，产权交易市场的发展是放权地方政府，让其根据地区的特点制定相关的交易制度，还是全国统一产权市场，或是近些年实行的网上产权交易，实现产权市场的完全统一化。由于对这些问题的看法不同，从而也无法制定相关的法律法规来对地方政府和地方产权市场进行全面的约束，因此，地方主义就具有了发展的空间。第三，缺乏全面的资产评估规范。现行资产评估规范制定的比较粗糙，没有具体的操作细则，可操作性差，并且只对国有企业产权评估制定了规范，对其他类型企业的评估只能参照该规范执行，这就导致了评估结果与交易价格之间产生的差异无法追究责任，由于没有相关的评估法律可依，使得无人承担法律责任。这就为政府的定价拍板提供了机会。第四，我国对政府行政行为进行科学监督的法律还相当缺乏。目前对政府行为的监督主要是政府自身自上而下的行政监督，法律监督非常薄弱，能够起到真正监督政府行为的法律非常少，这就造成了权大于法的现象在我国普遍存在。

再次，我国的立法、司法机制存在问题。第一，我国立法时，法律草案先要交由地方部门讨论，以提高立法质量，然后正式提请国家机关表决。这种立法程序虽有积极的一面，但是其消极一面不容忽视，它涉及不同地方的不同利益，协调难度大，拖延时间长，而且政府具有争取和维护自身利益的意识，他们会利用这种立法程序对立法施加影响，保护自身的利益。政府具有的立法权和司法权等这种超越经济的强制特征，让他们可以通过行政立法、司法的手段对所管辖的地区进行调控和监管，为地方争取经济收益。第二，立法机关无法控制较高层次的自由裁量权，也是地方政府高级官员能够实行地方主义的原因[8]。立法机关的立法活动和监督活动都是针对较低层次的行政机关的行政行为，而政府高层的决策活动很少受到控制，比如，规则的变化、政府组织主要目标的转变等。虽然这些决策关系重大，但是这些高层工作主要取决于个人判断、个人经验等，立法机关由于受到职权范围的限制很难介入政府高层的自由裁量权。一般来说，司法机关通过行政诉讼的方式来对行政权力进行控制，现实生活中当行政行为侵害了相对人的权利时，相对人未必提起诉讼；即使相对人提起了诉讼，法院不受理或驳回起诉也能够使其不进入审判程序。以此来看，真正能够通过司法审判的方式来控制行政权力的情况很少。除此之外，法院对行政案件的审查内容也受到限制。法院只能审查行政机关的违法行为，对不合理、不适当的行为，以及行政人员的不良作风，不在审查范围之内。

立法、司法机制上的问题给政府提供了自由决策且很少受限制的机会，这也给地方主义提供了兴起和盛行的机会。

5）产权制度改革还没有完成

从深层次看，我国产权制度改革还没有完成，这也是我国地方政府充当投资和产业发展主体的一个原因。产权制度改革滞后于产权经济的发展，使得产权不能在各地产权市场进行交易和流动，一是各个地方存在地方保护主义；二是全国没有统一的产权交易规则，产权资源无法顺利的在任意的产权交易市场进行交易。在这种情况下，地方政府凭借其行政权力在一定程度上实现资源的重组和规模经济。从表面上看，地方政府对资源流动的干涉是为了促进资源的合理分配，实质上，在这种行为的背后，我们还要看到，这其实为地方政府提供了利用权力谋求利益的机会。在实现资源的重组过程中，地方政府往往不是根据经济规律和比较优势来调整资源配置的，而是根据当期政绩的需要运用行政力量来确定资源如何配置的问题。目前出现的地区之间产业结构趋同就有这方面的原因。

有的学者认为地方政府间过度竞争会竞相提供相似的公共产品，而这种竞相提供的程度反映了地方政府间竞争的激烈程度[9]。产权交易机构的泛滥设立是这一论点的反映。产权交易机构设立的目的是为了给地方政府一个方便的资源配置平台，协调地方资源优化配置，方便指导经济发展和中小企业融资，但是为了活跃当地经济的发展，地方政府在没有必要的情况下竞相设立产权交易机构，然后利用自己的行政权力努力为其争夺优质产权和产业资本，这就违背了市场的正当运行，起到了适得其反的效果。

从地方经济发展的角度来看，由于地方经济发展的不平衡，建立全国统一产权市场发展网上产权交易，不利于一些地方政府获得优质产权和产业资本，不利于一些地方经济的发展。建立电子商务平台进行网上产权交易面临着巨大的挑战。从经济学角度分析，行政区之间对优质产权和产业资本的争夺是地方政府之间相互博弈的结果。理想情况是地方政府之间相互合作，通过发挥本地区的资源优势，与其他地区分工，实现产权资源的优化配置，促进整体产权市场的发展。但是，当把政府官员当做"经济人"来看，他们会通过自己从中获利的大小来决定自己的行为。他们可以利用自己手中掌握的资源和权力，制定最有利于自身发展的策略，保证本地区的资源和吸引其他地区的资源进而增加本地区的经济收益水平。这就形成了一种地区分割，进而阻碍了产权电子商务统一市场的建立。

从以上论述可以看出，行政区之间对优质产权和产业资本存在竞争是外因和内因综合作用的结果。市场机制、政治法律环境以及传统的文化基础构成了政府经济行为的外部条件，它们在某种程度上决定着地方政府采取促进当地经济发展的行为，而政府最终决定采取什么行为（如地方主义）则由内因决定。从这些因果关系我们可以看到，发展网上产权交易遇到地方主义障碍是不可避免的。

3.1.2　数百家产权机构的有效整合问题

1. 产权机构整合的必要性

根据《企业国有产权转让管理暂行办法》（国资委、财政部令第 3 号）"产权交易不受地区、行业、出资或隶属关系的限制"这条规定，各地方政府为确保对本区域内国有企业改革的控制权，纷纷成立了各自的产权交易机构。目前，中国的产权交易机构基本上都属于地方性产权市场，交易规则各异，产权流动的范围受到了很大的限制。随着互联网技术的发展，人们看到了互联网的巨大优势，再加上近几年产权交易的逐渐活跃，产权交易机构都在考虑加大产权交易的信息化建设力度，推动网上产权交易的发展。我们知道，产权电子商务的快速有效发展需要公平的市场准入制度、统一监管的协调体制、公平公正交易的统一规则等，而这种分散的产权交易市场严重阻碍了我国产权电子商务的发展，这就需要对我国数百家产权机构进行有效整合，为产权交易提供一个规范化的平台。国务院国有资产监督管理委员会产权局相关人士已经表示，今后要努力把全国 60 多家产权交易机构联合和协调起来，构成一个全国统一的信息发布平台和全国统一规则的产权交易大市场。同时，也希望社会各方面对产权交易机构要精心呵护，产权交易机构自身也必须在自律、规范的基础上去探索、创新、发展，让我国的产权交易朝着全国统一市场的方向发展。国家对产权交易机构整合工作非常重视，是因为这对我国产权市场特别是网上产权交易的发展是非常有必要的。

1）产权机构整合有助于监管

做好产权交易工作，离不开监管机构的监督。第一，规范透明的监督不仅会提高产权市场的公信力和影响力，也会提升产权市场的形象。目前，我国各地的产权交易机构没有共同的管理机构，有的隶属于国有资产监督管理委员会，有的隶属于各地财政管理部门，有的则在地方经贸委名下，多头管理现象严重，监管制度松弛，审核鉴证各行其是，并且产权交易机构分散、市场分割、交易规则不统一，机构之间常常出现无序竞争，比如，通过较低的收费标准和放松审核条件等手段来挖掘项目，这就导致了部分产权进场交易只是走过场，没有经过充分的竞价，没有得到应有的价值发现，甚至出现人为的折价处理。同时，对于咨询、评估、法律等专业中介机构的管理、认证工作也不配套，使得各地市场的管理和经营水平参差不齐，加大了各地产权交易机构的生存风险。为了改变这种局面，产权交易市场期望有统一的监管办法。第二，行政管理机构权力界定不清，职能出现交叉，影响了监管效果。上海已经建立了监管体系，其中，国有资产监督管理委员会负责行政监管，产权交易管理办公室负责市场监管，产权交易联席会议，由监察、审计、工商、财政等部门共同参与管理[10]。但是其他省、市还未建立监管体系，中央政府也没有设立全国性的产权交易监管机构。统一监管机构和统一监管政策的缺乏让产权市场缺少监管或出现了多头监管。

从以上可以看出，由于国家在产权交易管理法律法规的制定方面比较滞后。对产权转让管理体制缺乏全局性的规划，导致了在实际的产权交易中出现了政出多门的现象。可见，适应产权市场的快速发展需要具有与之相适应的监管体制。厘清监管机构职能，整合现有的监管体制，设立独立的监管机构，形成统一的监管架构，使之与市场规范发展相匹配，是解决上述管理问题的关键。

为了对产权市场进行全面有效的监管，国家已经加大了对产权机构整合的力度和进度，一方面以信息化提升产权市场的制度化、程序化和规范化水平，开始中国产权市场的整合，并且统一纳入企业国有产权信息监测系统，运用信息化技术加强产权交易的管理，从而起到了一石二鸟的作用。另一方面，国家正在加大力度统一产权交易管理体制，力求产权交易管理在政府统一领导下，明确一个部门统一管理，改变一些地方存在的多头管理的现状。比如，长治市国有资产监督管理委员会、市财政局就根据《企业国有资产监督管理暂行条例》、《企业国有产权转让管理暂行办法》和市人民政府有关规定的要求，对全市产权交易机构进行了整合，把市财政局所属的市产权交易中心移交给市国有资产监督管理委员会管理，并与市国有资产监督管理委员会所属的市产权交易市场整合为一个产权交易机构。整合后的产权交易机构，实行统一领导，统一管理，统一负责承办全市国有企业改制、产权交易工作。这促进了全市国有企业产权有序流转，防止了国有资产流失，确保了国有资产保值增值，对全市经济的持续快速发展发挥了更大的作用[11]。除此之外，其他的省、市，比如，湖北、云南、四川、山东等地也对产权交易机构进行了整合，让产权市场的管理工作更加规范和透明。

2）产权机构整合有助于多层次资本市场的形成，促进资源的流通

中共中央文件明确提出多层次资本市场的概念是在中国共产党的十六届三中全会，会议通过的《中共中央关于完善社会主义市场经济体制若干问题的决定》，专门强调了"建立多层次的资本市场体系"。发展多层次资本市场是我国资本市场正确的发展道路，它可以解决不同规模、不同行业、不同经营发展状况企业的需要。建立健全多层次资本市场体系，既要有全国性的场内市场、集中的场外市场，还要有区域性市场，其中产权市场是一个不容忽视的基础性交易平台，它的建立满足了规模、风险程度不同的企业的资本需求，可以令投资者发现有价值的企业，并投资于这些有价值的企业。国务院国有资产监督管理委员会非常重视发展我国的产权市场，并把它作为多层次资本市场的重要组成部分。

从目前的资本市场发展状况来看，我国涉及资本市场还存在许多需要改进和完善的地方。资本市场的行政主管部门有很多，众多的行政壁垒制约了多层次资本市场的形成。一是行政主管部门都可以制定市场交易规则，并且有权对市场进行监管，二是地方政府对资本市场也进行干预，条块分割，极大的限制了资本市场的发展。部门多，规则不统一，在分配利益时就会出现争议。从立法方面来看，我国多层次资本市场的立法有可能涉及改变利益集团的利益格局，以及行政体制改革的走向[12]。因此，这方面立法受到了很大的阻力，各部门都为自己的利益考虑，在法律条款上意见不统一，该出台的法律迟迟不肯出台，也就不足为奇了。

从本质上来讲，这些问题的根源来自于各地方部门利益的不一致。对产权机构的整合是规范的前提和基础，是克服地方利益不统一的有效手段，它可以从制度上提升产权市场依法运行的水准，让各地区部门都得到应有的利益分配，进而确保公开、公平、公正的竞争环境。另外，产权交易制度的核心是使产权交易通过市场方式，在更大范围内发现买主、发现价格，实现资产的保值增值。全国产权交易机构的泛滥和产权市场的不规范，不能促进产权顺畅流转，不能实现资源的有效整合，要想发挥产权市场的多层次资本市场的基础地位作用，发挥其资源配置功能、价格发现功能、信息集聚功能，就必须实现产权市场的统一。从这方面来看，对产权交易机构进行整合是势在必行的。

在整合产权机构的过程中，要做到循序渐进地建立健全多层次、多形式的产权交易市场，制定统一规范的产权交易法规规章，整顿产权交易秩序，规范产权交易行为，这样产权交易才能具有较大范围的信息辐射空间，才能实现产权市场的作用，才能保证信息披露和发布的广泛性，才能促进产权的有序流动。湖北、云南等中西部省份对产权市场存在交易机构数量多、规模小、质量差的情况进行了整顿，经过近几年的机构整合后，他们搭建起统一规范的地方性产权交易平台，为当地资源优化配置和吸引外来资本发挥了重要作用。

3）产权机构整合有助于提高产权交易效率

目前，我国的产权交易机构条块分割、多头管理现象严重。业务重合、机构重叠、职能重复等造成了资源的严重浪费。体制障碍引起了部门利益的冲突，运营效率低下。除此之外，各地区产权交易规则不统一、行业标准不统一、业务操作规则不统一，这使得产权交易机构之间不能进行有效的对接，从而降低了交易机构的运作效率。我们知道，网络产权交易运作范围是全国乃至全世界，但是各个地区出台的产权交易制度、政策和业务规范只能限制在该地区执行，这让网络产权交易的优势根本无法发挥。规则的不统一，也让产权投资者对产权交易产生了困惑，无法完全相信获得的产权交易信息，为了获得更充足的产权交易信息，他们不得不花费高额的信息搜索成本，这在很大程度上降低了他们参与产权交易的积极性和热情。产权投资者集聚程度的降低，对产权交易机构运作效率是一个严重的制约。

为了克服上述问题，国家通过制度层面保障所有市场主体平等的法律地位和发展权利，并为规范国有产权转让制定了一系列配套文件，明确了产权转让进场交易的要求，并把加强产权交易市场建设作为规范产权交易行为的重要手段。目前，国家正加大力度对区域产权市场进行整合，建立统一产权市场来解决市场分割、信息渠道不畅、地域狭窄、场外交易等问题，让其在统一的交易规则下运作，进而提高产权交易的效率。

对于网上产权交易来说，整合产权交易机构，建立全国统一的产权市场，将会大大提高产权交易的效率。第一，统一的信息发布标准使各地的产权交易机构网站可以互联，实现信息的同步发布，让产权交易信息能够在全国上下迅速的传播，从而避免了由于网站知名度不高影响产权交易的问题。另外，统一的信息发布标准也降低了投资人的交易成本，他们不需要花费大量的时间和精力来确认产权信息的真实性和准确性，间接的提高了产权交易的效率。第二，统一的信息化标准方便了国家对产权交易的统一监管。信息化标准和产权交易标准的统一可以让国家很方便的采用信息化手段对产权市场进行监管，提高了产权交易的公开性、透明性，避免了人为监管隐含的暗箱操作、低估贱卖、权钱交易等腐败行为。严格的监管提高了投资人对网上产权交易的信任度，这不仅让国内投资人也让国外投资者越来越倾向于利用产权电子商务交易平台来进行产权交易。网上产权交易不仅节约了交易的时间，还由于交易范围的扩大，进一步提高了产权市场价格发现的功能，保证了产权的保值增值。第三，产权市场的规范化发展方便了产权交易的跟踪服务，减少了交易纠纷。由于信息化建设统一标准的建立，客户的信息都按照统一的格式记录在数据库中，这不仅有利于产权交易机构掌握客户的投资偏好，有针对性的进行项目的推介，还可以利用信息化网络对客户进行跟踪服务。这样做一方面提高了项目推介的效率，另一方面也提高了产权市场的声誉，进一步促进产权市场的发展。

4）产权机构整合有助于产权交易业务的互补和解决业务交叉的问题

从业务互补方面来看，通过产权交易机构整合来打造综合性产权交易平台，是提高产权交易竞争力度的一个很好的战略性措施。由于各地的产权交易机构发展基础不同，产权交易业务品种也不一样，发展较好的京、沪、津以及广州产权交易所等交易机构已经相继推出了政府公共资源、排污权交易、农村产权交易、股权交易、黄金交易、技术转移、林权、矿权等新的交易品种和模式，而有的地区的产权交易市场还只是从事国有产权交易等单一的交易品种，交易规模较小，再加上市场不规范等方面的原因，有的产权市场一年也无法完成一宗项目的交易，发展陷入了停顿状态。据统计，目前我国产权交易机构的经营状况不佳，大部分的产权交易机构处于亏损。一些产权交易机构为了发展壮大，甚至使用了有悖于交易规则的非常手段，这些都给产权市场带来了负面的影响。

对全国的产权交易机构进行整合，消除一个地区功能重叠的产权交易机构，建立联合的产权交易机构，增补没有开展但是有需要的业务，或与已经开展该业务的产权交易机构合作，进而实现产权交易业务的互补，有利于建立集中、统一、规范的产权交易平台。随着网上产权交易的发展，在国家法律法规的框架下，产权交易机构利用网络系统，积极的引入新的产权交易品种以及与其他产权交易机构进行合作，是比较容易的事情了。目前，有许多地区内分割的产权市场进行了自发性的整合。比如，黑龙江产权交易中心为了立足东北，辐射全国，2009 年对省内产权市场进行区域内大整合。此后，他们又与上海联合产权交易所合作推出了上海环境能源交易所黑龙江分所、南南全球技术产权交易所黑龙江工作站、中央企业产权转让黑龙江受理机构。在加强企业国有产权交易业务的基础上，黑龙江产权交易中心增加公共资源、技术产权、环境能源、文化产权、林权等交易品种，打造综合性产权交易大平台[13]。从增加产权业务的角度来考虑，深圳市也对产权交易机构进行了整合。深圳市根据《关于整合产权交易机构加快产权交易市场发展的实施方案》，将市产权交易中心和深圳国际高新技术产权交易所资源组建深圳联合产权交易所，建设深圳市统一的综合性产权交易市场，同时，在联合产权交易所也加挂文化产权交易的牌子，作为联合产权交易所一个重要业务板块。

从解决交易所业务交叉的问题来看，产权机构的整合有助于解决地区内产权机构业务交叉问题。以上海为例，原上海技术产权交易所主要以技术产权交易为主，但是会出现牵涉国有产权转让的问题；而上海产权交易中心，作为一个事业制交易场所主要以国有产权交易为主，但国有产权交易中也会包括技术产权交易的问题。这就出现了两所在业务上的交叉，现在两所合并成立的上海联合产权交易所有效地解决了这个问题[14]。

整合产权交易机构，实现业务互补，以及解决业务的交叉，可以加快区域金融中心城市建设，增强城市辐射力和竞争力，促进产权交易市场的健康发展。

从上述分析可知，对我国分散的产权交易机构进行整合，建立全国统一的产权市场是很有必要的。目前，按照统一监管机构、统一信息发布、统一交易规则、统一验证内容的原则，各地产权交易机构重组整合的步伐正在加快，产权交易市场的整体资源优势得到了进一步的发挥，各地产权机构间的合作也在进一步加强。我们需要切实将规范运作放在产权交易的首位，适时地推进产权机构整合的步伐，先从区域整合做起，然后步入全国。

3. 产权机构整合面临的挑战

现在很多研究产权的学者和产权业内人士都在谈论产权机构整合的问题，他们针对我国现有产权市场发展的现状，看到了产权机构整合的必要性，同时也给出了产权机构整合的方法。但是由于地方利益的不统一，整合跨地域的产权交易市场并非易事。如果仅仅依靠产权交易机构自身的协调来对其进行整合，这很难让各交易机构在产权交易规则达成共识，也很难消除各地产权交易机构之间对产权资源的恶性竞争，也很难真正实现产权在全国范围内规范流转，最终也实现不了产权机构的真正意义上的整合。

1）各地区的利益不一致

由于我国产权市场是解决我国经济发展中存在问题的产物，走的是一条自下而上、自发形成的发展道路，全国各地的产权交易机构缺乏共同的管理机构，体制也各不相同，有的是混合所有制，有的是私营企业性质，有的是行政事业单位，有的则是有限责任公司，各地政策随意性大、不规范运作的现象严重。地方利益、部门利益的分割以及各地产权交易规则的不同，决定了对我国数百家产权机构进行有效的整合存在困难。

整合并不是简单的资源共享，对产权交易机构进行整合，它会涉及一系列的矛盾，这些矛盾实质上就是利益在各地区各部门应该如何分配的问题，如果能够平衡各方利益，整合成功就有了必要条件；否则，整合就会遇到各地产权机构的消极抵抗，统一市场的效果也会大打折扣。从地区与地区之间的利益关系来看，很多地方政府阻扰产权机构的整合，不愿意积极的参与国家统一产权市场的建设，主要是其中涉及地方政府的利益，政府官员担心本地区的收入以及整合后由谁作为产权市场的主导等。随着国有经济结构的不断调整，产权市场的前景很大，巨大的利益诱惑，让地方政府和产权交易机构都不愿意放弃既有的利益和对地区产权市场的主导权，而异地资本和国际资本的介入则使得这种利益追求表现的更为剧烈。整合失败的泛珠产权市场就是因行政条块分割导致的。2004 年在第一届泛珠三角区域合作与发展论坛暨经贸洽谈会上，提出了打造泛珠产权交易共同市场的建议，广东省国有资产监督管理委员会（简称国资委）负责人在产权股权转让项目推介会上表示，争取在 2007 年前组建"泛珠三角产权交易共同市场"。但是，令人失望的是三年来产权共同市场仍是原地踏步，一切都没有变，只是泛珠三角区域 9 省区各方代表共同签署了《泛珠三角区域产权交易机构合作框架协议》而已，至今仍没能在信息共享这一最表层问题上达成合作，实质性进展更是微乎其微。利益的不一致让泛珠产权交易共同市场建设出现了两股力量，一股是省级产权交易机构，带有浓厚的行政色彩，他们希望能代表各自省份，由他们组成泛珠产权交易联盟机构；另一股是各省属市级产权交易机构，他们具有良好的市场化运作模式，他们更希望通过会员制的方式共同组成泛珠产权交易联盟。这两股力量在利益上无法达成共识，最终导致了机构整合建设共同市场的失败。

从地区内的利益关系来看，基层特别是县级的产权交易机构，起初一般是挂靠式企事业单位性质，由某部门或单位的领导在兼职，局部利益、私人利益、合伙人共同利益不一样，整合过程中需要协调好原管理部门之间的利益关系。另外，方方面面的关系网、打招呼和直接干预等在引导着产权交易机构不能整合重组。我们知道，各地产权交易机构隶属于不同部门，每个部门及其产权交易机构有形成各自的既得利益，如果整合的各方都从自身的利益出发，轻视全局利益，在利益分配上就会僵持不下，普遍存在的整合难题就是由于国资分级管理体制的制约，在利益调和方面，由两级国资监管部门建立的产权交易机构的整合成为最棘手的问题。比如，四川产权市场的整合就明显出现了两方面的分化，一方面是来自省级的主导，一方面则是来自市级的设想，各自组织了不同的专家和团队来调研，结果就形成了各自理由充分的有利于自己思路的方案。对新交易平台的持股比例的看法，成都市国资委希望旗下的成都鼎立公司和省国资委旗下的国投公司分别持有新平台 30％股权；而省国资委希望国投公司的出资比例占 35％。后来在四川省政府的调和下，四川省产权市场整合方案在持股比例上才达成一致，四川国投公司、成都鼎立和西藏国资公司的持股比例为 6∶3∶1[15]。另外，从上海的产权机构整合来看，产权交易所和技术产权交易所同属上海国资委，合并起来很容易，而技术交易所挂在上海市科委，两个部门利益不同，市场以谁为主，人事安排如何确定，都将成为不可避免的问题[16]。

整合产权交易机构要想取得较好的效果，就必须建立一种利益分配机制，这种机制能够使产权市场参与各方受益，并使得各方的利益达到均衡，这包括产权流动涉及的出让方、受让方、出让和受让的代理等机构之间的利益共享和利益分配等。

2) 各产权交易机构的交易系统不统一

在整合产权机构的过程中，还有一个很重要的问题需要考虑，那就是各产权机构交易系统如何进行有效的整合。我们知道，网上产权交易的优势就是能够实现跨地区、跨国界、跨所有制和行业的交易，交易完成的速度和质量则取决于各产权机构及相关中介机构相互配合的效率，它们需要能够准确的接收、发送并正确的识别对方系统的交换数据。从目前的交易系统建设来看，它有两个方面的问题。第一种情况是发展网上产权交易，开发交易系统的成本很高，而各地的产权交易机构发展不平衡，有的产权交易机构发展规模较小，业务也仅仅局限于当地的产权交易，仍然是传统的手工作业来完成相关的交易环节；有的产权交易机构经营状况较差，没有足够的资金来构建和维护产权交易系统。第二种情况是各产权交易机构的计算机系统的软硬件存在差异，所支持的数据格式和通信机制也不一样，这就给产权交易相关机构之间的数据传输带来了困难，阻碍了网上产权交易优势的充分发挥。在整合产权机构的过程中，如何让各产权交易机构之间有统一的交易平台，这是必须要考虑的技术问题。

我们知道，发展网上产权交易需要一个很大的交易范围，它可以是全国或是全世界，若要很好的发展网上产权交易，那么这就不能仅仅局限于资金雄厚的产权交易机构，没有统一、规范的交易系统，对跨地区产权交易会造成很大的困扰。目前，有些发展较好的产权交易机构，如上海联合产权交易所，正在免费为全国各地的产权交易所安装交易系统。只要对方提出申请，他们就会帮助它免费安装。现在与上海联合产权交易所联网，安装了信息同步发布运行软件的合作机构也已经达到30多家。只有系统相通了，整个市场做大了，网上产权交易才会有更好的发展空间，毕竟不可能所有的出让方和受让方都在同一个地方，所以全国各地的产权市场需要有紧密的合作，一个所不能代表一个市场，产权市场的繁荣需要的是集合全国的智慧。

上述分析表明，产权电子商务统一市场的发展受到阻碍的原因，主要还是各行政区以及产权交易机构的利益调和问题没有得到较好的解决，这就导致产权市场出现了有损整体利益的竞争局面。全国产权市场的整合需要协调好部门利益、地区利益，更重要的是尽快出台统一的法规和全国标准，解决交易品种的标准化、信息披露制度、交易制度、股权自由流动等问题。

3.1.3　产权交易机构发展的基础存在差异

产权交易机构发展的基础存在差异，也是产权电子商务统一全国产权市场出现障碍的一个因素。

1. 我国的产权交易机构建设体制不统一

全国200余家产权交易机构有的属于国家事业编制的交易机构、有的属于股份制公司制的交易机构、有的属于有限责任公司的交易机构；在经济关系上，有的实行了收支两条线，收入全部上缴财政，财政核定比例返回；更多的产权机构是自主经营，自收自支，自负盈亏。建设机制的不统一导致发展基础差异很大。据统计，北京、天津、上海三家产权交易中心的交易额已经占到了全国产权交易总额的95%[17]。产权交易的网络化意味着产权交易将要面向全国甚至国际市场，那么，对于这些规模比较大、知名度比较高的产权交易机构将是一个很大的优势。一方面，它们有足够的资金投入到网站的建设，在交易的速度、安全性等方面可以做到超前；另一方面，它们可以积聚很多的产权转让方以及受让方，让产权交易定价比较透明，产权交易比较活跃。再者，它们可以投入资金对员工进行培训，提高从业人员的素质和服务水平，从而以专业化服务来吸引更多的产权投资者进场交易。除了"软件"方面的投入之外，它们还从"硬件"入手提高自身的服务水平。如天津产权交易中心在2003年年底就确定建设12 000平方米的天津产权大厦，并于2004年7月1日开业。天津产权大厦定位为"大产权市场"，天津产权交易中心欲将其建成为我国场地最宽、规模最大、市场体系最健全、信息系统最先进、覆盖面最广的大产权市场之一。此外，天津产权交易中心为减轻交易各方的交易成本，决定对中央企业国有产权交易免收产权转让挂牌费、服务费和交易鉴证费；对场内经纪机构代理费执行最低标准[18]。这些知名的、发展状况较好、资金较为雄厚的产权交易机构通过投资建设，让产权交易机构发展的更好。而对于那些建立时间不长、规模较小、知名度不高的产权交易机构来说，进行网上产权交易反而不利于发展。一方面，网上产权交易面临的市场是全国性甚至全球性的，政府的地方保护政策在此状况下作用就显得不大了，一些地方的转让项目可能会到知名度高的产权交易机构挂牌交易，那么这些发展较差的产权机构在征集产权交易项目资源方面会出现困难。另一方面，它们缺乏足够的资金来进行网站建设和优化，功能不完善、性能不优良的网站会失去产权交易客户对其的信任，这样，很多产权投资者就不愿意登录该网站进行产权交易，即它们在征集产权交易意向方面也会出现困难。再者，网上产权交易是面向全国市场的，交易规则会逐渐统一，那么，地方产权交易机构也将失去地方政府对其保护而制定的相关政策。这些都会对它们的发展不利。另外，由于我国产权交易机构的设立大多数是由地方政府直接或间接出资建立的，从这方面的考虑，维护地方利益也成了产权交易机构理所当然的事情了。许多规模不大、知名度不高、交易不活跃的产权交易机构担心全方位的合作会使得地区有限的资源、资金等外流，因此，从各自利益出发，目前各个地区的产权交易机构各自为战的现象就不足为奇了。

2. 国家产权市场整合试点机构的指定对产权机构的发展带来了影响

国家统一全国产权交易市场的政策首先选择的是运作良好的产权交易，比如，国有资产监督管理委员会努力促进北京、天津、上海三家产权交易中心进一步规范，进而统一全国产权交易市场。国有资产监督管理委员会的"统一"政策出台，受指定的京、津、沪三地当然是加紧对本地产权交易市场进行整合，当地政府也不敢违背国家产权机构整合的意愿，及时批准整合方案。从整体产权市场的发展和国家整体利益来看，国家提出的这种整合模式是很好的，首先让发展较好的产权市场带头进行产权机构的整合，作为试点，如果整合成功，就可以让其他地区的产权市场按照此模式进行当地的产权机构整合工作，还可以让具有成功整合经验的京、津、沪产权交易机构帮助和指导其他地区的机构整合工作。但是，从各地区产权机构发展来看，这种整合方式又有失公平。它加剧了产权机构发展的不平衡，加大了产权机构之间发展的差距。国务院国资委欲选择一家运作良好的产权交易所为支撑点来统一全国的产权交易所，这意味着中央国资的产权交易平台圈定在哪个城市，这个城市就有机会从中获取最大的利润。在这种情况下，京、沪、津三地以及其他地方的产权交易市场自然先自我规范和整合一番，希望通过加大本地产权市场的交易量，谋求国有资产在进场之后所带来的巨大商机[19]。

从本质上讲，统一产权市场出现了地方主义障碍是地区间产业同构的一个表现[20]。如果产权交易市场的运作结构在各地区间合理分工，不出现地区间的产权交易结构相同的情况，地区间进行交易的利益是一致的，那么，市场分割和地方主义就不会出现。否则，地区间为争夺市场和资源，就会出现各地区为自身利益，人为设置资源流动的障碍，保护本地市场的现象。也正是这种地区间的利益不一致性，让地方主义的存在成为一种必然的现象。只要地区间存在差异，只要地方经济的发展与地方政府官员的切身利益相关，即使政府官员知道地方主义行为会损害整体利益，他们仍然具有地方主义的动机。

■3.2　地方主义障碍对产权电子商务发展的影响

地方主义实质上就是对地区市场的保护主义，地方政府通过具有的排他性市场产权，从所保护的市场中获得收益[21]，这种做法阻碍了产权电子商务交易平台功能的充分发挥，减慢了全国统一产权市场以及与国际资本市场接轨的发展步伐，给产权电子商务的发展带来了负面影响。

3.2.1　地方主义阻碍了产权电子商务交易平台功能的充分发挥

地区与地区之间由于存在利益冲突，以及我国产权市场遗留下来的一些还未解决的问题，导致地方主义形势很严重，各地区的产权交易在规则和各种标准的统一上存在很大的分歧，无法统一。规则的不统一，这将阻碍我国产权电子商务交易平台功能的充分发挥。

我们知道，电子商务的特点决定了地区界限在网上交易中消失，存在的只是交易双方的地理位置。利用电子商务平台来进行产权交易，决定了跨地域交易活动的频繁性，这导致互联网络及产权交易方面的规范性需要地区与地区之间相互认同，即使用全国统一的产权交易标准来进行交易活动，否则交易规则适用的地域性，以及具此交易规则做出的交易生效决定的异地可执行性等问题，将使网上产权交易者面临一个不可预测的、原则迥异且十分复杂的交易环境。在网络环境下，由于电子商务跨地域交易的特点，当产权执行的是异地交易，应该用哪个地区的交易规则来进行交易就是一个需要亟待解决的问题。基于自身的利益考虑，各地方政府和产权交易机构都有扩大本地区管辖权和产权交易规则适用的范围动因，如果没有国家统一的交易规则，产权交易势必会出现交易冲突。在目前交易机构分散，交易规则不统一的情况下，跨地区交易的风险是很高的，某个地区的交易规则是否能为跨地域交易提供保障便成为产权电子商务是否成功的核心问题。

从上面的分析可以看出，虽然建立电子商务平台进行产权交易可以轻松的逾越地区边界，但是地方主义导致的各个地区的产权交易规则不统一，而国家还未出台统一的产权交易规则，产权电子商务的发展受到了很大的限制。产权交易规则的统一性及确定性是十分重要的，它使网络信息使用者在任何地区进行基于网络产权交易活动时对自己活动的可行性、确定性有足够的自信。地方政府应该看到，电子商务是不受地域限制的全球性的商务活动，地区的自我封闭是不可能的，因此，地区与地区之间应该摧毁地方主义障碍，尽快统一网上产权交易的规则，促进我国产权电子商务的发展。

3.2.2　地方主义阻碍了全国统一产权市场的形成和产权交易方式的战略性调整

产权市场的发展要以全国宏观经济的良性运转为前提。地方主义形成的市场分割、地方封锁和人为垄断导致产权交易机构的重复性建设加剧，使得我国宏观经济恶化，进而反过来阻碍全国产权市场的发展。地方主义这种盲目投资于产权市场和恶性竞争的行为违背了国家产权业发展的政策，没有顾及国家经济结构的大局，靠损害全国整体产权市场的发展换来的是狭隘的地方产权市场的利益和不正当的地方利益，它是地方利益主体对扭曲市场的本能反应，是地方政府采取的与其宏观经济管理身份不相符合的区域政策。这种一时之利破坏了投资环境，减少了与外界的经济交往，缩小了产权交易的市场天地，在保护本地资源外流的同时也阻碍了外来的投资，丧失了发展机遇，从根本上损害了当地人民群众的根本利益，妨碍了地区经济的长远发展。

虽然地区间存在着经济发展的不平衡，但是这种差异并不可怕，可怕的是只从地区自身经济的发展，以及只看到短期的地区经济发展，实行地方保护主义，人为的造成地区间的分割。现在一些发达国家并不存在类似我国国内市场地区间的封锁问题，因为商品经济的高度发达已经要求统一的国内市场成为经济和社会发展的基本条件。

3.2.3　地方主义妨碍了我国产权市场国际竞争力的不断提高

第一，国内产权市场发展的角度。提高产权市场的国际竞争力，让其走向国际资本市场是我国产权业的目标。参与国际竞争是实力的较量，电子化交易是最基础的条件，我们无法想象我国的产权市场没有实现电子化交易而让相关人员在国外和国内之间穿梭进行促进产权交易。在走向国际资本市场之前，我们需要克服国内一切阻碍网上产权交易的困难。我国产权市场区域性分割的现状，就理论上而言，根本无法获取国内资源配置的有效性，从而导致了国际资源配置过程，缺乏国内资源配置的合理化支持，并最终影响到我国产权市场在国际资本市场上的地位。从现实的后果来讲，有了地方政府对我国产权市场统一化进程的阻扰，网上产权交易走向国际化道路也是步履维艰，它严重制约着我国产权市场的扩大、产权交易品种的创新和产权市场规模经济的形成。区域产权市场分割的普遍性说明我国各地产权机构地区之间的利益矛盾还未解决，不愿意规范统一全国产权交易，更不用说是进一步与国际规范、规则和运作接轨了。这些竞争因素的缺乏，减少了国内产权机构在国际这个大范围内接受竞争的磨练机会；区域性的市场分割也破坏了产权市场发展和竞争的良性环境，滋生了许多有违经济全球化的理念。因此，在国内外资本市场更加紧密连为一体的现实背景下，为了产权市场融入国际资本市场以及国际竞争力的提高，尽快消除由地方主义形成的区域性产权市场分割格局，是紧迫之举。第二，国外投资者的角度。地方主义让我国缺乏稳定的投资环境和良好的政治经济信誉，这对我国产权国际竞争力的提高产生了负面影响。良好的政治环境不是政治优惠，更不是地方庇护，而是政府行政管理的科学化、规范化、制度化，以及法律法规的完善和执法机制、制度的健全性。地方主义让外国投资者对中国产权市场的政策、法律、法规的统一性产生了质疑；地方司法的保护造成的执法不公，也让外国投资者无法确信自己在中国的投资合法权益能否得到保护。这些顾虑让国外投资者产生了迟疑心理，削弱了他们参与到我国产权市场进行产权交易的积极性，不利于我国产权市场的国际化发展。

3.2.4　地方主义妨碍了产权电子商务的规模经济效应

产权交易市场之间障碍越少，网上产权交易就越是顺畅。我国努力建立全国统一市场，制定产权交易的统一规则，规范技术标准等，就是为了减少产权交易中遇到的障碍。建立全国规模的统一性产权市场，取消不同地区资本和劳动力的限制，取消资源缺乏经营状况不佳的产权交易机构，会使市场与市场之间的产权交易更加便利，促进产权交易费用的下降和产权交易规模的扩大，享受大规模市场下的经济利益，从而促进产权市场特别是产权电子商务的发展。

产权电子商务规模可以分为服务规模和市场规模，两者是相互促进，紧密联系的。地方主义妨碍了产权电子商务服务规模效应的发挥。产权交易服务规模扩大可以覆盖更多的投资客户，并将这种投资客户规模扩大的优势带向市场规模；而市场规模的扩大又会反向抵消服务规模扩大时投入的固定成本和可变成本，形成两者的促进。令人遗憾的是，目前地方主义的存在，阻碍了产权电子商务的服务规模效应的发挥。我们知道，一些产权交易机构知名度较高、规模较大、资金较雄厚、服务比较专业、交易平台的安全性比较好，利用该产权交易机构的网络平台进行产权交易，可以让产权交易者有较高的保障，但是由于受到地方政策的限制，一些产权转让企业无法在异地产权交易机构挂牌交易，从而无法得到较为专业的服务。从专业产权交易机构的角度来看，它缩小了专业产权交易机构的服务规模和市场规模，使得产权机构投入的服务成本无法用较大的市场规模来得到弥补。另外，各地区产权机构的技术水平存在差异，构建的交易系统全国不一致，这不仅阻碍了网上产权交易的进程，还使得一些著名产权机构的服务无法通过网络得到普及。

另外，没有全国统一的产权市场，产权交易机构必须面对其他产权交易机构的竞争，通过竞争的获胜来享受大规模市场带来的规模经济的利益。为了不在竞争中被淘汰，地方主义形成了地区内的垄断，这不利于资源在地区间的配置，使得地区间可以互补的无法互补，可以合作的无法合作。另外，地方主义造成的产权市场的分散化也阻碍了技术进步。一方面，一些小的产权交易机构，它们没有资金构建产权交易系统，仍然按照传统的手工方式进行产权交易的处理，不跟随国家整体产权市场发展的步伐，走产权电子商务之路，这样，产权市场无法形成统一整体，不利于发挥产权电子商务的优势。另一方面，一些地方的产权交易机构产权交易资源匮乏，没有市场竞争力，但在地方政府的保护下照样经营，这是一种严重的资源浪费。它们不仅不能融入现在的网络产权交易方式，还对我国产权交易市场的标准化建设产生负面的影响。如果打破这种不良竞争，在全国统一的产权市场环境下，产权市场相关机构，会将更多的精力集中于在现有的产权电子商务平台上如何实现产权交易品种的创新、多元化、交易效率的提高等方面，这将促进产权电子商务更为专业化的发展。

地域条块分割制约着产权市场的发展，各地产权交易政策的差异使得产权市场很难形成较大规模，资源得不到优化配置，金融政策的约束制约了产权市场的流动性。各地方政府保护当地产权市场的发展，使得产权市场滋生落后的思想意识；阻碍全国统一产权市场进程，进而阻碍产权电子商务的发展，让国家的统一产权政策成为一纸空文，这是不合适的。他们保护了落后的产权交易机构，设置了一些本不应该设置的机构，又通过阻碍资源的自由流动，扭曲资源配置等，让这些产权市场仍然继续生存。这不仅浪费了资源，也给产权市场秩序造成了混乱，造成了巨大的效率损失。当务之急就是取消各地为保护当地的产权市场的短期利益而出台的地方保护性政策法规，取消一些经营不善、资金不足的产权交易机构，制定统一的业务标准和技术标准，让各地的产权市场建立互通互联的产权电子商务交易平台，实现全国统一的网上产权交易行为。

本章主要参考文献

[1]　马怀德. 地方保护主义的成因和解决之道. http://www. chinalawedu. com/news/2004-9/16/1514233322. htm

[2]　吴家庆. 地方保护主义何以愈演愈烈. 求是. 内部文稿，1995，14

[3]　张现标. 地方保护主义的成因、危害与对策. 华中师范大学硕士学位论文，2004

[4]　傅航. 甘肃平凉国资委欲以地方产权阻碍煤业整合. 21 世纪经济报道，2004-06-16

［5］　解涛. 地方政府经济行为分析. 吉林大学硕士学位论文，2005

［6］　周黎安. 晋升博弈中政府官员的激励与合作. 经济研究，2004（6）：PP. 33～40

［7］　百度百科. 地方保护主义. http://baike. baidu. com/view/876. htm

［8］　崔卓兰，刘福元. 论行政自由裁量权的内部控制. http://law. china. cn/features/2010-01/13/content_3342302. htm,2010-01-13

［9］　李其原. 地方政府间过度竞争的外部性分析. 时代经贸，2008，6（108）：31，32

［10］　郑明友. 产权理论与产权市场研究——基于我国产权市场的分析. 四川省社会科学院研究生学院硕士学位论文，2008

［11］　潞鼎市国资委、市财政局整合产权交易机构. 长治日报，http://tieba. baidu. com/f? kz=136170961,2006-09-28

［12］　任胜利. 整合市场是产权交易机构融入资本市场的必经之路. 产权导刊，2006，10：20，21

［13］　徐志越. 外联内合打造综合性产权交易大平台. http://finance. 591hx. com/article/2010-03-16/0000035615s. shtml,2010-12-30

［14］　《证券时报》记者产权交易市场的整合有利于消除区域壁垒. http://www1. jrj. com. cn/NewsRead/Detail. asp? NewsID=575258,2011-06-28

［15］　王烨. 四川产权市场整合难产或因持股比例分歧. http://g13382036813. blog. 163. com/blog/static/128776444200992270454874,2009-08-04

［16］　岳莉. 产权市场酝酿"统一"大业，成思危指出整合之道. http://www. chinahightech. com/Views_news. asp? NewsId=7323237303,2003-11-07

［17］　田毅，蒋明倬. 北京两大产权交易机构整合发力. http://finance. sina. cn/roll/20040109/1123596889. shtml,2011-05-03

［18］　唐盛. 产权市场竞争硝烟渐浓，区域整合成为必由之路. http://futures. money. hexun. com/633955. shtml,2004-04-20

［19］　质疑"产权市场统一". 中国高新技术产业导报，http://www. fzkj. gov. cn/NewsView. aspx? NewsID=4881,2011-07-03

［20］　刘瑞明. 晋升激励与经济发展：一个分析框架及其在中国经济中的应用. 西北大学硕士学位论文，2008

［21］　龙苗，郑勐. 市场与地方保护主义：一个基于市场产权的分析框架. 371，2008（3）：56～59

第4章

产权电子商务的标准化范畴

　　随着产权交易的推进，信息传递的加快，建立多层次、立体型的全国产权交易市场网络体系是产权市场发展的趋势。发展好全国产权交易市场网络体系就需要考虑标准化的问题。产权电子商务标准化是打造全国统一产权市场的前提和基础，它既涉及产权交易制度的建设问题，也涉及产权市场的法制地位问题，既涉及产权市场的信息化建设问题，又涉及产权交易主体的具体业务问题，研究产权电子商务的标准化范畴，对于快速建设全国统一产权市场具有重要的现实意义。产权电子商务的标准化范畴可以归结为行业发展的法制化、业务流程的规范化、业务分类与信息技术的标准化以及全国市场的一体化及其国际化等若干方面。

■ 4.1　行业发展的法制化

4.1.1　网上产权交易的法律法规

　　目前，我国还没有专门针对网上产权交易的法律法规。但是，电子商务方面的法律法规、证券市场电子化交易方面的法律法规，以及传统产权交易方面的各种法律规范已经制定，这些法律法规如《公司法》、《证券法》、《电子签名法》等国家法律及《企业国有产权转让管理暂行办法》、《企业国有产权向管理层转让暂行规定》等相关部门的法规与规章均在不同方面、不同程度上对网上产权交易的规则与机制做了规范性的描述。

1. 传统产权交易的各种法律规范已经制定

经过十多年的发展，我国产权交易市场法制化建设方面逐渐完善。自 2004 年 2 月 1 日起施行的《企业国有产权转让管理暂行办法》，要求所有国有产权，包括"非公司制国有企业的整体产权或部分产权（含有形资产产权、无形资产产权及财产使用权等），有限责任公司和非上市股份公司的国有股权及其他依法批准的国有产权"，必须在依法成立的产权交易市场进行。自 2006 年 1 月 1 日起实施的新《证券法》和新《公司法》明确指出，股权转让可以在证券交易所以外的"国务院批准的其他证券交易所"或"按照国务院规定的其他方式"进行。这条规定实际上认可了各地产权交易机构和技术产权交易机构转让的合法性。2006 年 2 月，国务院颁布的《国家中长期科学和技术发展规划纲要（2006—2020 年）》和《关于实施国家中长期科学和技术发展规划纲要（2006—2020 年）若干配套政策的通知》以及科技部发布的《关于加快发展技术市场的意见》中的相关规定，也认可了非上市股份公司股权在产权交易市场转让的合法性[1]。通过对产权交易市场的不断规范，我国的国有产权交易在法律规制方面已经形成了以公司法、证券法为基础，以行政法规为补充，以民事法、刑事法为保障的产权交易法律体系[2]。产权交易主体的准入规则、信息披露制度、契约规则、资产评估规则、中介机构规则、监管机构规则等也通过法律法规的形式进行了规定，从而保证了交易活动的质量和公平公正。这些法律法规从制度层面为网上产权交易提供了重要的借鉴意义。

2. 证券市场的电子化交易法律规范逐渐完善

目前，在证券市场的电子化交易规范方面，中国证券业协会针对网上交易系统安全性发布了《证券公司网上证券信息系统技术指引》，该法律对网上证券客户端和服务端的问题、移动证券的安全要求、网络安全措施等方面都作出了详细的说明。中国证监会为了规范网上证券交易，出台了《网上证券委托暂行管理办法》，该法律在技术规范方面，明确指出："网上委托系统应有完善的系统安全、数据备份和故障恢复手段"，"在互联网上传输的过程中，必须对网上委托的客户信息、交易指令及其他敏感信息进行可靠的加密"等。这些法律规范从技术层面上为网上产权交易提供了重要的借鉴意义。

3. 电子商务方面的法律法规

电子商务以其效率高、成本低、全球性等特点，在国际上已经成为社会经济生活中的热点。为了使电子商务得到较好的发展，国际组织和许多国家政府也在积极进行电子商务立法活动。在电子签名合法性方面，我国已经出台了《电子签名法》，该法律明确规定："民事活动中的合同或其他文件、单证等文书，当事人可以约定使用电子签名，或数据电文"，这条规定确立了电子签名的法律效力，为网上产权交易的相关活动提供了法律保障；在 EDI 统一标准和各国电子商务立法的统一性方面，联合国贸法会完成了《电子商务示范法》，为各国法律部门在制定本国电子商务法律规范时提供参考，同时促进了使用现代通信和信息存储手段，诸如电子数据互换、电子邮件和传真等；在电传交换数据统一性方面，国际商会通过了《电传交换贸易数据统一行动规则》；在计算机网络经营管理和安全问题方面，国务院发布了《计算机信息系统安全保护条例》，以及《计算机信息网络国际联网管理暂行规定》等。这些电子商务方面的法律法规，对于规范产权电子商务经营活动、交易安全、数字签名、电子支付和结算等方面都有很好的借鉴意义。

随着现代信息技术的发展，打造产权交易的电子商务平台，利用互联网技术实现产权交易已经成为产权市场发展的方向，然而网上产权交易区别于传统的产权交易，它的法制化建设，一方面要考虑电子商务的特点，在交易安全性，网站构建标准，网上签名的合法性，以及与电子商务监管相关的金融监管和工商、税收等方面可以参考电子商务相关的法律法规；另一方面，要考虑产权交易的特点，在交易主体、交易内容、交易方式、交易地点等方面可以参考传统产权交易的法律规范。除此之外，还需要完善网上产权交易配套法，如税收征管法、合同法、票据法等。利用电子商务平台进行产权交易是一项跨领域、跨地区，又要与国际接轨的庞大而复杂的系统工程，国家需要创造良好的法律法规环境，用统一的标准和有效的管理措施及手段来让我国的电子化产权交易市场更好的发展。

4.1.2　产权交易市场法制化方面的缺陷

我国产权市场正在逐渐走向法制化，当然也包括现在处于起步阶段的网上产权交易市场，但是，为非上市公司产权交易服务的产权市场在法律法规建制方面存在很多问题，比如，已经实施的产权交易法律法规存在调整对象有交差、重叠的现象等，而网上产权交易需要解决的一些问题，比如，交易安全性、信息真实性的确定等，国家还未来得及制定相应的法律法规来规范。这些问题都显示了我国产权市场的法律制度存在很多需要亟待解决的缺陷。下面，我们仅对几个较为关键的法规进行一些评论。

1. 《企业国有产权转让管理暂行办法》有待完善

《企业国有产权转让管理暂行办法》（国资委、财政部令第 3 号）对国有产权交易的诸多环节作了规定，但是，它局限于国有产权的交易，对产权交易信息披露缺乏操作细则，也缺乏对统一监管机构和监管制度等重大问题的规定，这使得企业和产权交易机构在进行交易操作过程中缺乏可循章程。另外，《企业国有产权转让管理暂行办法》中规定的协议转让由企业直接组织实施显然也存在不妥之处。所以，《企业国有产权转让管理暂行办法》有待进一步完善。

2. 《民商法》在调整国有产权转让过程中涉及社会关系时存在局限性

企业国有产权转让涉及的环节很复杂，与每一个环节有关的社会关系和参与主体的行为都需要法律来调整。在决定企业国有产权是否可以转让，转让内容，这需要从宏观经济增长的角度来进行权衡。涉及的宏观经济关系，需要法律来调控。但是，《民商法》主要是调整平等主体之间的财产和人身关系，所以在调整宏观经济关系时《民商法》就显得无能为力了。另外，《民商法》讲究"个人本位"，当个人利益和社会利益发生冲突时，《民商法》会倾向于保护个人利益。那么，社会的整体利益就会削弱。因此，用《民商法》配置国有产权转让处分权，难以保障企业国有产权转让宏观经济目标的全面实现。

3. 对资产评估进行规范的《国有资产评估管理若干问题的规定》

《国有资产评估管理若干问题的规定》虽然确立了资产评估结果的采用规则，但是它对参与资产评估的行为主体权利义务界定不是很完整，而它又只是一个部门规章，约束力不够强，难以实现对被转让国有产权评估的有效监管。《企业国有资产评估管理暂行办法》偏重于程序性规定，也存在对参与资产评估行为主体权利义务界定不完整，以及约束力不强的缺陷。因此，资产评估方面的法规需要进一步加以完善。

4. 信息披露制度不完善

从长远发展来看，产权交易的对象将从国有产权交易为主，逐渐向多种所有制产权交易转变，而目前我国的产权交易信息披露制度主要是基于国有产权交易制定的。除此之外，由于《企业国有产权转让管理暂行办法》和《关于企业国有产权转让有关问题的通知》都只对信息披露做出了原则性的规定，缺乏具体的操作规程，导致我国产权交易所目前的信息披露制度缺乏统一的法律根据，各地产权交易机构根据自己或所在地政府的理解，制定产权交易信息披露规则来进行产权交易信息披露工作，这就造成了各地的信息披露格式不统一，信息披露内容不完整，真实性难以保证，信息披露范围有限，权威性不够，导致产权交易信息披露的有效性不足，产权交易信息传达机制缺乏效率[2]。另外，对于信息公布的媒体，《企业国有产权转让管理暂行办法》没有指定固定的报刊，这就可能发生产权交易信息只发布在发行量有限的报刊上的情况，限制了受众面，从而不能有效的防止私下交易的发生。

5. 法律文件对一些概念的界定存在模糊性

我国的《公司法》和《股票发行与交易管理暂行条例》（下面简称《暂行条例》）对股票交易所规定的含义就存在差异。《公司法》规定："股东转让其股份，应当在依法设立的证券交易场所进行或者按照国务院规定的其他方式进行。"但是《公司法》却并没有明确规定什么才是"依法设立的证券交易场所"。《暂行条例》解释证券交易场所，"经批准设立的，进行证券交易的证券交易所和证券交易报价系统"。这些都是集中的交易市场，说明该条例把分散交易的柜台市场排除了。而《公司法》规定了非上市公司的股票可以在证券交易所以外的场所转让，这说明它包括了柜台市场的交易。"一个繁荣的市场不会自动产生，它需要制度的支持"，可以设想，用立法形式来引导和控制产权交易，产权交易市场必须走向法制化。上面提及的法律法规大多是针对传统的产权交易而制定的，经历了 20 多年的发展和完善尚且存在这么多问题，考虑到我国的网上产权交易起步较晚，相应的法律体系建设存在的漏洞就更多了。在制定我国网上产权交易的过程中可以参考传统产权交易的一些法律法规，但是，国家不能照搬或就让网上产权交易按照这些法律法规来执行。毕竟，网上产权交易不同于传统的产权交易。企业产权交易最终能不能激发我国企业的创造力和活力，进而在国际资本市场上占据有利的竞争地位，这很大程度上取决于产权交易市场法制的健全性。

■4.2 业务流程的规范化

4.2.1 网上产权交易制度规范

产权交易能够进行的基本前提是产权制度的存在，它可以维护交易行为以及交易主体利益的合法性。反过来说，如果没有制定好交易规则，那么产权市场将会出现一片混乱的局面，产权交易的具体运作也得不到保证，投资者的利益也会遭受损害，进而给社会带来负面影响。张五常在《中国的前途》中提出了"租值消散"定律，主要意思就是如果市场中不存在规则，那么财富的价值就会消散。目前，我国的国有产权交易在法律规制建设方面已经形成了以《公司法》、《证券法》为基础，以行政法规、规章为补充，《民事法》、《刑事法》为保障的产权交易法律体系[3]。不过，产权市场在组织产权交易活动的同时，需要根据实践中出现的问题不断修改、制定相关的交易规范和标准，以此来协调、监督交易活动，解决交易纠纷，做到以规范的业务流程来保证服务的质量和公平、公正。下面，我们对产权交易主体准入制度、信息披露、契约、资产评估、中介机构、经济监督管理机构等方面的制度要求进行详细说明。

1. 产权交易主体准入制度

产权交易主体包括转让方和受让方。转让方是指转让标的的合法持有者，受让方是指转让标的的购买者。

1) 产权交易主体准入的实体条件

产权交易主体可以是公民、法人或者其他组织，它们能够进行产权交易必须具备的条件之一是具有完全民事行为能力，能够独立承担民事责任。具体的规定各地区存在某种程度上的差异。《企业国有产权转让暂行管理办法》第十五条对受让方的条件进行了规定："在征集受让方时，转让方可以对受让方的资质、商业信誉、经营情况、财务状况、管理能力、资产规模等提出必要的受让条件。"从这条规定可以看出，受让方应该具备的条件是根据转让方要求的不同而不同的。《企业国有产权转让暂行管理办法》对受让方的基本条件进行了规定，也就是说，虽然受让方应该具备的条件不是固定不变的，但是这种差别是在满足基本要求的条件下，根据转让方具体的要求而出现的差异。根据《北京产权交易所交易暂行规则》第六条规定，产权交易实行会员代理的交易制度，产权交易的转让方和受让方需要委托具有产权经纪资质的会员代理进行产权交易活动。转让方进行产权转让，应具备转让产权的相应资格。《上海市产权交易市场管理办法》第十一条规定："具有企业法人资格、从事产权交易活动的中介组织机构，承诺遵守产权交易市场章程，书面申请并经产权交易市场认可的，可以成为产权交易市场会员"。《深圳市产权交易中心会员管理办法》把交易中心会员分为区域会员、异地会员、执业会员和普通会员。区域会员指经主管部门批准、交易中心授权在广东省内从事区域产权交易业务的会员，应符合主管部门规定的相关条件。异地会员指经交易中心授权在国内其他省区及境外从事产权交易业务的会员，应具备的条件：从事产权交易相关业务的法人或其他经济组织；具备持有相关资格证书的业务人员；具备开拓当地产权交易业务的能力，并有相应的资源优势；进入产权交易所交易的主体应具备一定的资金。执业会员指从事产权交易相关经纪业务、自营业务以及信息服务的会员；应具备的条件是注册资本不得少于500万元人民币；配备持有经纪人资格证书的经纪人员。普通会员指获取、利用、发布、传播信息并从事信息服务的会员；应具备的条件是注册资本不得少于100万元人民币。除此之外，其他地区的产权交易市场也对产权交易的主体准入实体条件进行了规定。虽然在全国没有对此进行统一规定，但是地区的规定至少对该地区的产权交易起到了规范性的作用，这对全国性的产权交易以及正在发展的网上产权交易起到了积极的引导作用。

2）产权交易主体的程序条件

一般来说，产权交易转让方和受让方申请或参加产权交易之前，即向产权交易机构提出产权转让申请前，应当依照法律、公司章程以及《企业国有产权转让管理暂行办法》的规定完成了可行性研究、内部决策、审计、资产评估、资产评估核准或备案、取得法律意见书、上报批准等相关程序。对于那些规定通过交易中心会员进行产权交易的机构，转让方在该产权交易机构进行产权转让需要委托经纪会员向产权交易机构转让申请书及相关文件。申请成为交易中心会员，一般应当向交易中心提交下列文件：会员申请表；企业营业执照或工商注册登记计算机单复印件；交易中心要求提交的其他相关材料。

3）产权交易特殊主体资格

特殊产权交易主体指港、澳、台和外国的产权交易主体[3]。对于香港、澳门和台湾的产权交易主体资格的规定，香港主要是遵循国内的法律法规和香港基本法；澳门主要是遵循《内地与澳门关于建立更紧密经贸关系的安排》中，关于货物贸易零关税的实施、关于货物贸易的原产地规则、关于开放服务贸易的具体承诺等；台湾主要是遵循《台湾同胞投资保护法》及其《实施细则》等规定。外国投资者主要的产权交易形式是证券交易企业并购。我国的《对外贸易法》、《证券法》、《外国投资者并购境内企业的暂行规定》、《外商投资者股权变更的若干规定》、《关于设立外商投资型公司的暂行规定》等一系列法律法规对境外产权交易进行了规范。除此之外，对于受让方为外国及我国香港特别行政区、澳门特别行政区、台湾地区的法人、自然人或者其他组织的，《企业国有产权转让管理暂行办法》规定，这些受让企业的国有产权还应当符合国务院公布的《指导外商投资方向规定》及其他有关规定。

2. 产权交易信息披露规则

信息披露制度又称为公示制或公开披露制度，是指市场上的有关当事人按照法律规定，公开或公布有关信息和资料而形成的一整套行为惯例和活动准则[4]。产权市场要想做到公开、公平、公正，准确、全面、及时的披露相关信息是必要前提，同时，信息披露制度作为市场监管的一种有效手段，有着规范产权交易行为的作用。

《企业国有产权转让管理暂行办法》作为指导国有产权转让和交易的政策性法规，对国有产权交易信息披露的目的、原则、程序、内容与形式、时效性、当事人和经纪人在信息披露中的权利、义务和法律责任等要素都做了原则性规范。具体内容如下：

（1）公告期。《企业国有产权转让管理暂行办法》规定，为了保证国有产权转让信息披露的充分性和广泛性，企业国有产权转让相关批准机构必须加强对转让公告内容的审核，企业国有产权转让通过审核后，"转让方应当将产权转让公告委托产权交易机构刊登在省级以上公开发行的经济或者金融类报刊和产权交易机构的网站上，公开披露有关企业国有产权转让信息，广泛征集受让方。产权转让公告期为20个工作日"。这条规定是我国产权交易所执行信息披露程序的基本依据。

（2）信息披露的程序。第一，产权人提出信息披露申请并且提交资料；第二，交易所对其资料进行审查；第三，在确定信息披露的渠道、披露的时间等之后，产权人委托交易所披露信息，并签订《信息披露协议》；第四，转让方提交经国有资产监管部门核准的信息披露申请表；第五，交易所依据相关法律法规规定的内容进行信息披露。披露的渠道主要是通过包括交易所网站、省级以上公开发行的经济或者金融类报刊等发布产权交易信息。信息披露的内容以《产权交易上市申请书》或《国有产权（股权）交易上市申请书》为准，包括转让标的的基本情况，转让标的企业的产权构成情况，产权转让行为的内部决策及批准情况，转让标的企业近期经审计的主要财务指标数据，转让标的企业资产评估核准或备案情况，受让方应当具备的基本条件等；第六，意向受让方按要求提交相关文件或资料，交易所接受意向受让方登记；第七，相关资料报国有资产监管机构备案和转让方，对意向受让方报名资料汇总，如图4-1所示。

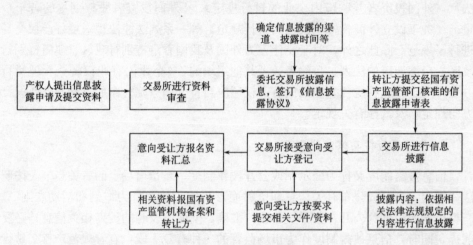

图 4-1　产权转让信息披露程序

在《企业国有产权转让管理暂行办法》（国资委、财政部令第3号）的指导下，各地产权交易机构针对地域情况制定了相应的信息披露规则，对信息披露的内容规范方面起到了补充作用。目前，北京、天津和上海产权交易机构都已经初步形成了自己的信息披露制度框架。

在信息披露程序方面，三家机构的规定基本上都是按照《企业国有产权转让管理暂行办法》的要求来执行。首先，产权经纪人依据委托人提供的有关资料，制作《产权交易上市推荐书》、《产权交易上市申请书》、《产权交易收购意向申请书》等材料。委托人对《产权交易上市申请书》、《产权交易收购意向申请书》、《产权交易上市推荐书》等材料的真实性负责。其次，产权经纪人要对相关资料的完整性、真实性进行核实，并负相关审核责任。最后，产权交易机构对产权交易主体资格、交易条件以及所提供材料的规范性、合法性进行审核，合格后对外披露有关信息。

在信息披露的内容方面，除了披露《企业国有产权转让管理暂行办法》规定的信息外，京、沪、津三家产权机构根据自己的具体情况披露其他信息。北京产权交易机构按企业性质不同归类，编号公布基本信息；按经纪商会员和信息及服务类会员不同共建和使用信息；按出让方和受让方约定条件确定进一步披露的时间和范围。上海产权交易机构对产权类项目信息分A、B、C、D四级披露几十项，其中B级信息就包括企业总资产、负债、所有者权益等30项。出让方还要向经纪机构或者产权交易所提交出让方的资格证明或者其他有效证明、产权权属的有关证明、准予产权出让的有关证明、出让标的的情况介绍、出让产权的评估报告或预审报告等。受让方须向经纪机构或者产权交易所提交受让方的资格证明、受让方的资信证明及上海市人民政府和产权交易所规定需要提交的其他材料。天津产权交易机构要求披露的二级信息也达20多项，同时还要求产权出让方提供出让方的法人资格证明、产权归属的证明、产权出让的批准文件等各种相关材料。

在信息披露的方式和时效性方面，京、沪、津三家产权交易机构都按照《企业国有产权转让管理暂行办法》（国资委、财政部令第3号）的要求执行。国有产权交易信息披露的主要方式，是在交易机构的网站及省级以上经济或金融类报刊上公告；挂牌公布期限为20个工作日。北京、上海都规定在挂牌期限期间，不得撤回挂牌，不得随意变动挂牌价格，在挂牌期限内不得签约成交。（资料来源：国资委直属机关团委）

3. 产权交易契约规则

产权交易转让方和受让方在入场交易之前，需要按照公司章程以及《企业国有产权转让管理暂行办法》的规定完成内部决策、清产核资、审计和资产评估、审批或备案等相关手续，在双方交易规则确定的交易方式成交后，转让方、受让方和双方委托的经纪会员在产权交易所的主持下，签订《产权交易合同》，合同内容包括：第一，转让与受让双方的名称和住所；第二，转让标的企业国有产权的基本情况；第三，转让标的企业涉及的职工安置方案；第四，转让标的企业涉及的债权、债务处理方案；第五，转让方式、转让价格、价款支付时间和方式及付款条件；第六，产权交割事项；第七，转让涉及的有关税费负担；第八，合同争议的解决方式；第九，合同各方的违约责任；第十，合同变更和解除的条件等。契约规则有利于规范交易，让产权交易变得有序和法制化。

4. 产权交易的资产评估规则

对产权进行价值评估是依托资产评估方式进行的，评估结果受评估机构、评估人员的管理水平和技术水平、评估方法的影响。1991 年国务院发布的《关于国有资产评估管理办法》对国有资产应进行评估的情形作了规定。财政部在2001 年 12 月颁布的《国有资产评估管理若干问题的规定》对此进一步作了详述，规定国有资产占有单位凡有下列情形之一的，就应当对国有产权进行评估：第一，公司整体或部分改制为有限责任公司、股份有限公司或股份合作制企业；第二，公司以非货币资产对外投资；第三，公司合并、清算或与其他企业合并；第四，除上市公司以外的股东股权比例变动；第五，除上市公司以外的整体或部分产权（股权）转让；第六，资产的转让、置换或拍卖；第七，资产整体或部分租赁给非国有企业；第八，确定资产的价值；第九，法律、法规规定的其他需要进行评估的事项。另外，国务院国有资产监督管理委员会在 2005 年 8 月 25 日颁布的《企业国有资产评估管理暂行办法》，增加了国有资产监督管理委员会在产权价值评估中具体职能和权限的规定。

5. 产权交易中介机构规则

产权交易中介机构是具备一定从业资格，为产权交易提供环境和条件，协助产权交易双方完成交易的专门机构。它们不仅为交易双方提供了极大的方便，而且有效制止了盲目的市场经济活动，对产权交易的顺利进行起着不可或缺的重要作用[5]。产权交易组织的中介性特征是该组织的法律特性所决定的，在产权交易的过程中涉及的中介机构主要包括：产权交易所（或中心）；对企业转让产权提供法律服务的律师事务所；对企业的资产和财务状况进行全面审计的会计师事务所；对企业资产进行评估的评估师事务所；具体负责企业产权拍卖的拍卖组织；对企业信用进行评级的信用服务机构；为产权转让提供各类咨询服务的咨询公司等。其中，核心机构是产权交易所（或中心），其他的是产权交易的辅助中介机构。产权交易组织存在的目的是为产权主体提供一个信息交流平台。

产权交易中介组织法律规范主要是对产权交易机构的设置、条件、程序、后果的法律规范。主要规范有：《中国产权交易市场》、《公司法》、《企业法》、《破产法》等。根据我国的法律规定，产权市场的中介机构，必须具有相应的资质，否则，其代理的一些买卖行为视为非法，应受到证监会、工商局以及公安部门的查处。要求中介机构具有相应的资质是为了确保它们以公司为主体来承担责任，避免出现非法中介机构以及从业人员获得非法利益后随即消失的现象。

产权交易中介组织在进入产权交易市场时必须具备一定的条件和资质，这是由它的中介性、组织性和政策性特征所决定的。《中国产权交易市场规则》和《企业国有产权转让管理暂行办法》对其准入条件进行了原则上的规定：第一，由于其经营范围相适应的并能独立支配的财产或经费；第二，有与从事产权交易业务相适应的固定场所和设施；第三，有一定数量能胜任工作的专业技术和管理人员；第四，有完善的交易规则和相关的规章制度。具体来说，在实体条件规定方面，根据《中国产权交易市场规则》规定，交易场所由交易系统主机、报盘系统、交易席位以及相关的通信系统等组成。这一规定说明产权交易所（或中心）必须具备相关交易条件的硬件和交易规则软件两部分。在设立的程序条件方面，《企业国有产权转让管理暂行办法》规定，国有资产监督管理机构对企业国有产权转让那个履行监管职责，选择确定从事企业国有产权交易活动的产权交易机构。其设立的程序条件需要通过省级国有资产管理部门的批准，国有资产监督管理委员会的审批是产权交易组织设立的必备的程序条件。

6. 产权交易的经济监督管理机构规则

经济监督体系主要由税务、审计、物价、财政、计量、金融等部门组成[5]。它们的主要职责是对产权交易进行监督，保证产权交易具有良好的外部环境。国务院办公厅转发和以国务院国资委令颁布了《关于规范国有企业改制工作的意见》和《企业国有产权转让管理暂行办法》，这是国资委代表出资人履行职责，规范企业国有产权转让有序流转的重要法规。国有资产监督管理机构应该在这两个法规的指导下，认真落实清产核资、财务审计、资产评估等基础工作，严格审查企业内部决策的规范性和转让方案的合理性。

按照规定，有关部门需要对企业产权转让项目组织抽查和自查，对交易价格的审计评估和落实债权债务情况进行监督检查，对各种违规行为及时叫停、纠正和查处，严重者则取消产权交易资格。另外，相关部门还需要对企业国有产权转让信息是否公开披露，交易方式选择是否恰当，是否按照工作程序进行交易活动等进行监督。这些规则的最终目的是保证企业产权交易行为的规范运行，以及产权的有序流转。

4.2.2　业务流程

1. 产权交易的前期准备

产权在进入产权交易市场公开进行交易之前，需要完成审批、清产核资、财务审计、资产评估等程序，如图 4-2 所示。

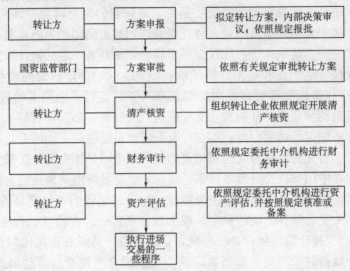

图 4-2　国有产权进场交易之前的流程

（资料来源：西部产权交易所国有产权转让业务流程．http://www.xbcq. com/Html/2008-9-25/164522.Html）

1）清产核资

企业清产核资包括账务清理、价值重估、资产清查、资金核实、损益认定、完善制度等内容。各级的国有资产监督管理机构是企业清产核资工作的监督管理部门。清产核资可以反映企业的资产与财务状况，为科学评价和规范考核企业经营绩效以及国有资产的保值增值提供依据。

2）财务审计

审计是有独立的专门机构或人员接受委托或根据授权，对国家行政、事业单位和企业单位以及其他经济组织的会计报表和其他资料及其所反映的经济活动进行审查并发表意见[3]。审计的一般目的是注册会计师对被审计单位的会计报表进行审计并发表意见，会计报表包括资产负债表、利润表、现金流量表和有关附表。

3）资产评估

资产评估是以资产价值鉴证为核心业务的专业咨询服务行业，而资产的评估是评估机构和评估师对被评估资产在模拟条件约束下基准日成交价格的专业判断[5]。它是国有企业产权交易不可或缺的环节，为产权的定价提供依据，进而防止资产流失。

4）产权界定

《国有资产产权界定和产权纠纷处理暂行办法》对产权界定进行了说明，它是指国家依法划分财产所有权和经营权、使用权等财产权归属，明确各类产权主体行使权利的财产范围及管理权限的一种法律行为。对产权进行界定主要是为了明确产权归属，维护国有资产所有者和其他产权主体的合法权益。

5）产权交易审批

产权交易是一种改变产权所有者或经营者的一种法律行为，是企业产权所有者对企业产权进行法律上的处分。产权交易能否得到产权所有者的同意或授权，是产权交易是否有效的关键。

2. 网上产权交易流程

需要进行产权交易的企业在完成前期准备工作后，即可进入产权交易所执行场内交易的相关程序。目前，大多数的产权交易所都在积极的进行信息化建设，充分利用网络资源，实现产权交易的电子化。一般来说，网上产权交易流程主要分为以下几步，如图 4-3 所示。

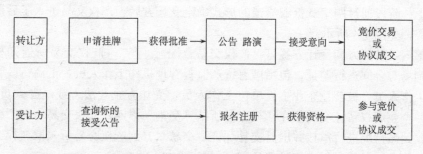

图 4-3　简单的网上产权交易流程图

1）转让方

第一，在履行相关决策和批准程序后，转让方可以向产权交易所申请挂牌，挂牌采用网上申报，申报过程中根据要求提交相关的资料，比如，被转让方向投资主体或上级主管部门申请产（股）权转让的请示；被转让方投资主体或上级主管部门的批复文件；被转让方法人营业执照；被转让方地表资产评估报告及备案表等。第二，产权交易所对转让方提供的资料进行审核，审核无误后，批准转让方的产权交易挂牌申请。第三，挂牌公告内容应按照《企业国有产权转让管理暂行办法》的要求披露。公告媒体可以是省级金融类报刊，产权交易所的电子屏幕，产权交易所的网站等。在信息公告期内，产权交易所可以进行网络路演，以图、文、视频以及在线沟通等方式对项目进行全方位长时间的在线展示。另外，通过系统短信平台，客户可以快捷方便的与路演方交流，路演方也可以接受客户上线请求的短信通知，实现实时接待网上交流请求。第四，当征集到两个或两个以上的受让方时，通过网上竞价的方式进行交易；当只有一个受让方时，可以采用协议转让的方式成交。

2）受让方

第一，在项目公告期内，有意向的受让方可以进行网上报名注册，向产权交易所提交相关的资料，比如，受让方向投资主体或上级主管部门申请产（股）权受让的请示；受让方投资主体或上级主管部门的批复文件；受让方法人营业执照，机构代码证；受让方近期资产负债表，近期会计报表等，然后受让方需要等待产权交易所对其交易资格进行审核。第二，在获得交易资格后，受让方可以参与该项目的交易活动。第三，当该项目有两个或两个以上的受让方时，受让方需要参与网络竞价活动；否则，与产权转让方协议成交。

3. 产权交易后期流程

上一阶段通过网络竞价或洽谈的形式确定受让方后，产权交易进入了后期交易流程，如图 4-4 所示。

第一，转让方和受让方签订《产权交易合同》。第二，产权交易所通知相关单位到场对合同进行鉴证，包括国有资产监督管理机构工作人员，工商行政管理部门工作人员，被转让企业主管单位工作人员，受让方企业法人或经办人员等。第三，企业产权转让交易额在产权交易所结算交割。第四，产权交易所对产权交易价款到账情况进行审核并出具交易凭证，交易双方到产权交易所领取产权交易凭证。第五，最后进行产权过户处理。

对网上产权交易制定了一些法律法规后，比如，保证了电子签名代替书面签名的合法性，网上交易费用问题得到解决等，以及互联网技术进一步发展，网络安全得到加强，网上交易速度得到提高，网络交通堵塞的情况得到了解决等。那么，产权交易最后阶段的签订交易合同、交易价款结算、产权交易所出具交易凭证，以及办理产权变更手续等程序，都可以通过网络来实现。

4. 业务的具体流程

1）产权界定流程

企业对产权进行界定可以划清国有、集体企业的财产所有权的归属，规范不同产权主体的财产关系，做到产权清晰。

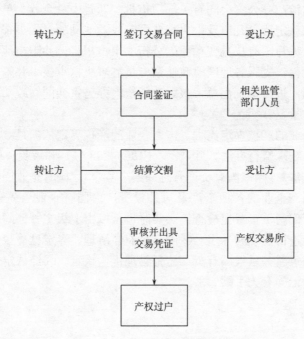

图 4-4　产权交易后期流程

（1）产权界定的步骤，包括以下几点：①成立产权界定工作小组。改制企业和有关投入或举办方共同成立由熟悉财务、设备、房地产管理等方面情况的工作人员参加的企业产权界定工作小组。②查找核对有关资料。广泛搜集有关企业产权及权益变动的历史资料，对有关情况和资料进行核实，摸清企业各项资金投入和产权变动的实际情况，为产权界定提供真实可靠的依据。③协商界定。改制企业与各有关投入或举办方依据国家有关法律、法规和清产核资有关政策对该企业的财产所有权逐项进行协商界定，以明确产权归属，其中涉及国有资产的应征得同级国有资产管理部门的同意。④签署"界定文本文件。对协商界定后各方无异议的产权，各有关方签署"界定文本文件"。⑤填制"产权界定申报表"。"产权界定申报表"中的有关数据应按协商界定后各方签署的协议中的各类资产的有关数额逐项如实准确填报。⑥编写"产权界定工作报告"。"产权界定日报表"、"产权界定工作报告"和"界定文本文件"副本及相关材料上报主管部门审核。⑦界定结果的审核确认和批复。一是地方企业经会审或认定后的界定结果，由企业主管部门批复到改制企业及各有关方。二是按属地组织的中央企业举办的企业的产权界定结果，由当地的清产核资机构，经贸部门予以审核、确认和批复，各级清产核资机构应将批复结果抄送企业的创办单位，各创办单位须将批复汇总上报中央主管部门。三是按系统组织的中央企业举办的企业的产权界定结果由中央各部门汇总后报财政清产办公室会同有关部门审批。四是中央企业、单位举办企业经过产权界定结果认定后，凡涉及中央企业国有权益变动的，中央企业应将有关结果按地区汇总，编写国有权益变动原因分析的申报报告，并附当地认定的企业产权界定结果的批件，先报各地区财政监察专员办事机构审核，并签署意见后上报中央企业主管部门进行系统汇总，报财政部清产办公室会同财政部和国家国有资产管理局审核和批复。

（2）国有企业的产权界定流程。国有企业的产权界定依据是《国有资产产权界定和产权纠纷处理暂行办法》（国资发〔1993〕68号）和《集体企业国有资产产权界定暂行办法》（国家国有资产管理局第2号令）。国有企业产权界定的具体流程如下：①国有企业的各项资产及对外投资，由国有企业首先进行清理和界定，其上级主管部门负责督促检查。必要时也可以由上级主管部门或国有资产监督管理机构直接进行清理和界定。②国有企业经清理、界定已清楚属于国有资产的部分，按财务隶属关系报国有资产监督管理机构认定。③经认定的资产，须按规定办理产权登记等有关手续。

2）清产核资流程

（1）企业实施清产核资的步骤。包括：①指定内设的财务管理机构、资产管理机构或者多个部门组成的清产核资临时办事机构统称为清产核资机构，负责具体组织清产核资工作；②制定本企业的清产核资实施方案；③聘请符合资质条件的社会中介机构；④按照清产核资工作的内容和要求具体组织实施各项工作；⑤向同级国有资产监督管理机构报送由企业法人代表签字、加盖公章的清产核资工作结果申报材料。

（2）清产核资的主要内容。①账务清理。账务清理是指对企业的各种银行账户、会计核算科目、各类库存现金和有价证券等基本财务情况进行全面核对和清理，以及对企业的各项内部资金往来进行全面核对和清理，以保证企业账账相符，账证相符，促进企业账务的全面、准确和真实。②资产清查。资产清查是指对企业的各项资产进行全面的清理、核对和查实。企业对清查出的各种资产盘盈和盘亏、报废及坏账等损失，按照清产核资要求进行分类排队，提出相关处理意见。③价值重估。价值重估是对企业账面价值和实际价值背离较大的主要固定资产和流动资产按照国家规定方法、标准进行重新估价。④损溢认定。损溢认定是指国有资产监督管理机构依据国家清产核资政策和有关财务会计制度规定，对企业申报的各项资产损溢和资金挂账进行认证。⑤资金核实。资金核实是指国有资产监督管理机构根据企业上报的资产盘盈和资产损失、资金挂账等清产核资工作结果，依据国家清产核资政策和有关财务会计制度规定，组织进行审核并批复准予账务处理，重新核定企业实际占用的国有资本金数额。⑥完善制度。企业在完成清产核资后，应当全面总结，认真分析在资产及财务日常管理中存在的问题，提出相应整改措施和实施计划，强化内部财务控制，建立相关的资产损失责任追究制度，以及进一步完善企业经济责任审计和企业负责人离任审计制度。

（3）清产核资的具体流程。企业根据自身需要提出清产核资申请，经国有资产监督管理委员会统计评价部门向主管领导请示，批复同意后进行；企业上报清产核资工作结果报告及社会中介机构专项审计报告和对有关损溢的鉴证证明资料；统计评价部门根据《国有企业资产损失认定工作规则》，对各种资料是否齐备、鉴证证明是否充分有力、是否合法有效进行初审，并会同有关科室进行复核，必要时组织专家论证、现场复核查证，统计评价部门提出意见报主管领导，经主管领导审查批准后，初步认定资金核实结果；资产损溢认定后，经委主任同意，由统计评价部门根据主任办公会研究决定以国有资产监督管理委员会名义行文批复企业执行；向市产权交易中心办理有关移交手续，由其接管经批准核销的资产损失，继续进行追索和管理。清产核资的具体操作流程，如图 4-5 所示。

3）财务审计流程

转让国有产权的标的企业（涉及国家安全的特殊企业除外）在清产核资后，须委托符合资质条件的社会中介机构对企业清产核资工作结果进行专项财务审计，以保证企业清产核资结果的真实、可靠和完整[6]。

企业清产核资专项财务审计工作，大致包括三个阶段：审计准备阶段、实施审计阶段和审计完成阶段。

（1）审计准备阶段。审计准备是整个审计阶段的起点，主要包括调查了解被审计单位的基本情况；与被审计单位签订业务约定书；初步评价被审计单位的内部控制；分析审计风险；制定清产核资专项财务审计工作计划，明确审计目的、审计范围和审计内容，拟定审计工作基础表和审计工作底稿格式，并对参加专项审计工作的相关审计人员进行培训等工作内容。

（2）实施审计阶段。实施审计是审计全过程的中心环节，主要包括：对企业清产核资基准日的会计报表进行审计，以保证企业清产核资基准日账面数的准确；负责企业资产清查的监盘工作；核对、询证、查实企业债权、债务；对企业损失及挂账进行审核，协助和督促企业取得损失及挂账所必需的外部具有法律效力的证据，其他中介机构出具的经济鉴证证明，以及提供特定事项的内部证明，并对其真实性和合规性进行审计等。

（3）审计完成阶段。审计完成是审计工作的结束，主要工作包括：整理、评价执行审计业务中收集到的审计证据；复核审计工作底稿；审计期后事项；汇总审计差异，并请被审计单位调整或做适当披露；形成审计意见，出具企业清产核资专项财务审计报告等。

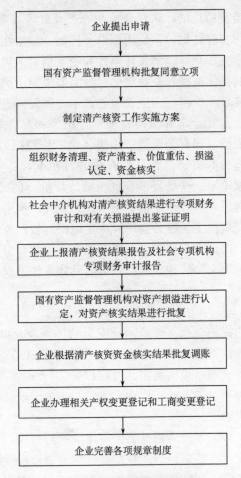

图 4-5　清产核资的操作流程图

(资料来源：http://www.cqjy.lf.cn/pub/2005-10/2005101482352.htm)

财务审计的流程如图 4-6 所示。

4. 资产评估流程

资产评估的流程分为准备阶段、评定估算阶段和出报告阶段。

资产评估的准备阶段如图 4-7 所示。

资产评估的评定估算阶段如图 4-8 所示。

资产评估的出报告阶段如图 4-9 所示。

5. 案例

以国有产权交易为例，对其交易基本程序进行说明。

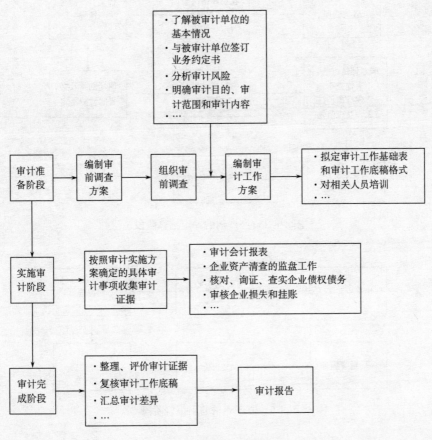

图 4-6　财务审计流程图

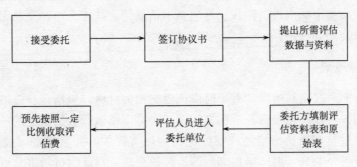

图 4-7　资产评估的准备阶段

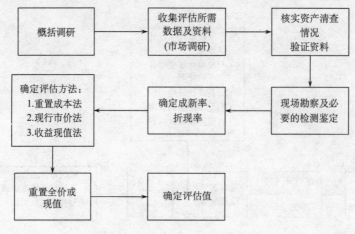

图 4-8　资产评估的评定估算阶段

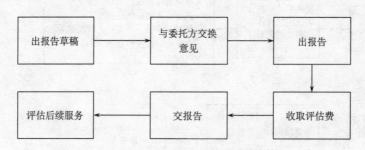

图 4-9　资产评估的出报告阶段

国有产权在进入产权交易市场公开进行交易前，需要完成对转让行为的审批、清产核资、财务审计、资产评估等程序，然后按照国有企业进程进行交易。

在产权交易市场内进行产权交易包括申请登记、挂牌上市、交易定价、成交签约、结算交割等程序。

1）申请登记

出让方向产权交易所申请登记时应该提交相关材料，包括自身资格证明、产权归属证明、转让评估报告及批准文件等。交易市场执行会员制定的，相关证明材料应该经过具有会员资格的产权经纪机构核实提供，并且附加《委托代理协议》、《上市推介书》、《上市申报书》等。产权交易所对证明材料进行审查，认定合法后，予以登记。

2）挂牌上市

这一程序需要进行信息披露，披露的信息应当包括：转让标的的基本情况、转让标的产权构成情况、产权转让行为的审批情况、转让标的资产评估以及主要财务指标数据等。如果受让方的资质、商业信誉、经营情况、财务状况、管理能力、资产规模等有限制条件也应当披露。在挂牌期间，未经相关监管部门批准不得随意变动挂牌价格，更不得撤回挂牌。

3）交易定价

根据《企业国有产权转让管理暂行办法》，公开征集产生两个以上受让意向者时，转让方应当与产权交易机构协商，根据转让标的的具体情况采取拍卖或招投标方式组织产权交易；只产生一个受让意向者或按照有关规定经国有资产监督管理机构批准的，可以采取协议转让的方式。为了防止国有资产流失，《企业国有产权转让管理暂行办法》规定，如果产权转让价格在评估确认值 90％以下的，必须按照国有监督管理机构有关规定审批。

4）成交签约

产权交易达成协议后，交易双方需要在产权交易所的主持下，签订《产权交易合同》，工商部门与国有资产监督管理机构共同拟定相关合同示范文本。公证机关需要对该产权交易进行公证，以增强合同的法律效力。另外，合同变更应该报产权交易市场备案，以及合同中可明确《产权交易合同》在效力和解释方面的优先性等。

5）结算交割

产权交易合同签订后，产权交易机构发产权交易凭证，法律规定该凭证是到财政、工商、税务、银行、劳动、土地、房产、保险等有关部门和企业办理某些特殊产权变更、登记和交接手续的基本前提。出让方应保持其出让产权的完整性，保证转让产权与合同内容的一致性，并按照实际情况填写《交接清单》，交给市场存档备案。

具体产权交易行为构成要素，如图 4-10 所示。

4.2.3　相关业务的组织管理

1. 产权交易的评估机构

国有资产评估工作由国有资产管理行政主管部门负责管理和监督。国有资产

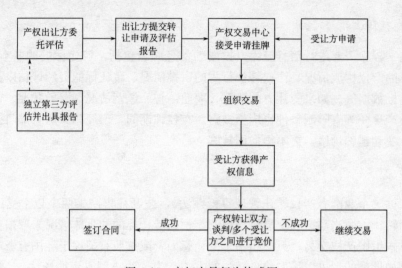

图 4-10　产权交易行为构成图

（资料来源：蒋言斌．国有产权交易法律问题研究．中南大学博士学位论文，2008 年）

评估组织工作，按照占有单位的隶属关系，由行业主管部门负责。持有国务院或者省、自治区、直辖市人民政府国有资产管理行政主管部门颁发的国有资产评估资格证书的资产评估公司、会计师事务所、审计事务所、财务咨询公司，经国务院或者省、自治区、直辖市人民政府国有资产管理行政主管部门认可的临时评估机构，可以接受占有单位的委托，从事国有资产评估业务。国有资产管理行政主管部门和行业主管部门不直接从事国有资产评估业务。产权评估机构受理评估业务不受地区和行业的限制，可以承接本地或本行业的评估业务，也可以承接外地、境外和其他行业的评估业务。但当产权评估机构与被评估单位有直接利益关系的，不得由该评估机构开展评估业务。

2. 产权交易的审计机构

企业清产核资专项财务审计业务，原则上应当由一家中介机构承担，但若开展清产核资的企业所属子企业分布地域较广，清产核资专项财务审计业务量较大时，可以由多家中介机构（一般不超过 5 家）共同承办，并由承担公司专项财务审计业务的中介机构担任主审，主审中介机构一般应承担审计业务量的 50% 以上（含 50%），负责全部专项审计工作的组织、协调和质量控制，并对出具的企业清产核资专项财务审计报告的真实性、合法性负责[6]。

社会中介机构按照独立、客观、公正的原则，履行必要的审计程序，依据独立审计准则等相关规定，认真核实企业的各项清产核资材料，并按照规定参与清点实物实施监盘。

3. 国有企业产权交易的审批机构

目前，我国不具备统一监管的条件，根据《企业国有资产监督管理条例》，把国有企业产权交易的审批主体与我国国有财产管理体制联系起来。国有企业产权交易实行分级审批、授权审批两种基本形式。分级审批由不同级别的代表国有财产的监管部门进行审批。另外，《企业国有资产转让暂行办法》规定："国有资产监督管理机构决定所出资企业的国有产权转让。转让企业国有产权致使国家不再拥有控股地位的，应当报本级人民政府批准。"《国务院办公厅转发国资委关于规范国有企业改制工作的意见》在"批准制度"项下规定："国有企业改制涉及财政、劳动保障等事项的，需预先报经同级人民政府有关部门审核，批准后报国有资产监督管理机构协调审批；涉及政府社会公共管理审批事项的，依照国家有关法律法规，报经政府有关部门审批；国有资产监督管理机构所出资企业改制为国有股不控股或不参股的企业，改制方案需报同级人民政府批准；转让上市公司国有股权审批暂按现行规定办理，并由国资委会同证监会抓紧研究提出完善意见。"授权审批，一种情形是经授权的国有财产经营机构对其授权经营的企业或单位的产权交易在国有财产监管部门授权的范围内进行审批；另一种是未建立国有财产授权经营机构的企业或事业单位的产权交易，由其上级主管部门按有关规定代履行审批手续。

■4.3　业务分类与信息技术的标准化

目前，我国的产权交易中介机构各自为政，互不联动，信息不能共享，没有形成市场网络等，这样就使得在处理各种业务过程中无法提供理想的服务。产权市场要规范发展，就需要建立统一信息发布、统一交易规则、统一交易程序、统一市场监管的统一市场。政府部门、产权研究者、产权实践者等相关人员正在思考如何整合分散的产权交易机构，进而让我国的产权市场在统一的标准和规章制度下运行操作。从目前的发展状况来看，我国已经形成了北方产权交易共同市场、长江流域产权交易共同市场、中国西部产权交易共同市场、泛珠三角洲产权交易共同市场等区域性产权市场，实现了区域内产权交易市场统一的信息披露标准、交易统计标准和对外推介项目格式标准。怎样让这些区域性的产权交易市场进一步发展成统一的全国性的产权市场是业内人士正在探索的问题，主要是统一业务分类体系、统一产权交易信息技术标准。

4.3.1　业务分类

现实的产权交易业务中，至少存在着行业分类、职能分类、所有制分类、产权属性分类等四种分类体系。行业分类就是根据国民经济行业类别所作的产权交易类别划分，如农业产权交易、交通运输产权交易、商业产权交易、金融产权交易等；职能分类是根据产权交易涉及的相关市场主体的业务职能而进行的类别划分，如资产评估业务、财务审计业务、法律顾问业务、公证鉴证业务、行政审批业务、信息披露业务等；所有制分类是根据标的产权有所者的所有制性质而进行的类别划分，可分为国有产权、集体产权、私有产权等；产权属性分类是根据产权自然物的固有属性而进行的类别划分，大的分类可分为有形资产产权和无形资产产权，有形资产产权是指包括生产场地、生产资料、产品与存货及货币资金等有形物的财产权，无形资产产权包括专利权、商标权、著作权等知识产权及土地使用权、采矿权、特许经营权等许可产权。作为我国多层次资本市场体系中初级资本市场的产权市场，既有资本市场长期融资交易的一般属性，又有其非证券化资产交易的特殊性，而且正是因为产权交易标的大部分是非证券化资产，所以交易标的种类非常庞杂，亟须一套科学合理的分类体系来理顺，即需要建立我国产权交易业务分类的国标体系。建立产权交易业务分类国标体系，一方面需要兼顾行业分类、职能分类、所有制分类、产权属性分类四种分类方式的业务需求，分别建立行业代码、职能代码、所有制代码、产权属性代码体系；另一方面还要满足和适应我国产权市场的统计需求，建立产权市场统计指标体系和市场运行指数体系；再一方面还要实现产权交易业务分类标准与上层高级资本市场各层次证券市场的业务分类的衔接。产权交易业务分类的标准化是产权市场信息化、电子化、虚拟化的前提和基础，产权交易业务分类国标体系的建立对于建立全国统一产权市场、促进电子化产权交易或产权电子商务的发展具有重大意义。

为便于建立一套科学合理的产权交易业务分类国标体系，这里有必要介绍一下当前我国产权交易中重要的几项特色业务。

1. 国有企业改制

国有企业改制，是指国有独资企业、国有独资公司及国有控股企业（不包括国有控股的上市公司）改制为国有资本控股、相对控股、参股和不设置国有资本的公司制企业、股份合作制企业或中外合资企业。即改变原有国有企业的体制和经营方式，以便适应于社会主义市场经济的发展[7]。国有企业改制是一项复杂的系统工程，涉及清产核资、企业产权界定、资产评估和处置、企业员工身份置换等一系列重大问题。由于前一阶段国有资产出资人不到位、相关法律法规不完善、产权交易市场建设和管理相对滞后等原因，使得国有企业改制中，一些企业出现了国有资产流失和侵害职工合法权益的问题。国务院国资委和各地国资委组建以来，会同有关部门加大了规范国有企业改制的工作力度。十多年来，全国各省级产权交易机构在培育和发展企业产权交易市场，推进产权交易制度改革，规范产权交易行为，防止国有资产流失等方面作了大量工作，取得了显著成绩。

国办发［2005］60 号文规定，"拟通过增资扩股实施改制的企业，应当通过产权交易市场、媒体或网络等公开企业改制有关情况、投资者条件等信息，择优选择投资者"。根据《企业国有产权转让管理暂行办法》的要求，企业国有产权转让活动必须在国有资产监管部门指定的产权交易机构公开进行。事实上，国有企业改制通过产权交易市场比通过其他的方式具有更加明显的优势。首先，产权市场具有"发现投资者、发现价格"的功能，可以寻找到潜在的、合格的投资者和优秀的企业家。另外，产权市场也积累了大量的风险投资和私募基金等买方资源，有利于为改制企业引入战略投资者，通过产权市场的价格发现功能，可以充分发掘企业股权的最大价值。其次，产权市场可以对原有股权进行彻底的量化，并且企业在设计改制方案的时候，按照市场规则和要求进行设计，因此对市场上的所有潜在的投资者都一视同仁。再次，产权市场通过制度设计和信息化手段，可以保证所有过程都在监控之下，避免了人为操作和控制。

如果产权交易机构对国有企业进行改制，要做到规范运作，根据目前产权交易市场的发展状况来看，产权交易市场的配套措施，比如，对产权主体的认定保护、交易信息的公开透明、交易中介的公平公正、对进入市场参与交易活动的主体的信用资格审查、交易程序和交易规则的制订，以及工商管理、审计、税收等部门监督办法的明确等，这些都需要进一步完善。

2. 不良金融资产交易

不良金融资产的对象主要是金融债券以及由金融债券延伸出来的股权和物权。2003 年 8 月 18 日，由北京产权交易所的前身——中关村技术产权交易所设立的"中国金融资产超市"开市，标志着中国产权市场迈出了金融资产交易业务的第一步。此后，产权市场在处置不良金融资产方面的优越性逐步得到体现，各大资产管理公司渐次加盟"金融超市"，全国各地产权交易机构也纷纷加入到与资产管理公司合作的队伍中来。公开交易发现价格是处置不良资产的主要瓶颈，而产权交易市场的优势正在于此。另外，产权交易所对不良资产的定价也具有非常强的市场指导意义。中国产权市场逐渐成为处置不良金融资产的一个重要平台[8]。

北京产权交易所成立以来，与四大资产管理公司均进行了深入的合作，与中国银行、工商银行、建设银行、光大银行、深圳发展银行等多家银行机构建立起战略合作关系，致力于打造集中处置金融资产的市场化平台。通过几年的运营，针对不良金融资产的实践，北京产权交易所发现了运营这类业务出现的问题，除了缺乏相应的法律制度环境来对其规范之外，还有一个重要的问题就是在不良金融资产处置当中资产透明度不高，交易信息不能及时有效的披露，关联交易还有内部交易时有发生。这个问题的出现是与没有一个公开的市场平台密切相关的，一个完善的公开的交易市场，具有汇聚信息，发现价值决定价格配置资源的功能。规范化的公开市场平台还能够提供同类可以类比的资产价格，进而对不良资产处置也提供了参考。另外，通过专业化技术手段的实施，建立多层面的不良资产推介、信息披露和资产营销的网络体系，从打破地区限制、行业整体以及产业发展的角度来制定处置的总体思路，将会更加有效的组织和实施不良资产打包处置、资产拍卖和资产招标等活动。

3. 投融资服务业务

公司投资就是公司为获取收益而向一定对象投放资金的经济行为。公司融资就是指公司根据其生产经营、对外投资及调整基本结构的需要，通过金融机构和金额市场等融资渠道，采取适当的方式，获取资金的一种行为。投融资服务是指为公司提供投资、融资服务活动的统称。在我国，企业利用产权交易机构进行投融资活动是比较合适的。首先，在信息收集方面，产权交易机构具有信息积聚功能；其次，在投资人、项目资源方面，产权交易机构与各地省市政府建立了良好的合作关系，对当地的投资环境、金融环境、产业环境等都比较了解，更易获得更多、更优质的投资人和项目资源；再次，在服务优势方面，产权交易机构作业和运作都很规范，可以为客户提供专业化和标准化的服务；最后，在人才优势方面，产权交易机构拥有专业的投融资人才、财务人才和法律人才等。从这些方面来看，产权交易机构对投融资双方能够提供贴近式、全过程的各种服务。

产权交易机构在进行投融资服务业务方面有许多优势，但是，这项业务毕竟是一个较新的领域，为了更加的规范运作，产权交易机构在打造多元化、全国性的融资服务平台以及多层次资本市场过程中，需要进行标准化处理。

4. 股权登记托管

股权登记托管是指股权托管机构接受公司及其股东委托，通过电子化股权登记管理系统代为置办股东名册，并为公司股东开立股权账户，记载并确认股东对股份的所有权及其相关权益的产生、变更、消灭的法律行为。它包括股权服务登记和股权服务[9]。股权登记托管的目的在于帮助被托管企业进行股权管理，确保其股权结构的清晰，在有效维护被托管企业及其股东的合法权益的同时，为股权融资和股权流转（包括股权出资）创造条件，最终为被托管企业的长远发展奠定坚实的基础[10]。为了更好的执行股权托管业务，我国建立了一些股权托管机构，这为非上市公司股权流动搭建了一个管理服务平台。通过股权托管中心的登记过户，变更转让，地下股权交易才逐步转变成为"阳光下的交易"，广大投资者和真正想发展的股份公司、有限责任公司和守法规范的中介机构也找到了可以依托的、有一定社会公信力的平台。股权托管对于政府、企业和股东来说都有好处，2005 年 1 月，上海市发展和改革委员会、上海市国有资产监督管理委员会和上海市工商局在政府信息公开平台上联合发布的《关于进一步规范本市发起设立股份有限公司审批、登记和备案相关事项的通知》正式实施，这对上海非上市公司股权转让活动中存在的种种不规范现象起到了约束作用。另外，对非上市公司实施股权托管，可以达到培育、规范非上市公司的作用，为这些企业今后推向主板或中小企业板证券市场创造了条件[11]。

5. 知识产权交易

知识产权是一种无形财产权，它是人们在智力创造活动中产生的智力劳动成果和在生产经营活动中产生的标识类成果依法享有的权利[12]。

我国需要加大知识产权管理和保护力度，不断推动知识产权执法体系建设，整顿和规范市场经济秩序，增强知识产权执法工作的透明度，促进与境外知识产权组织和机构的合作与交流。政府的支持可以促进知识产权交易的规范发展。北京产权交易所的知识产权交易业务在相关政府部门的支持下做的有声有色。为了更好的从事知识产权转让业务，北京产权交易所搭建了交易系统平台，为以知识产权技术为核心的知识产权交易双方提供完善的综合交易服务。另外，北京产权交易所的知识产权交易中心联合其他 17 家平台机构共同发起成立了"中国专利技术交易市场联盟"，整合国内各方资源，为广大投资方、项目方提供一个专利技术产业化、高新技术企业投融资的平台。

在进行知识产权交易的信息化建设时，不仅仅只考虑自身系统的功能完善，还需要考虑与其他相关机构系统的兼容性，因为知识产权交易在大部分情况下需要与其他部门合作，尤其是相关政府部门。比如，西部产权交易所就与陕西省知识产权局合作，建立了西部知识产权交易网。中关村知识产权促进局与北京产权交易所签订协议，双方将合作开展知识产权交易业务，尤其在业务的开发创新方面互相提供支持和配合，共同为中关村科技园区企业、高校、科研院所的优秀专利技术转移交易搭建平台。可以看出，在知识产权交易方面，目前产权交易所与其他的部门之间合作越来越紧密，在这种情况下，各机构在设计系统时就需要从信息技术的角度来考虑如何更加方便的进行资源共享的问题。

4.3.2　信息技术的标准化

1. 技术标准化的含义

众所周知，以计算机、网络技术为代表的信息技术的不断普及，互联网已经越来越成为我们信息沟通、市场推介的重要工具和主要手段。产权市场要突破地域限制，实现区域市场或全国市场的统一，现代信息网络技术的利用是必要条件。近几年，人们已经开始从信息技术的标准化角度思考建立统一的交易系统，进而来消除跨区域交易之间的障碍。目前，长江流域产权交易共同市场为了统一规范区域内各产权市场的交易，提出了将打造长江流域共同市场十大服务平台，即企业并购重组服务平台，中小企业融资服务平台，企业并购贷款服务平台，私募股权投资服务平台，企业国有产权、行政事业单位资产及诉讼资产交易服务平台，金融资产交易服务平台，农村要素市场和林权、矿权交易服务平台，环境能源交易服务平台，知识产权（技术产权）交易服务平台和文化产权交易服务平台等。定位于为各类产权交易提供在线服务的第三方电子商务平台——"金马甲"，在2009年12月的成功融资也展现了产权集中交易的市场需求。根据易观2009年对互联网应用方面的分析报告，互联网正在逐步成为中国社会和经济的基础设施，电子商务也随之快速发展，产权和资产交易领域完全可以借助互联网来开垦这个领域。虽然网络技术在产权市场正在得到应用，但是全国统一的产权市场需要各个产权交易机构以及与产权交易有关的中介机构的信息系统之间的资源共享，数据传输也不能因为系统设计的格式不同而被迫终止。也就是说，要实现各交易机构信息畅通，就要加快区域产权市场的信息资源共享建设：一是建立合理科学的信息统计标准与方法；二是进一步完善区域产权市场网络电子交易平台，并在网络平台基础上建立共同市场数据库，整合各会员单位的产权信息；三是实现各交易机构交易信息的统一发布，使网站成为各会员单位共同的信息集散中心[13]。

　　产权电子商务就是产权的网上交易，由于网络不受地域和时间的限制，再加上信息技术的发展，使得产权市场走电子商务之路成为必然选择。要发展好网上产权交易活动，建立区域、全国甚至与国际资本市场接轨的统一产权交易市场，实现计算机系统之间数据自动交换方式是必要条件。而要顺利实现不同机构之间系统数据的自动交换就必须考虑好如何才能够让各产权机构及相关中介机构准确接收、发送并正确识别对方系统的交换数据。

　　另外，随着产权交易市场的发展和业务的创新，系统突破国境的约束，以及支持更多、更复杂的数据交换业务，同时这些新业务的增加又不能对现有的系统交换业务操作造成很大的影响，这些问题也是需要亟待解决的。

　　证券市场在解决交易所与券商，券商与券商在各自系统软、硬件上存在差异性的问题时，采用的主要方法是制定交易系统的数据交换协议，用以统一规范、指导交易系统与券商系统在交换接口上对有关交换的数据格式、会话机制以及市场业务数据交换内容的描述[14]。另外，交易所和券商为了在交易前双方对交易所需要的参考数据取得一致的理解，目前的做法是预先制定一套与交换协议相关的数据字典，并且在开市中把数据字典中相应字段的实际值发送给对方。时代在发展，任何人都无法完全预测将来业务的发展趋向，因此，接口协议的制定也不是一劳永逸的，它必须根据市场和业务的发展变化而不断的改进，根据新的业务活动对原有的接口协议的消息字段进行修改，增加新的消息字段等。比如，在证券市场成立之初，市场建设者根据我国当时的技术应用水平，制定并设计开发了具有我国特色的数据库接口协议，有力地促进了我国证券市场在较短时间内取得快速发展。然而，随着我国证券市场改革创新的不断深入，新的交易品种、交易机制的出现，原来的接口协议就暴露了许多不足，比如，接口协议缺乏标准化，深、沪交易所数据交换模式不统一、编码方式不统一等。在这种情况下，市场建设者就必须对原有的接口协议进行改进，研究和探讨适合现在市场发展状况的接口协议。

当产权交易像证券交易一样采用电子化的数据交换方式时，与人工方式相比，其必须解决一系列技术问题，其中的一个关键问题就是如何在各个市场参与者系统之间正确识别和理解所要传递交换的电子化数据。现实不可能要求所有的市场参与者采用统一的计算机系统，而不同的计算机硬件和软件系统有着各自所支持的数据格式和通信机制，那么，这就需要产权市场建设者从实际情况出发，在计算机通信协议上，制定交换双方都认同接受的数据交换约定。事实上，这种约定就是为了规范参与市场交易的电子化数据的数据描述、数据内容以及数据交换会话机制，通过这种规定和约束机制，不同系统的应用程序之间就能够正确接收、发送数据，并且理解交换数据的含义，从而实现数据在市场参与者之间的正常交换和处理，进而完成交易流程。

在产权交易市场中，根据功能的不同，市场参与者之间可以制定不同的系统规则和约束，比如，产权交易机构之间制定交易系统接口规则，产权交易机构与资产评估机构之间制定交易资产评估系统接口规则等。不同应用系统之间的接口如图 4-11 所示。

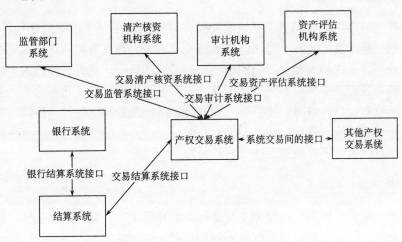

图 4-11　不同应用系统之间的接口

系统接口协议标准是市场交易流程、数据格式、系统连接方式标准化的综合体现。如果没有标准化的协议做指导，那么，各个系统之间就会出现数据采集多路径、交易处理需要花费大量时间和人力物力来规范和统一数据，这些问题严重阻碍了交易市场的发展。另外，全球化的市场竞争趋势也迫切需要对系统之间的接口协议进行标准化。

2. 技术标准化的意义

技术标准化对网上产权交易的发展具有重要的意义。

1）顺利实现产权的电子化交易

在前面我们介绍过，产权交易市场中的各个机构由于从事的业务不同，造成了系统在功能和结构上的复杂多样。不同的机构在软件环境的配置方面也可能不一样，比如，有的系统采用 Linux，有的系统采用 Windows NT 等。另外，与国际业务的接轨，进一步导致系统间的数据交换的复杂。我们知道，与产权交易相关的各机构在各自系统软、硬件上存在的差异会阻碍实施电子化数据交换进程，因此在组织系统开发的过程中要考虑为将来形成统一网络交易体系而使系统留有良好的接口和充分扩展的余地。在不限制各个机构系统的软件和硬件配置的情况下，从业务交换层面上制定大家认同的系统约束规则，用以指导参与者进行系统开发和电子化数据交换是一个不错的方法。这不仅可以让各个机构在进行自己机构业务系统的建设时有更大的灵活性，而且实现了数据在不同系统之间的顺利传递，以及信息的实时更新。

2）方便了系统更新

产权交易市场要得到更快更好的发展，业务创新是一个很好的途径，但是，业务的创新意味着需要具有与该业务相适应的系统。在没有对信息技术进行标准化之前，一方系统的改变会影响到与之相关系统的运行，这就需要投入大量的资金对与该业务相关的所有系统进行更新。对信息技术进行标准化，比如，当交易机构之间具有接口协议时，接口双方系统可以按照预先制定的接口协议，对自身系统进行更新升级，这样，一方系统的变动对另一方系统的运行就不会带来运行的风险，进而做到了各机构系统之间的分割。

3. 接口协议的分类

下面介绍的接口协议的分类主要是针对证券市场中的交易系统接口，我们认为产权交易市场与证券市场虽然是不同的市场，面对的交易对象也不同，但是，在信息技术的标准化方面没有实质上的不同，因此，产权交易市场的信息技术的标准化构建可以参考目前相对比较成熟的证券市场的系统构建模式。

在证券交易市场上，人们根据接口协议在数据描述上的实现方式，把交易系统接口分为数据库接口协议、API 接口协议和会话消息接口协议三种类型[14]。

1）数据库接口协议

数据库接口协议是把委托信息、市场数据等其他市场信息，按照预先规定的数据库模式，形成数据库记录文件，然后在券商系统和交易系统之间进行传输交换。

2）API 接口协议

API 接口协议是一种提供交易系统和券商系统实现自动对接的系统应用程序接口。它把交易市场的应用请求和功能服务封装成底层的函数和过程，并对外提供这些函数和过程的调用参数。券商系统通过这些指定的参数，对函数和过程进行调用，向交易系统请求服务并接收来自交易系统的处理结果，实现券商系统与交易系统之间数据的传输交换。

API 接口的数据格式如表 4-1 所示。

表 4-1　API 接口描述

应用请求参数	应用回应参数
• 请求控制参数	• 回应数据参数
• 业务请求参数	• 回应状态参数
• 回调函数参数	

应用请求参数是券商系统向交易系统发送应用请求的相关数据，包括请求控制参数、业务请求参数、请求回调函数参数等；应用回应参数是交易系统针对应用请求而反馈回来的回应数据，包括回应数据参数，回应报告参数等。这些参数根据不同的业务有着不同的结构类型，其结构字段大部分在预处理的头文件中预先定义。

3）会话消息接口协议

会话消息接口协议是在通信协议上的会话层建立的一套数据交换协议。它采用双方约定的消息格式，通过消息连接的建立、会话和撤销等过程，实现市场数据在彼此之间的交换。

如今交易电子化已经成为全球证券市场的发展潮流，全球大部分的交易所都在现有的交易系统基础上，制定并设计出了适合本国证券市场电子化交易的系统接口协议。较为典型的接口类型应用如表 4-2 所示。

接口协议是为市场业务活动服务的，接口协议的数据交换内容就是为信息交换所提供的服务。为了支持投资者能广泛深入地掌握了解市场交易最新的交易细节，各国接口协议都提供了极为丰富的市场信息发布业务，如市场公告、新闻等。而且有些交易所为了有效加强信息服务的产品功能，还专门设置了信息发布的系统与相应的接口。另外，为了市场参与者能够快速准确的获取所需的信息，接口协议还提供市场信息查询和定点重新发送等功能。

表 4-2　几种不同的接口类型及应用实例

接口协议类型	实　例
数据库接口协议	深圳交易所和上海交易交所提供的 DBF 接口协议
专用消息接口协议	Euronext 提供的 MMTP 协议、伦敦交易所提供专有协议、香港交易所提供专有协议
标准消息接口协议	FPL 公司制定的 FIX 协议、ISDA 制定的 FPML 协议
API 接口协议	德国交易所提供的 VALUES API 协议

资料来源：曾海泉. 证券交易系统接口协议研究. 深圳证券交易所综合研究所，2005.5

信息技术高速发展使得我国的证券市场能够借助高科技的手段来建立电子化的交易平台，经过多年的实践发展，我国的证券市场已经越来越规范，各种技术标准也在逐渐成熟。从某种意义上来说，证券市场的规范发展为我国产权市场的规范运作做了指引。特别是在信息技术标准化方面，产权市场可以参考我国证券市场的标准化做法，比如，我国深、沪两市用数据库接口来进行数据交换，对建立数据表的个数的统一规定、对记录字段的约束规定、对数据表的输入和输出队列的监听方式的规定等，进而来支持与市场交易相关的业务。不仅如此，产权市场还可以结合国际上证券市场在标准化方面的做法，比如，系统之间的接口协议的运用和改进等。同时，产权市场毕竟与证券市场又不完全相同，产权市场的建设者在对系统进行标准化规范时，不能完全照搬证券市场的标准化做法，而是需要结合我国产权交易的特点和规则，在此基础上开发可支持"多层次、多品种、跨市场"的适合我国产权交易的信息技术标准化范畴。

4.4　全国市场的一体化及其国际化

4.4.1　全国市场的一体化

全国产权市场一体化是我国产权市场健康发展以及充分发挥资本市场基础作用的需要，也是该市场今后发展的方向。从维护交易行为以及交易主体利益的合法性方面来看，产权交易市场的具体运作需要一套完整严格的制度来保证。这表现为产权交易市场中实行的以申请登记、资产评估、公开竞价、公证等为内容的严格程序。随着市场经济的发展在产权交易方式、交易内容、交易程序、交易中介等方面也应逐步形成一套适合规范化要求的制度，并严格按照制度规定来操作。从产权市场的信息传递方面来看，随着产权交易的推进，产权交易市场的需求量和供给量增多，信息传递加快，产权交易市场应逐步形成一个多层次立体型的市场网络协作系统。在这一网络化的产权交易市场体系中，应实行计算机联网操作，为企业和产权投资者提供各种交易信息，把社会上分散的投资和需求聚合在一个大系统里，为跨地区跨行业的产权交易活动提供有利的条件[15]。

国务院国资委正在极力推动全国产权交易机构重组联合，各地产权市场主动呼应国家区域经济发展政策，已经在自发的开展整合。虽然全国统一的产权市场还没有形成，但是，区域性的产权市场整合已经成为大的趋势。目前，天津产权交易所已经与内蒙古、山东、山西、河北等省、自治区的金融办公室、国有资产监督管理委员会和产权交易机构达成了合作意向，在上述省市设立天津产权交易所的二级运营商，在分支机构基础上，天津产权交易所将逐步打造区域性分市场，形成集全国市场与区域市场于一体，多层次、多板块的资本市场。从目前的发展趋势来看，全国产权交易的联合迟早会实现，有的学者建议有关部门积极推动产权交易所全国联网、联合，形成中国产权交易统一市场。第一步可在平等互利、信息共享的基础上，实施各交易市场联网，实现信息平台的功能；第二步，可在统一规则与业务标准的前提下，建设互动式网络交易服务平台，使其逐步发展成为服务于广大科技创新企业，高效率的、初级层次的现代化资本市场[15]。

全国性或区域性产权市场的形成，除了对产权交易所的规章制度订立全国统一的标准外，还需要加强区域交易所的横向联系，集中处理区域内业务，并建立全国性的信息平台，实现资源的优化整合，把各个产权交易市场的产权转让信息汇成一个统一的市场信息进行流转发布。另外，联合的各产权交易机构的系统需要具有互容性，数据库建设需要格式统一，以此来方便数据的有效传输。长江流域共同市场已经致力于构建共同市场的信息披露、数据共享的网络系统，并且还开通了"信息共同发布系统"，这将促使产权市场一体化建设实现质的飞跃。另外，"金马甲"产权网络交易服务平台与各地产权交易机构正在逐步展开广泛、深入的合作。"金马甲"动态报价大厅已经嵌入到了青海、海南等产权交易机构网站。另外，"金马甲"路演大厅也已经成功的嵌入到了北京产权交易所网站。此外，与"金马甲"数十家股东机构网站及众多联盟成员网站合作也在"金马甲"的规划之中。在未来，"金马甲"路演大厅面向产权交易机构所积聚的投资人资源，各地的投资人也将很方便的通过"金马甲"路演大厅，随时随地了解全国各个地方的各类交易项目信息，这将有效的促进全国乃至全球范围内投融资双方的沟通与合作。

4.4.2　产权市场的国际化

资本市场是一个最为开放的市场，也应该是一个国际化的市场。中国的经济要实现持续的增长，要保持在国际上的竞争力，就必须融入到国际资本、国际市场中。

1. 产权市场国际化的原因

产权市场实现国际化的原因有以下几点：

1）吸收先进技术和管理方法

先进的技术和管理方法是一个企业发展壮大的核心要素，中国的企业目前还缺乏这两个要素，我国实行对外开放的重要目的之一就是要吸收国外先进的技术和管理方法，但是任何一个企业都会努力去保护这两个促进自己发展的核心要素，产权市场实现国际化是克服这一现状的重要措施。通过到境外与国外企业合作或收购国外企业，这可以让我国的企业参与国际竞争，同时也可以获得收购企业的先进技术和管理方法。

2）为产权的流动提供更开阔的市场

资本需要流动，并且流动的范围越广，市场机制发挥的就越充分，资源配置的效率也就越高。对于一些国有大型企业来说，它们要进行增资扩股和产权的流动，有时候需要几十亿甚至上百亿元的资金，一般的民营企业投资商没有这么大的实力，而近些年来国内经济的快速发展，使国际资本极为看好中国国内非上市公司产权资源，那么，开拓国际资本市场就可以让其到国际上去找资金，这就为国有企业的产权流动提供了可能。一方面，与国际上的一些机构建立关系，这些机构可以帮助联系更多的投资商，投资商的增多意味着竞价的更加激烈，为国有资产的保值增值提供了可能。另一方面，中国的产权交易机构可以通过在海外建立交易合作平台，把转让项目直接放入到国际市场上进行交易，这样做让该国的投资者对该项目进行详细的了解更加方便，也为该项目的成功转让提供了更多的机会。此模式北京产权交易所已经进行了实践，该所已经分别在意大利、日本和美国建立了"米兰交易所"、"日中产权交易所"和"美中产权交易所"，并且希望能借助自身在中国的市场影响，推动中国与国际上其他国家之间的企业并购与市场交流。这些交易所将为投资者收购资产和权益提供一站式服务，是发掘商业价值和投资机会的信息和交易平台，是我国企业实现"走出去"战略、促进国内资本与国际资本对接的实现平台。事实上，产权交易市场引入国际资本，满足资金的需要只是其中的一个方面，另外一个作用是通过这种机构间的合作，依托交易市场所在的中心城市可以充分整合全球性的资源。

2. 产权市场国际化趋势的表现

1）交易对象的国际化

按照交易对象是否为上市企业划分，交易对象包括非上市企业的产权和上市企业的非股权型产权；按照经典民法客体的划分标准，还包括物权、股权和知识产权等各类财产权，但不宜进行债权交易；按照载体形式划分，交易对象包括实物型产权和价值型产权；按照是否有形划分，交易对象包括有形产权和无形产权[16]。中国产权交易市场的国际化发展，在交易对象方面，可以通过引入私募基金、风险资本、行业投资人等，使中国众多的非上市公司与国际资本相结合，也可将境外企业的产权转让引入我国的产权交易市场，使中国的国内资本能够通过产权交易市场这个平台与国际上的产权资源相结合。

2）交易信息的国际化

现代产权市场，信息是否能够被充分获取是产权交易成功与否的重要决定因素之一。一方面，产权转让信息被广大投资者获悉，可以增加意向受让人的数量，为后面的竞价打下基础；另一方面，投资者通过详细的了解该转让产权的各方面的情况，可以让该转让产权找到合适的投资人。随着产权交易的现代化和规范化的发展，国内产权交易市场应同世界各大信息机构及金融机构、金融市场实现计算机联网，不断促进产权交易信息的国际化。

3）交易规则的国际化

不同的国家具有不同的交易制度和交易规则，中国还没有完全融入国际资本市场，其中一个原因就是中外产权交易法律体系和交易规则有很大的差异，比如，中国政府的审批程序、交易流程、企业债务的处理等问题，国内和国外存在很大的区别。另外，中国企业的财务制度与国外的会计制度也不同；交易环境也有很大的差异。如欧美等发达市场经济国家是基于个人所有的产权制度，而中国的国有企业的产权还没有明确到个人。这些问题的存在严重阻碍了我国产权市场的国际化进程。随着我国对外开放的深化，产权交易的跨越国界，有关产权交易的规则应与国际惯例接轨，按国际惯例制定和运作，从而使交易规则日益国际化，进而为中国的产权市场的国际化扫清障碍。

3. 产权市场国际化案例

近年来，我国几大主要的产权交易所的境外交易逐渐增多，具有代表性的有北京产权交易所和上海联合产权交易所。

1) 北京产权交易所

北京产权交易所为便于境外机构或个人并购中国项目及中国机构或个人投资境外项目，汇集境内外多方资源组建了国际业务平台，整合投资人资源、项目资源和中介服务资源，为跨境并购业务提供服务。

案例1：澳大利亚金融和能源交易所集团与北京环境交易所建立全面的战略伙伴关系，共同开发环境金融产品交易市场

2009年12月31日，澳大利亚金融和能源交易所集团（FEX）和中国北京环境交易所（CBEEX）宣布双方共同签署全面的战略合作协议。这份战略协议的核心内容，旨在推动澳大利亚以及作为发展中国家和新兴市场的中国更好的实现节能减排，通过市场化机制与金融化手段降低节能减排成本，搭建中澳国际碳交易平台，提高碳定价权的目的和共识，以及参与国际清洁技术转让与环境资产证券化，特别是推动北京碳金融中心建设等方面达成合作备忘录。作为北京新金融要素和排放交易市场建设的重要实践平台，CBEEX同意与FEX以及其他相关单位携手，拟在2010年筹备建立北京绿色金融国际化研究推广以及合作平台，包括共同建立北京国际碳金融研究院（暂定名称），推动成立北京绿色金融协会（暂定名称），定期举办国际绿色金融论坛等。

FEX集团首席执行官布莱恩·普莱斯先生说："FEX非常高兴能和CBEEX建立战略伙伴型的合作关系。CBEEX是中国重要的环境交易所集团。FEX将期待与CBEEX共同合作，为推动中国经济和世界经济的可持续发展作出贡献。"CBEEX董事长熊焰先生说："我们CBEEX在选择战略伙伴的时候，不仅要考虑对方的技术能力，也要考虑到对方是否具有在当今快速变化的商业环境下运营市场所需要的业务战略的灵活能力。很明显FEX在两方面都能满足。我们希望双方能够建立密切的合作关系。"

案例2：北京环境交易所哥本哈根大会推出熊猫标准——发展自愿减排，促进生态扶贫

2009年12月16日，中国首家环境交易所——北京环境交易所（www.cbeex.com）联合其战略合作伙伴，世界上最大的碳现货交易所—BlueNext环境交易所（www.bluenext.eu）在丹麦首都哥本哈根，于《联合国气候变化框架公约》缔约方第15次会议（COP15）期间正式发布中国首个自愿减排标准——熊猫标准V1.0版。

据介绍，北京环境交易所和BlueNext环境交易所作为发起方、中国林权交易所和美国著名NGO组织温洛克国际农业开发中心作为共同发起方，四家机构共同发起熊猫标准。该标准依据国际市场规则，从中国作为发展中国家的基本国情出发，致力于为中国碳减排项目提供一套完整的项目开发工具和规则体系。该标准将首先从农业、林业等带有极大外部经济性、带有生态扶贫性质的行业出发，并根据实际需要逐步向交通、建筑等节能减排领域拓展，力争在未来几年内，成为一个得到国内和国际广泛认可的自愿减排标准。

中国气象局国家气候中心副主任吕学都、中国国家发改委能源研究所副所长李俊峰、中国社会科学院城市发展与环境研究所所长潘家华、清华大学教授韦志洪、中国农业科学院教授林尔达、北京环境交易所总经理梅德文、北京环境交易所副总经理靳国良、河北产权交易中心总监江庆红、湖南 CDM 中心主任张汉文、山西大气 CDM 中心主任王继昌、德利国际新能源控股公司董事局主席杜德利、天时集团董事长黄道林与美国 Winrock 主席佛兰克·图格维尔、BlueNext 环境交易所董事长赛吉·哈里、美国环保协会（EDF）执行总裁戴维延、大自然保护协会（TNC）科学家张小全、自愿碳标准协会（VCS）首席执行官戴维·安东尼奥、世界混农林中心安迪博士、国际碳行动伙伴计划组织（ICAP）项目负责人马丁博士、能源与交通创新中心（ICET）主任安锋博士、芝加哥气候交易所（CCX）国际总裁包娜、韩国碳金融机构（KCF）总裁鲁宗焕、香港乐施会原总干事长庄陈有以及杜克能源、APX、法国 CDC 国家银行等众多国内外机构共 100 余名嘉宾出席了本次熊猫标准发布会。

参加熊猫标准发布会的专家学者发言强调，熊猫标准的制定与开发，有利于促进我国节能减排的统计、报告、监测与市场体系建设，有利于借助自愿减排市场构建我国生态扶贫、生态补偿的长效机制，也有利于提高我国企业和个人自愿减排的积极性，从而加快推进我国低碳经济与低碳社会的发展进程。

（资料来源：http://www.cbex.com.cn/article//xxpd/bjsdt/201001/20100100015065.shtml）

此外，北京产权交易所还与美国纳斯达克、英国 AIM 交易所、加拿大 CNQ 交易所、新加坡交易所等资本市场建立了业务往来，输送中国私募融资项目信息，帮助中国优质企业在境外资本市场融资。

2）上海联合产权交易所

为了开拓国际市场，上海联合产权交易所积极采取各种措施与国际资本市场接轨。近年来，上海联合产权交易所已先后组建了南南全球技术产权交易所、上海环境能源交易所、上海文化产权交易所和上海农村产权交易所，推动了上海产权市场步入多元化、专业化、国际化发展新阶段。

案例 3：上海联合产权交易所与国际并购中介机构签署
战略合作协议

2008 年 11 月 10 日，上海联合产权交易所与国际并购中介机构——翰威特咨询（上海）有限公司签署战略合作协议。此举将进一步完善和丰富上海产权交易平台的服务功能，促进中国企业海外并购的成功实施。

此次的战略合作涉及双方共同建立海外推荐平台；向参与交易的企业提供并购实务培训、并购尽职调查服务及被并购企业领导评估，帮助实施并购整合；共同进行并购交易的趋势调研和课题研究等。

总部设在美国的翰威特咨询公司是全球领先的人力资源管理公司，不仅拥有资深的人力资源专家，而且在跨国企业并购的实践中积累了经验，能够有效地为并购重组的企业提供针对性的并购方案和可行性建议。上海联合产权交易所总裁蔡敏勇表示，并购活动具有高风险、高收益的特点。许多中国公司在尽职调查、投资清算、并购整合、产权保护和控制等方面的经验还有待加强。实践证明，外部专业机构正以其特殊的定位，在并购整合这一充满了诸多复杂和不确定因素的系统工程中，发挥着不可替代的作用。

上海联合产权交易所与翰威特咨询公司的战略合作协议，明确了双方的战略合作关系以及各自的权利义务。本着优势互补，互惠互利和保护知识产权的原则，上海联合产权交易所与翰威特咨询公司将共同为在上海联合产权交易所进行交易的企业提供所需的增值服务，双方将在一定的框架内实现资源共享，并最终达到双赢的局面。这将对双方都会产生积极而深远的影响。

（资料来源：http://news. sohu. com/20081110/n260551915. sht1ml）

案例 4：上海联合产权交易所设立日语网站吸引日本并购资金

上海联合产权交易所与上海市政府在日本的窗口企业——上海国际株式会社2007 年 5 月 28 日下午在东京举行联合新闻发布会宣布，双方即将推出一个日语网站，为日本企业界和金融界及时提供有关中国的企业并购信息，以吸引日方的投资。上海国际株式会社同时公布已将注册资本金和资本准备金从 8.8 亿日元增至 24.3 亿日元。上海联合产权交易所网络信息部总经理徐慧在会上向 60 多名日本工商界人士介绍了网站的情况。

上海国际株式会社董事长兼总经理陆秉孙致词称，将把这个网站建设成向日本发布上海乃至中国全国的产权交易信息的平台。上海联合产权交易所总裁蔡敏勇在贺信中强调，该网络平台将为中日投资者架起一座信息沟通的桥梁，为中日双方的资本市场提供一个资本流通的渠道。

上海国际株式会社是 1993 年由上海市政府出资建立的一家综合商社，主要从事国际贸易、跨国并购和项目投标等业务。每年进出口销售额已从最初的约 2亿日元猛增至 2006 年的 183 亿日元。上海产权交易所是对物权、债权、股权、知识产权等所有权提供交易服务的综合性市场平台。现在每年有 30 多个国家和地区通过这一平台投资中国各地，外资并购量已达数百亿元人民币。

（资料来源：http://www. shandongbusiness. gov. cn/index/content/sid/29547. html）

　　此外，上海联合产权交易所与美国硅谷银行、日本国际协力银行等 30 多家国内外知名金融公司建立合作关系，与中国创投、法国 NBP、凯雷投资、德同中国等 20 多家国内外知名风险创业和私募股权投资机构成为合作伙伴。

本章主要参考文献

[1]　张铭，李纪，尚启君等. 企业国有产权交易信息披露规范研究. http://www. sasac. gov. cn/n1180/n1271/n4213364/n4213672/n4222580/4373221. html

[2]　尹刚. 试论我国产权交易所信息共享机制的法制化构建. 华东政法大学硕士学位论文，2008

[3]　蒋言斌. 国有产权交易法律问题研究. 中南大学博士学位论文，2008

[4]　詹宏海，王伟君. 知识产权交易市场的信息披露监管. 电子知识产权，2008，9：23～28

[5]　邬琼华. 我国产权交易市场发展问题研究. 华东师范大学硕士学位论文，2006

[6]　北京产权交易所研究中心. 国有产权进场交易前的审计. http://www. fifr. cn/html/Newscn71208. html

[7]　中国经济网综合. 国有企业改制. http://www. ce. cn/xwzx/gnsz/gdxw/200908/18/t20090818_19809735. shtml, 2009, 8

[8]　北京产权交易所. 中国产权市场金融资产交易年度报告发布. http://www. cbex. com. cn/article/xxpd/bjsdt/200812/20081200006087. shtml, 2008

[9]　北京产权交易所. 什么是股权托管？ http://www. cbex. com. cn/article/scypt/gqdj/cjwt/200801/2008010 0000582. shtml

[10]　颜占寅. 股权出资新规凸显股权托管重要性. 产权导刊，2009，5：29～33

[11]　张良. 做面向全社会的产权交易大市场. 上海证券报，2007，6：B07 版

[12]　陈福林. 基于技术标准的中国 ICT 产业知识产权战略研究. 天津大学硕士学位论文，2006

[13]　苗伟. 应该建立产权市场紧密合作的机制. 产权导刊，2008，5

[14]　曾海泉. 证券交易系统接口协议研究. 深圳证券交易所综合研究所，2005，5

[15]　朱戈. 发展产权交易市场与我国多层次资本市场的构建. 对外经济贸易大学硕士学位论文，2003

[16]　李明良. 产权交易市场法律问题研究，http://www. falvm. com. cn/falvm/app/book/f_extractchapter. jsp? TID＝20080828190652665638256，2008-08-28

第5章

产权电子商务标准化发展的经济学分析

本章先对产权经济学的一些基本的概念和理论做简要的介绍，然后在产权理论基础上阐明产权电子商务标准化发展的经济学意义。

5.1 产权经济学基本理论

"产权经济学"从产权结构或产权制度的角度研究资源配置效率，研究如何通过界定、变更产权安排，创造或维持一个交易费用较低、运作效率较高的产权制度[1]。本节主要介绍科斯的产权理论和诺思的产权理论，让人们对产权理论关注的问题做必要的了解。

5.1.1 科斯产权理论

科斯的产权理论在他的《社会成本问题》一文中有很好的体现，主要是围绕着交易费用来谈产权及资源配置效率问题。科斯分析了交易费用为零的产权交易和交易费用大于零的产权交易两种情况，这已成为后人归纳总结科斯第一定理和科斯第二定理的基本出发点。

根据"理性人"假设，生产者只有在所使用的生产要素产品的价值大于这些要素在其他可选择的最佳使用中所产生的价值条件下，才可能从事某些活动[2]。在科斯第一定理中的零交易费用假设下，生产要素所有者可以多次对生产要素进行自由转移，直到生产要素可以实现其价值的最大化为止，最终的结果不受法律状况的影响。这点显示了资源的自由转移对实现其价值最大化具有重要的作用。

在科斯第二定理中的交易费用大于零假设下，由于资源的转移会消耗成本，那么不同的权利界定则会带来不同效率的资源配置。法律对产权界定不合理，那么在进行企业的重组、转让或并购等行为时，则会消耗很多的交易费用，如企业组织费用、市场交易费用、政府行政管理费用等。科斯在《社会成本问题》一文中明确指出，在交易费用大于零的世界，产权界定要先于产权市场交易的资源配置，没有这种权利的界定，就不存在权利转让和重新组合的市场交易，也就不能实现市场对资源的有效配置。从这一点来看，权利的初始界定对于交易费用、资源的优化配置以及产权价值具有很大的影响。

在现实社会中，进行产权交易一定是存在交易费用的，比如，产权转让方需要知道市场上谁愿意成为该产权的投资人，这些投资人希望以什么样的方式进行交易，他们愿意投资于该产权的价格是多少，这种价格通过什么样的方式产生等。这些问题的解决都需要付出成本。付出成本则希望获得更高的收益，也就是产权转让方希望交易产权能够实现保值增值。由于产权转让方最终的获得是有交易产权的交易价格与付出的交易成本之间的差额决定的，所以，要想扩大这个差额，可以通过努力提高产权交易的价格，以及努力降低为之付出的成本两个方面来考虑。

5.1.2　诺斯产权理论

诺斯的产权理论主要在他的《经济史上的结构和变革》一书中有很好的体现。在产权研究上，诺斯把政治、经济制度同交易增益以及交易费用联系起来，研究它们之间的关系，广泛且突出的运用和发展了科斯的交易费用理论。

诺斯在书中谈到了制度的作用，他认为人们制定制度是为了使它们发挥组织交易的增益和约束人们的不合理的行为，进而节约交易费用，实现国民收益的最大化。人们为了减少交易费用和组织交易还建立了政治组织和经济组织，一方面，这些组织比较专业化，可以利用其专业化降低交易费用，产生交易增益；另一方面，这些组织都建立了相应的法规和章程，以及辅助法规和章程实施的伦理道德行为规范，用来约束市场主体和组织代理人的行为，从而保障交易市场的规范有序。这一点显示了健全的制度会帮助实现交易费用的降低和交易的增益。

诺斯肯定了所有权的激励功能，其中一点就是它激励资源流动，使其配置到最有效的方面中去。在谈到国家规定的所有权和规章制度时，诺斯分析了它们存在的矛盾之处。国家规定的所有权机构，即包括使统治者租金最大化的所有制结构和规章制度，也包括减少交易费用和鼓励经济增长的有效率的所有制结构和规章制度，诺斯把这两方面成为二元结构。在这种二元结构中，诺斯考虑了统治者的立场、态度及其改变的决定因素。它对我们分析和实施国家制定的产权制度、这些制度针对的群体，以及目前我国产权市场的特征具有很好的借鉴意义。

诺斯在书中谈到了制度变迁的问题，他认为制度变迁直接是由交易增益和交易费用增加的矛盾引起的。技术的进步可以带动专业化发展，进而产生专业化增益，但是专业化同时也增加了交易费用，在权衡增益和费用的过程中，相应的制度会随之改变，最终达到价值最大的平衡点。另外，诺斯还谈到了资本存量的变动对制度变迁的影响。资本存量与人力资本、实物资本、自然资源等因素有关，这些因素在经济发展中的作用又取决于技术。它们之间的关系可用如下的函数表示。

$$I = f(L, P, N, T)$$

其中，I 表示资本存量，L 表示人力资本，P 表示实物资本，N 表示自然资源，T 表示技术。

这些因素只要有一个发生了变化，资本存量就会随之改变，进而影响到经济的增长和专业化增益，进一步影响到交易费用。然后只有通过改变制度来达到新的平衡。

诺斯把制度、交易增益、交易费用、资本存量等因素连接起来构建了自己的逻辑理论体系，为我国建设规范的产权市场提供了重要的理论指导。

5.2　产权电子商务标准化发展的经济学意义

在信息技术高速发展的现代社会，产权市场要想取得较好较快的发展就必须紧跟社会发展的步伐，充分利用现代技术来促进其发展。在这种情况下，利用互联网技术让传统的产权交易逐渐向网上产权交易转移就成了必然的选择和发展趋势。在统一市场、统一法律、统一交易规则和技术标准的条件下发展全国统一网上产权市场，具有重要的经济学意义。

5.2.1　统一市场

统一市场是产权电子商务标准化发展的一个方面。一方面，全国统一的产权交易市场有助于促进产权自由且有效的流动；另一方面，在统一市场下，网上产权交易运作阻碍会更少，让运作变得更加方便；再者，统一市场也有助于形成全国统一的监管体系。资源的自由流动、网上产权交易的顺利运作，以及全国统一监管体系的形成，都极大的促进了网上产权交易的规范发展。

1. 统一市场为产权的有效流动提供条件

从科斯的产权理论中我们知道，生产要素实现价值最大化的前提条件是资源能够自由转移，统一产权市场能够为产权的有效流动提供条件，进而帮助实现产权交易的价值最大化。从目前我国产权市场的发展状况来看，我国产权市场是没有完全统一的，这对产权的自由流动不利，难以让产权交易实现价值最大化。

首先，产权资源的自由流动可以实现社会资源的最优配置。在统一产权市场之前，我国各地产权交易市场都有自己的组织系统和服务范围，按照各地自行制定的产权交易暂行法规进行运作。这种产权交易市场规模普遍都比较小，一般只限于本地区内部的企业间产权转让，辐射范围狭窄，表现出了严重的"条块分割"特点，导致资源跨地区、跨行业、跨所有制的流动和配置作用无法充分发挥，不利于社会资源最优配置和经济结构的合理调整。对产权交易市场进行了重新整合，指定一些规模较大、经营状况较好的产权交易机构作为国有企业产权交易的特定场所，让规模较小、运营制度不健全、业绩较差的产权交易机构停业，以此来解决产权交易机构违规建立、扰乱产权市场正常运转的状况，并且通过制定全国统一的产权交易规则来杜绝产权交易幕后操作、腐败行为发生的可能，逐渐建立全国统一开放、竞争有序的产权交易市场。全国产权市场有了统一的交易规则，那么，产权转让企业就可以选择国内的任何一家产权交易机构作为自己的交易场所，这就促进了各地的产权资源在全国范围内自由且快速高效流动。从理论上来分析，这种统一市场的建立是可行的。从市场需求和实际操作方面来看，产权是没有行政边界的，实现跨地区、跨所有制流动是合情合理的。从市场经济运行和发展的要求看，开放和统一是产权交易市场的基本属性和发展趋势。这就意味着形成开放、统一的产权交易市场，是中国产权交易市场发展的本质要求和必然归宿[3]。从资本流动的本性看，资本要实现价值增值需要在全国乃至全球这样的大范围内流动。从上面的分析来看，消除产权市场地方分割，形成全国统一产权交易市场是必需的也是可行的。

打破地域限制，通过区域之间的合作建立全国统一的产权市场，为产权资源的顺畅流动扫清了障碍，有利于各区域产业结构调整升级，也有利于增强产权市场的整体服务功能，有利于各地区以最低的成本实现市场资源优化配置，促进区域经济又好又快发展[4]。2003 年 12 月，国务院国有资产监督管理委员会与财政部联合印发了《企业国有产权转让管理暂行办法》之后，又出台了一系列规范国有产权流动的配套文件。2004 年 7 月 14 日，国有资产监督管理委员会发布的《关于做好产权交易机构选择确定工作的指导意见》规定了选择产权交易机构的工作原则：国有资产监管机构在选择产权交易机构时，应按照"打破区域限制、立足规范运作、促进资源共享、利于长远发展"的原则，按统一的标准和条件在全国范围内公开进行。中国共产党的十六届三中全会提出，要"建立归属清晰、权责明确、保护严格、流转顺畅的现代产权制度"，其中，"流转顺畅"体现了现代产权制度的精髓，并进一步明确指出，"要建立统一的市场，大力发展资本和其他要素市场，促进商品和各个要素在全国范围自由流动和竞争"。国家从政策层面做出这一规定，一方面说明了国家对产权顺利流动促进实现产权价值最大化的重视，另一方面也说明了国家在解决产权的行政、地域所有与资本无界限之间的深层次矛盾的决心。

其次，产权资源的自由流动可以最大限度的发现产权交易的价格。资源的自由流动是实现资产保值增值的有效途径。一方面，产权资源在全国范围内自由流动，政府不能过度干预该产权的交易进程，这样，在公开交易的条件下，产权交易价格就主要由市场供求关系自主决定，尤其是在人们对资产价值缺乏应有的认识时，通过市场来发现价格的作用就更加显著。另一方面，产权资源的自由流动可以规避幕后操作行为，让其在市场机制的调节下，反映该产权资源的真实价格。如果产权被限制在某一地区交易，不能在市场机制的调节下自由流动，这就容易进行私下交易，进而带来许多由幕后操作、行政划拨等引起的腐败行为。比如，企业清产核资和资产评估中出现故意隐报瞒报资产、片面夸大资产损失、人为压低资产评估价值等损害国家权益的行为。统一产权市场，降低政府的行政干预，增大市场的调节机制作用，从而让产权按照市场规律在市场上自由流动，通过透明的竞价让产权实现价值最大化。

2. 统一市场为网上产权交易提供便利

网络是没有时间和空间限制的，我国的产权交易机构逐渐向网上产权交易倾移，就是为了利用网络的这个特点，将转让产权置于全世界的投资者，方便全国乃至全世界的投资人进行产权交易。试想，如果没有全国统一的产权市场，各个地方有各个地方的产权交易规则或限制条件，那么要想顺利实现产权的网上交易则是空谈，网络的优势也无法得到发挥。统一产权市场为网上产权交易提供了便利的条件。

1）交易规则的统一有利于实现产权交易机构之间信息的对接

交易机构之间的信息对接包括产权交易业务的对接，信息渠道的对接等。国家在构建统一互联的产权市场体系过程中，按照市场经济的要求对产权市场进行了相应的整顿。对进场交易项目的各个环节，如信息披露的内容、格式、时间、渠道等，各个交易方式的具体操作细则，交易合同的内容、格式，交易凭证的出具等都作出了详细的规定并且以规范标准文件的形式予以明确，比如，规则类文件、流程类文件、标准格式类文件等，构建了完整、配套的产权交易市场规则体系。另外，在技术标准上，国家也正在研究相关的统一标准，比如，系统采用什么接口协议更有助于数据传输，数据库字段需要包括哪些内容、它们的限制条件应该怎样规定等。这些标准的制定对发展网上产权交易是非常重要的。交易规则类的标准化更加方便国有产权及其他各类产权跨地区、跨行业、跨所有制流动，从而让网上产权交易比较活跃，但是更为重要的是它方便了交易系统之间的数据共享和传输。

首先,标准化方便了产权交易业务的对接。产权交易的实现经过很多环节,也涉及很多机构,比如,产权进场交易之前需要审计部门对产权转让企业的会计报表和其他资料及其所反映的经济活动进行审查并发表意见,资产评估机构对资产进行评估等;产权进场交易又需要申请挂牌、信息披露、竞价、签订合同等流程。一方面,由于业务规则和信息技术都进行了标准化,与产权交易相关的机构系统之间都有标准的接口,系统对各个数据的格式设置也按照标准进行,这就使得机构之间能够很方便的接收和传输数据,在开展企业产权转让项目登记、挂牌、签约、结算、鉴证业务合作的基础上,逐渐形成统一的业务理念和业务程序,逐步实现各合作机构产权交易业务对接。另一方面,由于各产权交易机构都是在标准指引下构建的产权交易系统,那么,产权转让完全可以在一个机构网站上挂牌,然后申请到另一个交易平台上完成交易,即产权交易机构之间可以实现产权交易业务的对接。

其次,标准化方便了信息渠道的对接。构建统一互联的市场体系,通过各区域市场、各省市产权交易机构合作,可以让每个产权交易机构网站都有合作机构网站的链接。另外,由于信息披露格式和内容的统一化,以及挂牌项目的项目号和项目显示内容的统一规范化,网站之间可以完全实现项目在几个网站同步挂牌的可能,即通过网络的互换和对接,开展信息发布合作,实现信息渠道对接。实时的信息数据在多个产权交易所网站予以同步发布的实现,加快了信息资源建设,促进了信息共享。

2)产权标准化有利于产权交易机构扩展其交易功能

首先,信息技术的标准化让产权交易机构网上产权交易更加规范,规范化系统建设为产权交易机构服务的扩展提供了基础。目前,有相当多的产权交易所已经开通产权交易外资结算账户,能为其他机构进行外汇结算提供服务。其次,由于全国产权交易规则的统一,地区与地区之间根据经济发展特点发掘合作项目,构建合作途径,就变得简单化,不会产生规则不清时引起的利益纠纷问题。再次,网上产权交易的标准化规范了信息发布的内容,规范了信息传播的方式,采取了有效的网站安全保障措施、企业信息保密措施和用户信息安全措施,提供了网上信息交流的平台,并且制定了相关的法律法规来打击网络欺诈行为,这些措施优化了网络交易环境;规范了用户注册和会员发展行为,规范了各类网络营销行为,规范了电子签约行为,规范了网上拍卖经营行为,这些规范促进了网络产权交易市场的和谐有序;同时还规范了交易方之间的电子支付行为,规范了第三方电子支付服务行为,规范了虚拟货币的流通秩序,这些规范保障了资金流动安全。比较全面的考虑利用网络来实现产权交易可能会遇到的问题,并制定标准来预防这些风险，不仅有利于吸引国内投资者充分利用网上交易平台进行产权交易，也有利于吸引更多的国际投资者参与到我国的产权交易活动中，进而促进了产权交易逐渐打入国际市场的战略目标。

只有产权交易制度体系和交易信息系统的逐步统一，才能真正实现全国产权大市场的信息交流、交易联动、项目合作、资源共享，真正降低产权市场的交易成本，促进产权市场的大繁荣大发展。

3. 统一市场方便了市场监管

我们知道，统一的产权市场使得网上产权交易在统一的交易规则下进行，这也意味着国家对产权市场的监管也更加方便了。试想，如果没有统一的产权市场，各个地方有各个地方的交易规则和与之相关的规定，那么，要想对全国各地的产权市场进行有效的监管，监管人员则需要研究各地的交易规则和相关的约束条件，进而制定和实施与之相适应的监管条例，在分析产权交易是否符合正常交易时，也不得不结合当地的产权交易规则来对其进行评判，这就需要花费大量的人力物力。从经济学的角度来看，这些都是不经济的。另外，由于产权交易机构的设立部门不同，业务也呈现多样化的特点，使得目前出现了政府对产权交易监管的缺位。目前唯一有效的监管就是以国有资产监督管理部门为主体的国有企业产权转让交易监管，但是有相当一部分国有资产监管部门与产权交易机构本质上仍然是一体，在利益的驱动下，难以形成有效的权利制衡。建立全国统一的产权市场有助于针对产权交易平台建立统一的监管机制，设立统一的监管机构，这样不仅可以大大降低监管成本，同时也可以提高监管效率。

（1）统一产权市场可以精简监管机构和监管人员，从而降低监管成本。统一的市场具有统一的交易规则，那么国家就可以针对该市场制定统一的监管规则和统一的监管机构，然后对产权交易市场实行统一的监管，而不需要在每个地区设立监管机构，然后制定适应该地区产权交易的监管制度，也不需要为每个市场层次设立监管机构，而只是以全国产权市场为出发点，然后针对每种类型的业务设立监管机构，这个监管机构由中央政府统一安排，它不隶属于哪一个具体的政府部门，而是中央政府的组成部门，与其他政府部门、地方政府不存在关系，是完全独立的产权交易市场监管机构。通过这样的方式精简了监管机构和监管人员，也进而降低了监管成本。

（2）统一的市场有助于国家监管部门利用信息技术来实现市场监管的工作，从而提高监管效率。统一市场具有统一的交易规则，各个交易环节的要求也具有统一的规定，我们知道，信息技术的使用需要建立在相对固定的程序基础之上，那么这些明确清晰的产权交易程序就为国家监管机构利用技术来实现监管提供了可能。2007 年，国务院国资委把企业国有产权交易信息监测系统的全国联网作为一项重要的基础工作，逐步将全国产权交易机构全部纳入监测范围。通过监测系统掌握全国国有产权交易情况，实现产权交易信息的集中发布，促进产权交易机构工作流程和规则的进一步完善，约束违规操作行为。

建立全国统一的产权交易市场监管机制，有助于规范产权交易市场的交易行为，有助于推动产权交易市场的健康发展，进而推动我国经济的发展。

5.2.2　提高市场效率

"效率"是一个应用非常普遍的概念，人们使用这一词汇时，仍然忠实于它本源的技术属性，即以相对较少的耗费进行活动为最高原则，因此，人们定义效率为一定的投入量所产生的有用结果[5]。"市场效率"是指完全竞争状态下所达到的帕累托最优效率[6]。在现实经济活动中，经济主体和市场运行机制受到资源配置方式、信息、制度、有限理性等多种因素的制约，按照市场效率的不同影响因素，市场效率实际上是市场资源配置效率、市场信息效率、市场制度效率和市场行为效率的总和。单一的因素对市场效率具有弱化作用，存在帕累托改进。上一章我们谈到了产权电子商务标准化发展范畴，考虑了法制化建设、业务流程规范化建设、信息技术标准化建设、全国市场一体化和与国际市场接轨建设，不仅考虑了产权电子商务标准化中的单一因素对网上产权市场发展的影响，也从整体上考虑了这些因素的综合影响。下面，我们主要探讨产权电子商务标准化对市场资源配置效率、市场信息效率、市场制度效率和市场行为效率的影响。

1. 产权电子商务标准化有助于提高市场资源配置效率

优化资源配置可以提高市场效率，而要实现资源的优化配置，其中一个必要条件就是资源能够自由流动。标准化建设的法制化方面，国家制定相关法律来打破我国产权市场出现的"条块分割"、"标准不一"、等现象。《企业国有产权转让管理暂行办法》指出"企业国有产权转让应当在依法设立的产权交易机构中公开进行，不受地区、行业、出资或者隶属关系的限制"。具备了法律的强有力支持，以及各产权市场制度的统一条件，企业在转让产权时就可以以全国的产权市场作为考虑范围，从企业自身的利益最大化出发来决定资源的去向，即凭借市场机制的调节来实现资源的自由流动。虽然市场机制能够实现产权资源的优化配置，但是在产权资源流动的过程中，我们还需要政府合理的干预。一些产权，如土地权、林业权、矿权等关系到社会整体效益的产权，这就不能完全凭借市场的调节机制来完成，而是必须由政府来干预执行。事实上，对于这些产权资源如何流动的问题，国家制定了相关的法律来对其运作进行了规范，从本质上来说，这也是产权标准化在制度建设方面的一个反映。另外，为了让企业的产权转让符合国家产权政策和长远发展规划，这需要政府加强对企业产权转让的政策引导。产权转让过程中的职工安置、银行债务的处理以及跨地区兼并中的财税处理等问题，也需要政府在税收、银行贷款等方面给予优惠鼓励政策。除了上面的两种情况外，我国产权交易市场化程度不高也是产权交易需要政府干预的原因。产权转让是一种涉及面广、交易环节多、交易过程复杂的特殊交易行为，必须通过专业的中介机构完成。但是，我国的会计师事务所、律师事务所等中介机构的职业素质和从业人员的个人素质参差不齐，违规办事的情况时有发生，这样的不成熟环境，要求有政府的干预和调节，而不能完全采用市场化方式。

从上面的分析可以看出，实现提高资源配置效率需要市场和政府调节的互补。市场调节存在"市场调节失灵"的现象，政府干预过度就抑制了资源的自由流动。因此，在配置产权资源时需要以市场配置的方式为基础，政府调节配置为辅助，做到制度的合理安排，有限理性产生的偏颇及时矫正，从而最大限度地提升市场效率。

2. 产权电子商务标准化有助于提高市场信息效率

经济活动实践证明了信息是不完全的。信息是否对市场效率具有影响，它们之间存在着什么样的关系，带着这些问题许多经济学家对其进行了研究。从1900 年 Bachelier 的"有效市场理论"到 1965 年 Fama 的"有效市场假说"，再到不完全信息和非对称信息研究的深入，都表明了信息与市场效率是息息相关的。我们不研究信息与各个市场效率之间的关系，只是探讨信息对产权市场效率的影响。

对于政府来说，他们作为经济干预的主体，要时刻关注产权市场发展的状况，然后制定出适时的、正确的调整政策，对产权市场进行适当的干预。这些都是在通过对充分的产权市场信息的掌握和分析基础之上进行的。不完全的信息会限制政府干预决策的制定，不利于产权市场的快速高效的发展。在未对我国产权市场标准化之前，各个产权市场的记录标准千秋各异，统计口径的不一致让数据统计遇到了很大的困难，统计结果无法全面代表产权交易现状。当国家对产权市场的交易规则和对技术进行标准化之后，实现了统计口径的一致性，这就避免了国家在统计数据时进行复杂的数据一致性转换，从而让政府在正确的信息下制定调整政策。

对于产权交易相关者来说，由于产权不同于一般商品，它的具体情况千差万别，信息的掌握程度则在很大程度上决定着交易效果的理想与否。在未使用互联网技术以及未对我国产权市场进行统一化建设时，由于各地的隔离，一个产权交易所的项目很难在其他地方的市场显示，这样就导致信息不畅，也就使项目在投融资等方面降低效率。在信息技术高速发展的现代社会，产权交易机构就可以充分利用先进的互联网技术，并且在信息技术标准化规范指引下建立和完善全国性的产权交易信息网络，发挥市场的信息传导功能，及时为企业提供产权交易信息，吸引各类资本参与到产权交易市场中，最大范围地征集和发现意向受让方，进而促进产权的快速且价格合理的转让，也就是提高了产权转让的效率。另外，交易管理系统能便捷地从网上直接接受委托交易业务，及时储存转让方和受让方的有关信息，形成项目方和投资方的数据库，加强交易所的信息功能，为交易工作服务。

从上面的分析中我们可以看到，不管是国家制定有效的产权政策还是产权进行有效的交易都需要充分的信息。我国产权电子商务标准化发展为信息的获取提供了便利的条件，促进了市场效率的提高。

3. 产权电子商务标准化有助于提高市场制度效率

根据诺斯产权理论中谈到的制度问题，制度作为一种规则通过约束机制和激励机制来调节人们的行为，制度变迁能够推动经济的增长，这从理论上说明了制度和制度变迁能够提升市场效率。产权制度不是永久不变的，它需要根据当前产权市场发展的形势不断的调整和制定新的制度规范，进而促进产权市场又好又快的发展。

网上产权交易作为一种新的产权交易模式，它与传统产权市场交易存在很多的不同，比如交易流程中的竞价环节，网上产权交易采用的是网络竞价方式，而这在传统的产权交易市场是不存在的，因此，相关部门需要针对这一新的竞价方式制定产权转让网络竞价的实施办法。另外，网络产权交易涉及互联网方面的一些问题，比如，数据安全性、信息发布的真实性和权威性、隐私权等，这些内容在传统产权市场的法律法规中没有相关的条款对其进行规定，因此，发展网上产权交易也需要对传统产权市场的法律法规进行修改。

总的来说，制度的变迁是根据市场环境的变化而变化的，最终的目的是为了让现有的制度适应市场经济的发展，提高市场效率。

4. 产权电子商务标准化有助于提高市场行为效率

经济主体的行为对市场效率有着重要的影响。虽然经济学理论将人看做是理性人，但是受环境的复杂多变性和人的认识能力存在有限性的影响，再加上人们存在不同的动机，导致了人们有时候会出现非理性的行为，比如，经济活动的参与者只根据过去的信息来对将来的值进行预测，或者出现心理定势、"表象"思维等而绕过理性分析。非理性的行为必将导致市场效率的低下。对于产权市场来说，产权电子商务标准化有助于让产权活动参与者产生理性行为，提高市场的行为效率。国家建立全国统一的产权市场，并对交易规则进行规范化，这让产权转让企业不被局限于当地进行产权交易，而是把交易对象投入到全国甚至国际市场，尽可能地实现产权价值的最大化。另外，全国具有统一的规则，减少了产权转让企业考虑如何实现产权价值最大化的决策因素，比如，不需要研究每个产权交易机构的交易规则，不需要考虑各个产权交易机构的收费标准等，这就让决策模型变得更加简单化，有利于他们做出正确的决策。再者，产权电子商务标准化发展避免了产权交易市场之间的恶性竞争，这对于提高市场行为效率也是有帮助的。在未对我国产权市场进行标准化时，各产权交易市场为了争夺资源，可以在违背市场发展规律的情况下制定有利于该地区产权市场发展的规章制度，导致产权市场出现了恶性竞争的局面。对产权市场进行标准化建设，有效制止了这种局面，让我国的产权市场有了一个较为稳定的发展环境，环境复杂性的消减有利于产权活动的参与者产生理性行为，进而提高市场的行为效率。

标准化是效率之母，推行标准化，靠外力的约束和推动，不仅在上述几个方面提高了市场效率，操作效率、市场开拓效率和交易效率也得到了提高。一是提高了操作效率。以前多数通过柜台人工办理的业务流程，如信息发布、审核跟踪和反馈、举牌报价、交易鉴证以及产权交割等，现在都可以通过信息网络系统以更规范、更安全、更便捷的方式完成，大大提高了规范操作的效率。二是提高了市场开拓效率。借助信息化、网络化手段，产权交易所的工作人员在异地可与机构保持动态联系，随时将项目基本情况和进展情况通过网络与总部实时链接，延伸了市场平台的服务功能。三是提高了交易效率。通过信息化管理手段，交易机构可以为交易主体提供高效的服务，让业务人员从大量烦琐的事务性工作中解放出来，把更多的精力投入到方案设计、财务顾问、包装推介等工作中，大大提升了市场平台的综合服务质量[7]。

近年来，许多产权交易机构利用互联网技术构建网络竞价系统，突破时间、空间、行政区划的约束，让各竞买人"足不出户、互不见面"即可参与整个竞价过程，使产权交易活动更加便捷、规范和透明。有的产权交易所还设法建立用于产权交易的电子商务平台。如重庆联合产权交易所有意打造一个形式上类似于淘宝和阿里巴巴的电子商务平台，卖产权，实现产权交易的网上报名、网上竞价和网上结算[8]，这样做不但可以把生意做向全国，更为重要的是，网上操作提高了交易的效率。

5.2.3　规避产权交易风险

1. 产权交易风险的因素

产权交易风险，即企业在进行产权交易的决策、挂牌交易、预期转让收益等过程中，都存在由于外在的客观因素和内在的主观因素而引起的风险。在产权交易过程中，需要考虑的风险因素主要有以下几个方面。

1) 产权交易市场

在没有对我国产权市场进行统一的情况下，我国的产权交易市场收费标准不同、交易规则不同、知名度不同，这些因素会对产权转让产生不同的风险预期。产权转让企业在选择产权交易机构时需要综合考虑这些因素对交易结果的影响。企业进行产权转让期待该产权能够实现保值增值，同时期望能够获得尽量多的净收入。那么，企业在选择哪一家产权交易机构作为进场交易的场所时，必然要考虑该产权交易机构的收费标准，因为它是重要的交易成本之一。但是，企业又不能把收费标准作为选择产权交易机构的唯一因素。产权交易最终是要把该产权转让出去的，有的产权交易机构虽然收费标准较其他机构高，然而它有较广的知名度和较强的营销能力，可以凭借它的优势为该转让产权集聚很多的意向受让方，然后通过竞价环节实现该产权的保值增值。一方面，它不仅让产权在较短的时间内顺利的转让了出去，而且让该产权能够保值增值，进而也为转让企业带来了更多的收入。另一方面，企业在产权交易机构挂牌交易，这种挂牌费用一般是以天为计算单位的，那么，产权转让出去的时间长短也构成了转让企业产权转让的费用支出大小的一个因素。如果企业选择收费标准较低的产权交易机构，他可能面临产权交易机构无法为该产权集聚意向受让人，使得产权转让不出去的风险，或者需要花费很长时间才能够转让出去而不得不花费额外的挂牌费用的风险。从这几方面来考虑，产权交易市场的特点成为产权交易的一个风险因素。

2) 产权交易不透明

在国家未对产权交易市场进行统一和信息化程度不高的情况下，产权交易的不透明性给产权交易带来了资产流失的潜在风险。没有统一的制度规范，没有标准化的交易流程，没有现代信息技术的应用，交易信息和相关数据资料对于外界来说就是一个黑匣子。这种不透明性使得产权交易的一些环节，如集聚意向受让方、竞价等都成了形同虚设，走走过场而已，真实的情况是在竞价之前转让方早已找到了意向受让方，并且双方已经按照自身利益最大化协商好了交易价格。没有内幕的人们看不到它的运转过程，知道的只是最后该产权交易受让人是谁、转让价格是多少等。这让我国的资产遭到了极大地流失现象。

3) 意向受让人的集聚程度

这一风险因素主要跟信息披露的范围大小和信息传播的速度有关。我们知道，产权的激烈竞价能够促进产权的保值增值，而这一效果的产生与意向受让人的数量有很大的关系，意向受让人较多则更能提高竞价激烈的程度。而要使该产权能够集聚较多的意向受让人，前提条件是该产权的转让信息需要被很多投资人知晓，然后人们根据自己的意向决定是否参与该转让产权的竞价。在未使用网络进行信息披露的传统产权交易市场，企业只能利用报纸、杂志等媒介作为信息传播的手段，信息覆盖面较窄，传播速度也较慢，并且信息也不能在各个地方进行同步传播，信息的获取受限限制了投资人的集聚，从而产生了意向受让人集聚程度低的风险。

2. 标准化有助于规避产权交易风险

防范风险不仅是产权交易机构生存和发展的重要前提，也是投资人力求避免的。产权电子商务标准化发展使产权交易从信息登记、公开挂牌、举牌竞价，到鉴证交割等一系列流程都根据规范标准的指引在网上进行，有力地促进了产权交易的规范化，有效降低了产权市场的交易风险。

首先，产权电子商务标准化避免了产权转让企业选择产权交易机构决策失误的风险。产权交易通过网络来实现，各个产权交易机构都在国家统一的规范下进行运作，信息在各个与产权交易相关的机构之间顺畅流转。一方面，全国形成统一的网上产权市场，具有统一的交易规则，各种收费标准进行了统一，这就不存在由于收费标准不同使得交易成本存在差异的问题。另一方面，统一的产权市场必然使得信息技术也进行了标准化，那么，各产权交易机构网站之间就可以互相链接，或直接建立联盟产权市场的共同网站，实现转让产权项目信息的及时且大范围的传播，这就避免了出现产权交易机构由于知名度的不同，引起的产权交易时价值不同的现象。我们知道，人们倾向于相信知名度很高的机构，认为在那里进行交易具有更加规范的交易流程，让人有一种安全感和公平感，也就是说投资人倾向于关注知名度高的产权交易机构的网站信息，这就让该交易机构的产权转让信息能够被投资人及时的获取，从而集聚大量意向受让方，而不知名的产权交易机构网站点击率就很低，不利于吸引大量的意向受让方。全国统一产权市场的建立，以及网络产权交易的标准化发展就避免了由于产权交易机构不同而影响产权交易是否顺利的问题。从这两方面来看，产权电子商务标准化规避了产权转让企业由于产权交易机构选择错误而给企业带来损失的风险。

其次，产权电子商务标准化避免了产权交易不透明带来的资产流失的风险。一方面，由于对产权交易系统进行了标准化，这就方便了国家监管部门，利用信息化手段对产权交易进行全程动态监控。国家强制执行产权交易机构与国务院国资委产权交易信息监测系统实现全面无缝对接，进而来强化产权交易系统中的内控机制，推动产权交易内控机制新秩序的建立，并且设立产权交易多道防火墙，减少因人为操纵造成违规交易的可能性和因人为疏漏失误带来的交易风险。强有力的监控很大程度上避免了产权交易机构违规操作行为。另一方面，网上产权交易具有标准化的流程，交易必须按照事先规定的流程进行，不得逾越，这就提高了产权交易的透明度。从寻找意向受让方来看，由于各种操作都在网上按照标准流程进行，那么，符合条件的各意向受让方必须在网上申请登记，然后参与后面阶段的竞价活动，这就让转让方无法凭个人意愿来决定谁是该产权的受让方；从产权市场发现价格来看，根据相关法律规定，集聚了两个或两个以上的意向受让人就必须通过竞价来决定产权转让的价格，对于网上产权交易来说，竞价实行的是网络竞价，通过信息网络向出让人表达独立的价值判断信息，各方互不知晓对方的情况，最终的受让方是通过网络系统决定的，价高者得，这就有效地促进了转让产权的保值增值。

再次，产权电子商务标准化避免了信息无法迅速及时的被人知晓而影响产权交易价值的风险。由于网络具有及时性、不受地域限制等特点，这就为转让产权信息披露提供了极好的条件。在统一标准下建立全国联网的信息发布系统，产权转让方将相关的披露信息通过互联网发布，使境内外各潜在意向人可以在同一时间看到相同的信息，做到将信息最大程度的传递到潜在意向人，以此来让所有对该产权感兴趣的意向人具有进一步了解项目内容的机会，进而提高项目所有人发布信息的效用。通过这种信息披露的方式在为意向人提供了解项目内容的机会时做到了公平性原则。另外，投资人不能准确理解信息披露材料中的内容，不能真实、准确地接受咨询，都将给信息披露工作带来一定的负面影响。项目信息公开披露后，交易所、委托代理人、项目持有人也可以利用网络技术接受意向人的咨询，解答意向人提出的问题，向意向人提供更为详细、更有针对性的信息，完全不会因为地域的限制而影响信息沟通。此外，对信息系统进行标准化规制，可以让产权交易的相关机构也能够及时了解项目内容，这样也为意向人提供真实、准确的咨询打下了基础。

5.2.4　大幅节省技术与管理成本

产权电子商务标准化发展可以大幅节省与产权交易相关的技术和管理成本。

规范的制度建设是产权电子商务标准化发展的一个方面，根据诺斯的产权理论，制度可以约束人们不合理的行为，保障交易市场的规范有序运作，进而节约交易费用。中国自古就有"没有规矩不成方圆"之说，由此可见，我国很早就看到了"规矩"在事物发展过程中所起到的重要作用。

通过制定统一制度来规范我国产权交易机构的设立，大大节约了产权市场的技术和管理成本。以前，由于我国缺乏对产权交易机构设立的制度规范，所以无法约束相关机构的设立，造成了我国产权市场建设的混乱局面。一些地区设立了几家产权交易所，而有些地方在条件不成熟，交易量不多的情况下也设立产权交易所，机构重复建设，造成资源的极大浪费。另外，机构过多、市场分散、地域分割，使得市场易于被操纵，难以形成公正有效的价格形成机制，甚至引发恶性竞争，同时也降低成交率，加大运营成本，对客户的吸引力只能越来越低[9]。统一交易规则，建立统一的产权交易市场，无疑是产权交易市场最为关键的决定性行动。

从节约成本的角度来看，在统一标准的指导下，建设统一规范的产权市场，技术成本和管理成本都得到了降低。第一，降低了技术成本。在缺少技术标准规范的情况下，各产权交易机构，以及相关的中介机构和政府监管部门，在各自系统的软、硬件配置上都会存在差异。为了实现资源信息的共享，人们不得不投入大笔资金来研究解决让数据在产权市场机构的系统中畅通传输的问题，比如，数据的格式、市场业务数据交换内容的描述、会话机制、数据库建设等方面的统一化，或系统之间接口的标准化建设等。另外，当业界对相关技术标准达成统一意见后，相关机构不得不投入大笔资金对系统按照标准进行改造升级，甚至重新构建，这给机构增加了额外的成本负担。试想，如果机构在最初构建系统时就具有全国统一的技术标准规范，并且按照相关的标准和规则来搭建平台，那么，这就消除了拆毁旧系统重新构建新系统或根据现有技术标准对系统进行改造的风险，而是在不影响其他与之相关的系统运行情况下，只需要根据业务的需要对现有系统进行改造升级，不管是从整体还是从机构自身来讲，这都大大降低了技术成本。第二，降低了管理成本。从社会整体的角度来看，产权电子商务标准化发展降低了社会整体的管理成本。产权市场作为地方政府自发制度创新的产物，其地方性经济的发展要求与中央的社会整体经济发展要求之间存在目标上的不完全一致，这种情况就容易造成地方政府从自身利益考虑来制定相关的地方政策，即形成"条块分割"、"制度混乱"、"标准不一"的局面。不但各地方政府需要花费相关的资金对地方性产权交易市场进行管理，而且国家也需要从整体利益上加大对众多的产权机构进行管理，这些都增加了管理费用。打破地区界限，国家通过制定产权机构设立的统一标准来对产权机构建设进行规范，并且按照区域来指定合格的产权交易机构，这样可以大大减少产权交易机构的数量，减少资源的浪费，进而投入相对较少的费用来对规范后的产权市场进行管理。另外，政府部门通过将监管系统与产权交易机构以及相关的中介机构互联，可以减少相关监管人员的数量，以及监管过程中的耗费，进一步降低了管理成本。从产权交易机构角度来看，产权电子商务标准化发展降低了机构的管理成本。产权交易机构按照标准化规范来构建交易系统，然后把一些产权交易流程搬到网上进行操作，一方面，一些原来依靠人工来完成的工作就可以直接由计算机实现，比如，在结算交易资金这一环节，产权转让方和受让方各自应该交纳的结算资金，由系统自动按照交易机构事先规定的要求进行计算，然后交易双方把各自应该交纳的资金转入到指定的账户，这一过程省去了机构员工操作。这样产权机构就可以减少相关工作人员的数量，从而降低人力资源费用的支出。另一方面，产权交易机构与其办事处之间或与其他机构之间有业务交接或业务合作行为，也可以通过网络来实现，不需要专门派遣工作人员到指定机构完成相关任务，这样，产权机构就可以减少工作人员出差的次数，从而减少由出差消耗的相关费用，进而降低了管理成本。

标准化管理也是产权电子商务标准化发展的一个方面，它可以降低管理成本。技术标准化是从技术的角度来反映产权电子商务标准化发展的一个方面，它可以降低技术成本。第一，标准化管理可以降低管理成本。标准化管理是指符合外部标准（法律、法规或其他相关规则）和内部标准（企业所倡导的文化理念）为基础的管理体系[10]。在这里，我们谈论的标准化管理的对象不是针对微观的企业，而是扩展到整个产权市场的管理链。从产权市场整体管理出发，让其标准化可以使产权市场的管理更加规范，进而降低整体的管理成本。一方面，标准化管理可以减少管理链条，消除管理机构和管理人员设置冗余的状况。我们知道，管理链条较长说明该管理链上的机构设置较多，要想完成产权交易需要经过很多机构的审批，不仅浪费产权交易双方的时间和精力，也会花费很多不必要的管理费用，如差旅费、交通费、业务招待费、邮电费等。通过对管理进行标准化建设来消除不必要的机构设置和人员配置，既降低了管理成本，又消除了程序烦琐、办事拖拉、推诿扯皮的问题，也提高了产权交易效率。另一方面，标准化管理实现由"人管人"向"制度管人"的转变，有利于克服管理工作的随意性，增强了管理工作的条理性和规范性。它可以以管理链条为基础设立必要的管理机构，每个机构的职责，以及每个机构中职员的职责都规定清楚，每个职责应该干什么、怎么干、干到什么程度等按照标准确保各司其职、各尽其责，同时也为自我管理、自我约束创造了条件。映射到产权交易市场，由于产权交易涉及审批、清产核资、财务审计、资产评估、信息披露、竞价、签订合同、结算交割、产权过户等程序，每个环节都是管理链上的一个核心节点，需要设立相应的管理机构对每个核心节点进行管理，这属于产权交易标准化管理中精简设立管理机构的问题。而管理链中每个核心节点的工作任务不同，需要针对该节点的工作流程来制定能够对其有效监管的管理规范，然后把相关的管理任务安排到管理机构具体的工作人员，这属于产权交易标准化管理中职责精确分配的问题。通过这样的链条方式达到用最低的管理成本实现对产权交易标准化管理的目的。第二，技术标准化可以降低技术成本。技术标准化就是对技术活动中需要统一协调的事物制定技术准则和对普遍性及重复性技术问题提供解决方案[11]。网上产权交易只有实现了技术标准化，才能有效的实施交易系统的科学管理，加快产权交易系统的系统建设，促进产权交易系统与其他系统（如监管系统、资产审计系统、资产评估系统等）和国际系统的衔接，有效的降低交易成本，并且通过提高专业化程度来降低技术成本，提高产权交易系统的经济效益和社会效益。

一方面，国家通过制定相关的技术标准或引入国际技术标准对产权交易系统进行规范后，比如，交易系统应该采用什么数字签名技术、各系统之间传递的数据应该采用什么样的加密算法、系统之间的接口应该采用什么样的接口协议、交易系统应该实现哪些功能等，有了这些详细的规定，产权交易机构就可以不需要自己设立专门的技术研发部门进行系统研发，而是可以采用技术外包的形式，让专业化的软件公司按照规则和要求为其进行系统的开发和搭建，这就节省了大量的系统研发成本。另一方面，以技术标准为指导，通过对产权交易系统进行整合再构造，让产权交易相关机构的系统之间达成互联，改变原来各机构之间消息闭塞、不能协调统一运作的情况，使信息流在整个产权市场范围内流通更加顺畅快捷。这种统一的系统构建，充分发挥了电子商务信息化程度高的优势，通过专业化和个性化，有利于从产权市场整体上制定长远的发展计划，它包括以后产权业务的预测、新技术应用与现有技术如何整合等，这就使得系统的再构建过程中为这些新因素的出现做好了升级的准备，最终可以实现在整体信息系统改变很小的情况下完成新的交易业务，从而节省了系统升级的成本。

5.2.5　降低交易费用

对于什么是交易费用，目前还没有明确的定义，比较流行的说法是个人交换他们对于经济资产的所有权和确立他们的排他性权利的费用，这些成本可以是货币、时间，也可以是某种机会[12]。根据科斯第二定理，交易、契约和交易费用是紧密联系的，产权交易的各个环节都存在交易费用，并且这些费用在经济分析中是不能忽略的。这些费用主要来源于以下三个方面：

第一，要进行产权交易，那么交易双方就需要相互了解，信息的获取和传递会耗费时间和资源。映射到产权交易市场，也就是转让方确定要进行产权转让后，在市场上进行信息披露，寻找意向受让方，以及投资人寻找合适交易产权过程中花费的成本。

第二，讨价还价的成本。产权以什么样的价格进行转让，资产评估的结果只能作为参考，真正交易的价格是意向受让方，经过竞价或转让方与意向受让方之间进行协商产生的，这个价格才是该产权最终转让的价格。不管是竞价产生价格还是协商产生价格，其实它们都是双方进行博弈的过程，自然会引起相关的费用。

第三，合同签订的交易费用。决定产权是否交易成功，签订合同是比较关键的一个环节。与该产权交易相关的人员需要安排签订合同的场所，对合同内容进行谈判，合同内容的调整与维护，确保合同得以履行等，这些与合同签订相关的程序执行都需要付出成本。

产权电子商务标准化发展有助于降低产权交易费用。

首先，从传统的产权交易向现代网上产权交易发展，技术特别是互联网技术的应用是其实现的重要条件，而技术的一项重要功能就是降低交易费用。一方面互联网技术可以节省产权交易的信息搜寻费用。我们知道，产权能否进行有效的交易，该产权转让信息是否被许多人了解是很关键的一个因素。互联网具有无国界、无地域限制的特点，它连接全球信息资源库，实现了一个地方的信息可以被全世界知晓的可能。因此，人们在网上可以足不出户且在很短的时间内就能获得大量的信息，这就避免了人们必须到相关机构去获取信息或付费购买信息中介机构提供的信息，从而大大节省了产权交易信息搜寻的费用。另一方面，互联网技术可以减少信息披露的费用。与传统的利用报纸、杂志、报刊等工具相比，在权威网站上进行信息发布的费用是很低的。网站上发布的信息会让全世界同步知晓且时间很短，而对于传统的信息发布方式来说，要想在大范围内发布信息需要付出高昂的费用，比如，宣传费用、生产纸张的费用、运输费用等，且花费的时间也会很长。

互联网技术还可以节省产生产权价格的费用。互联网可以让人们在获取信息的同时，还可以发布信息，及时地与对方进行沟通，这就为产权交易网上竞价或转让方与受让方直接在网上进行价格协商提供了可能。传统的产权交易，没有利用产权电子商务平台而是直接在产权交易市场现场进行产权交易，在确定产权交易价格这一环节，各投资人必须到交易现场进行竞价，或转让方与投资人到交易现场面对面的进行协商，不仅负责产权交易的相关机构要提供竞价场地，从而花费资源，而且与该产权交易相关的人员都得到交易现场，从而花费时间、精力和其他成本。当产权交易机构建立电子商务平台进行网上产权交易时情况就不同了。投资人通过网上注册然后登录进入到网络竞价系统，可以实现足不出户就完成产权竞价的环节，既显公平又节约了亲临交易现场而产生的与之相关的成本付出。产权交易机构也不需要提供现场竞价需要的场地等设施，进一步节约了资源。

互联网技术节省了签订合同的费用。由于网络的存在，以及相关安全技术的发明，产权转让双方签订合同这一环节完全可以在网上进行，这就避免了需要相关人员安排合同签订场所，也避免了转让方和受让方到交易市场进行合同签订的相关工作，他们可以借助网络进行合同谈判并利用数字签名技术完成签订合同进程，这些都是网络技术带来的方便性。

利用信息技术来降低交易费用的典型案例，就是基于互联网技术建立的网上产权交易的作业平台——金马甲，从节约交易费用出发，为交易活动提供了动态报价、网络竞价、网络路演、网络招标、网络采购等产权交易工具，极大地促进了产权的快速有效交易。

其次，对网络产权交易进行标准化规范进一步节约了交易费用。一方面，对网络产权交易各环节进行标准化有助于节约交易费用。转让方申请挂牌的申请表和受让方申请产权转让的申请表以及相关的申请材料的格式、填制内容，信息披露的格式、内容、媒介、时间，合同的格式、内容，结算交割后产权交易所审核并出具的凭证的内容、格式等，对它们进行统一化，有助于在各产权交易机构以及与之相关的机构之间顺利流转，节省由于格式或内容等不统一而产生的信息转换费用。另一方面，对各产权交易机构的交易规则和与之相关的规定进行统一，也有助于节约交易费用。比如，对各交易机构的收费标准进行统一，不仅可以减少转让方选择产权交易机构时的决策因子，进而降低决策费用，而且还利于统计机构采用统一的统计标准对产权交易情况进行统计，进而降低了统计费用。

本章主要参考文献

[1] 百度百科. 产权经济学. http://baike. baidu. com/view/3440880. htm

[2] 刘桂斌，刘勤. 产权经济学新论. 北京：人民出版社，2006

[3] 刘向阳. 中国产权交易市场研究. 中共中央党校，博士学位论文，2007

[4] 上海证券报. 长江流域共同市场首推统一交易规则. http://www. cbex. com. cn/article//cqlt/caiminyong/200806/20080600002337. shtml，2008. 6

[5] 标准化与效率——人类社会发展的进步阶梯. 南昌质量信息网，http://www. nczl. com/forum/lt2/lt3. asp? ID=1481

[6] 胡俊超. 市场效率影响因素及提升途径的理论研究. 中国论文下载中心，http://www. studa. net/qiyeyanjiu/091013/08473928. html

[7] 蔡敏勇. 以信息化促进规范化 推动产权市场上新台阶. 上海国资，2007，5

[8] 重庆晨报. 重庆联交所要打造产权交易"淘宝网"，http://www. cqcb. com/cbnews/cqnews/2010-04-12/61234. html，2010. 4

[9] 侯海萍. 广西联合产权交易所交易平台建设研究. 华中科技大学，硕士学位论文，2006

[10] 百度知道. 标准化管理的概念和作用. http://zhidao. baidu. com/question/55814704. html

[11] 刑素军. 技术标准化对企业技术创新的积极作用. http://www. qikan. com. cn/Article/hzjj/hzjj201004/hzjj20100414. html

[12] 李明义，段胜辉. 现代产权经济学. 北京：知识产权出版社，2008

第 6 章

产权电子商务标准化发展的战略措施

目前，产权交易项目的受理、转让信息的发布、意向受让方的选择、交易方式的确定、竞价过程的展开、交易合同的形成、结算鉴证的完成，都逐渐在使用电子化方式。我们知道，由于全国各产权交易机构自身条件以及地域等的差异，发展网上产权交易也出现了许多问题，比如，行政区之间对优质产权和产业资本的争夺，数百家产权机构的有效整合等，这些都需要在产权电子商务标准化发展框架下予以较好地解决，本章给出了产权电子商务标准化发展的一系列战略措施。

■ 6.1 政策法规措施

我国的产权市场之间缺乏有机关联，各自封闭，这对于发展网上产权市场来说无疑是一个障碍，国家相关部门应针对我国产权市场的发展制定出一个整体发展设想和规划，通过合理的功能定位和分工使这些市场形成一个有机整体，促进各类社会资源的合理配置和有序流动，同时根据不同市场的特点进行分类监管，以满足不同企业和投资者的需求。统一的制度规范是发展网上产权交易的基础和前提，为此，应在统一认识的基础上，加快发展网上产权交易方面的立法，加快行业协会建设，强化行业自律，为网上产权市场规范健康发展提供良好的社会环境。建立统一的制度规范，目的在于保障制度规范不因任何个人的意志而改变，进而消除交易过程中的个人随意性。我国网上产权交易起步较晚，网上产权交易的政策和法律环境还比较落后，目前，与我国网上产权交易相关的法律法规主要有《中华人民共和国刑法》、《中华人民共和国合同法》、《中华人民共和国计算机信息网络国际联网管理暂行规定》、《计算机信息系统国际联网保密管理规定》、《金融机构计算机信息系统安全保护工作暂行规定》、《电子签名法》等，这些法律法规为我国的电子商务和网上产权交易的开展起到了积极的推动作用。当然，我国开展网上产权交易在政策法规方面还存在许多问题，产权电子商务标准化发展需要在信息披露、交易规则、监管体系等方面有统一的规则。

6.1.1　信息披露方面的政策法规

对于产权交易来说，信息披露可以说是生命线。信息的及时披露可以吸引更多的受让方参与，也可以做到"公开、公平、公正"，加强社会监督，防止腐败的发生。对信息披露制定相应的政策法规就是为了规范信息披露的内容、方式、途径等。《企业国有产权转让管理暂行办法》及其配套文件已经有了很多原则性的规定，网上产权交易的信息披露规则可以借鉴传统产权交易信息披露的法律法规，但是网上产权市场具有新的特点，对全国产权交易信息披露的统一性要求更加严格，再加上传统产权交易的法律法规对通过网络发送信息的合法性尚未加以严格确认，对通过网络发布谣言或其他扰乱产权市场秩序的行为的制裁缺少可操作的法律条文等，国家需要构建全国性的产权交易信息网络体系，整合各地产权转让信息、建立规范的全国性产权转让信息披露机制，细化并统一信息披露的委托、审查、受理、渠道、时限、格式和内容。

在信息披露的范围方面，信息覆盖面要尽量的扩大，这有助于打破地区垄断，规范交易行为，吸引更多投资人参与。《企业国有产权转让管理暂行办法》、《企业国有产权交易操作规则》以及相关文件规定要在省级以上报刊和产权交易网站上同时披露转让信息，其目的就是要使信息披露范围最大化。在信息披露的要求方面，对于指定产权转让信息披露报纸的一系列规定也运用于指定产权信息披露网站，比如，《企业国有产权交易操作规则》第十九条规定："信息公告期间不得擅自变更产权转让公告中公布的内容和条件。因特殊原因确需变更信息公告内容的，应当由产权转让批准机构出具文件，由产权交易机构在原信息发布渠道进行公告，并重新计算公告期。"考虑到网站的特点，为了让交易双方掌握更多的规范性信息，还可以规定更加详细的信息披露格式，以及相关的约束规则，比如，《企业国有产权交易操作规则》第十八条规定："产权交易机构网站发布信息的日期不应当晚于报刊公告的日期。"在信息披露的责任主题方面，转让标的情况及其受让条件由转让方明确并承担责任，受让条件的公平性由产权市场审查把关，交易信息由产权市场统一对外发布，意向受让人资质由产权市场确认并承担责任，对于重要转让项目 20 个工作日的信息披露时限不足以让受让方完成尽职调查、价值估算和公关协调工作问题，各交易机构可以探索建立特别披露规则，采取多种方式加以解决。在信息披露的内容方面，信息的内容必须要求真实、完整、合法、有效。一般来说，披露的产权转让信息包括以下内容：转让标的的基本情况；转让标的企业的产权构成情况；产权转让行为的内部决策及批准情况；转让标的企业近期经审计的主要财务指标数据；转让标的企业资产评估核准或备案情况；受让方应当具备的基本条件，以及其他需披露的事项。

网络技术的运用，以及相关政策对运用网站进行信息披露的强制性规定，基本上解决了信息披露范围的有限性问题，但是信息披露的真实性，信息披露内容的统一性、完整性，信息披露格式的统一性等是发展网上产权交易必须解决的问题。国家需要制定统一的政策法规，进而来解决信息披露面临的困境。

6.1.2　交易规则方面的政策法规

为了更好的发展网上产权交易，全国人大或国务院有必要制定相应的规则类、流程类、标准格式类法律或行政法规，对网上产权交易行为进行规范，努力实现各交易机构之间交易规则的相互统一和接轨，按照共同的交易规范标准引导网上产权交易的正确发展。

如何建立统一的网上产权交易规则，产权交易要经历转让方的产权转让申请，发布转让信息，意向受让方登记受让意向，产权交易机构组织交易签约，结算交易资金，产权交易机构出具交易凭证等流程。为了规范网上产权交易行为，保护交易双方的资金安全，缩短交易时间等，国家需要对各交易流程出台相关政策以让其规范运作。

在受理转让申请阶段，"实行会员制的产权交易机构，应当在其网站上公布会员的名单，供转让方自主选择，建立委托代理关系"[1]。转让方向产权交易机构提交的产权转让公告所需的相关材料，各产权交易机构网站需要提供统一格式的网上填报文件；需要在其他机构传送的文件，机构网站之间需要具有相关的文件接收入口，并具有必要的数据转换接口。在发布转让信息阶段，企业除了在规定的省级以上公开发行的经济或者金融类报刊上进行公告外，还必须在产权交易机构网站上进行公告[1]。国家必须规定产权交易机构网站对相关用户设定权限，防止信息公告期内擅自变更产权转让公告中公布的内容和条件。另外，还必须明确变更信息公告内容的条件，以及更改流程。在登记受让意向阶段，意向受让方在信息公告期限内，向产权交易机构提出产权受让申请提交的相关材料，同样需要具有网上统一格式的文件。产权交易机构需要对注册的意向受让方提供相应的权限，让其能够在产权交易机构网站上查阅产权转让标的的相关信息和材料。在组织交易签约阶段，"产权转让信息公告期满后，产生两个及以上符合条件的意向受让方的，由产权交易机构按照公告的竞价方式组织实施公开竞价；只产生一个符合条件的意向受让方的，由产权交易机构组织交易双方按挂牌价与买方报价孰高原则直接签约。涉及转让标的企业其他股东依法在同等条件下享有优先购买权的情形，按照有关法律规定执行"[1]。"公开竞价方式包括拍卖、招投标、网络竞价以及其他竞价方式"。网上签订合同的过程，可以按照《数字签名法》的相关规定进行，保证合同签约的有效性、真实性、保密性和安全性。产权交易机构网站需要与政府部门的网站连接，这样，产权交易合同的生效需经政府相关部门批准的，产权交易双方可以通过交易机构网站传递相关的材料。在结算交易资金阶段，产权交易机构网站需要具有一整套与资金有关的网上操作流程，该模块可以开设独立的结算账户，并且具有保证结算账户交易资金安全的措施，另外，还需要具有相关的权限或其他措施来保证该资金不被挪为他用。在出具交易凭证阶段，各产权交易机构出具的凭证应当载明："项目编号、签约日期、挂牌起止日、转让方全称、受让方全称、转让标的全称、交易方式、转让标的评估结果、转让价格、交易价款支付方式、产权交易机构审核结论等内容"[1]。另外，"产权交易凭证应当使用统一格式打印，不得手写、涂改"。

网上产权交易政策法规的构建是一个庞大而复杂的工程，涉及的部门多、面广，且各地区间的经济发展又不平衡，利益协调难度大。在制定该方面的政策法规过程中，需要采纳各方意见，统一各方志愿，协调各方利益，让政策法规对网上产权交易的发展真正起到积极的推动作用。

6.1.3　监管体系方面的政策法规

一个国家的资本市场需要有与之相适应的监管制度、监管体制、监管机制加以支撑，这样才能有效防范风险、控制风险、化解风险。近几年来，产权交易机构通过建立产权交易信息平台发展网上产权交易的速度是非常快的，网上交易的项目数和客户数不断增加，新的交易手段和技术也在不断的运用，与之相应的网上产权交易活动的监管需要不断加强，相关的法律和法规也需要不断的出台和完善。目前，我国还没有建立起一个适应网上产权交易的监管体系。

在建立网上产权交易监管架构过程中，不仅组织结构、参与部门可能会有别于传统的产权监管体系，而且监管工具和手段也会有所不同。从目前我国的情况看，网上产权交易的法规制度建设还远远不适应监管的需要。对于网上产权交易来说，监管体系方面的政策法规需要在以下几个方面做出明确、公开、统一且可操作性强的具体标准：明确对产权交易市场实行监督管理的全国性监管机构，在统一交易规则的指引下，监督各产权交易机构的产权交易行为；明确产权交易机构的设立标准，国家监管机构按照该标准对交易机构设立的合法性和规范性进行监管，避免出现机构重复建设或不规范建设的情况；明确网上交易的资格审查、网上交易的技术标准和技术体制、网上交易的信息资源管理、网上交易的市场监管，国家相关部门按照交易标准对产权交易行为进行监管；统一网上安全设施标准；统一产权交易信息披露的内容、形式、范围等，让监管机构按照信息披露规范进行监管等。另外，网上产权交易在实际执行过程中会遇到各种各样的问题，如资金的处理、交易环节中合作伙伴、银行、互联网经营机构等的一些动作都可能对网上产权交易造成影响，可以看出网上产权交易的监管涉及社会各方面的问题。为了让网上产权交易顺利发展，国家需要加大监管力度，出台相关的监管政策和法律法规。除此之外，国家还需要在市场数据、网站信息、在线论坛、门户站点等方面加大监管力度。

由于网上产权交易涉及社会的各个方面，国家在对其监管的同时还需要对网上产权交易大力宣传，进而形成全球化的协调监管机制。

网上产权交易是一种新的交易方式，它包含了传统交易业务的成分，有具有电子商务的成分，因此涉及更复杂的利益关系，同时也必须考虑交易过程的各环节产生的风险以及对这些风险如何防范的问题。原有的法规体系已经不能完全适应产权市场新的发展需要。我国的产权交易方面的法规本身就有待完善，发展网上产权交易的政策法规除了要在信息披露、交易规则和监管体系方面制定相应的解决措施外，还需要解决其他的问题。比如，由于参与交易的投资者不受时空限制，交易者所在地点不再重要，这就需要解决管辖权和法律选择问题；对网络发送信息的合法性如何加以严格确认，以及对通过网络发布谣言或其他扰乱产权市场秩序的行为如何制裁的问题；合同如何签订，电子身份如何认证；信息内容如何审查；网上纠纷责任如何判定与承担；在进行跨国交易的过程中，由于各国的法律不同，发生纠纷时将如何解决法律选择的冲突问题等。

国家应尽快出台相关的法律规章，在整体提升各自的制度建设和信息化水准的基础上，共同促进我国"规则基本统一、信息联网披露、市场分级管理、过程集中监测，部门联合检查"的产权交易市场体系的早日实现。

6.2　标准体系研制措施

当全国主要的产权交易市场都通过建立电子商务平台进行网上产权交易，国家就必须研制并建立统一的标准体系来统一中国产权市场信息平台。由于交易平台的优劣将直接影响交易机构各项主要业务的开展，相关产权交易机构必须在国家统一的标准体系指导下对其交易系统甚至内部组织行为等进行规范化改造。

6.2.1　标准体系的研制原则

我国产权电子商务的框架性标准体系，包括产权电子商务的业务规范体系和技术标准体系。在研究制定标准体系的过程中要遵循一定的研制原则。

1. 技术标准体系的研制原则

1) 系统的灵活性和可选择性原则

在设计和部署信息技术解决方案的时候，基础设施的灵活性已经成为一项重要的标准。应用程序的需求经常发生变化，这就使得基础设施必须在尽可能对服务级别产生最少的影响下，能够在短时间内适应新的业务需求，并且系统配置的修改应该非常简单和安全，无需管理员进行过多的干预，以此来减少变更管理成本。我国的产权市场还不是一个很成熟的市场，一是产权业务随着经济的发展不断的在变化，二是各个地方的交易规则和系统的建构不完全相同，因此，产权电子商务交易平台的设计需要保持较强的灵活性和可选择性，以此来适应不同地区的特殊市场规则要求和交易业务的变更。首先，系统设计时需要考虑其可扩展性，即在不影响已有产品的情况下，要能够开发满足新需求产品的网上交易运作；在不影响当前功能的前提下，能够方便的进行功能扩展，以支持滚动开发；架构要能够在不改变当前系统的情况下，支持外部接口的扩展，以方便与其他机构的系统相连。其次，系统设计时需要考虑其合法性，即对用户的所有输入数据进行严格的合法性检查；指令执行的状态环境检查；服务在大负荷量下的自我保护功能。最后，系统设计时需要考虑其安全性，就是使用统一的安全策略来控制访问和操作过程；保证数据安全和完整，不能受到非授权的访问和干预；通过用户权限管理实现访问控制；提供必要的数据审计支持。

2) 系统兼容性原则

利用信息化平台进行产权交易意味着从转让登记开始，到交易鉴证结束，几十个交易操作步骤，步步都应该是有制度规范的、用计算机实现的、能自动预警的、可适时监测的、不可跳跃和逆转的运作过程，不允许任何人有离开制度规范和计算机系统进行操作的可能。而我们知道，产权交易的整个流程需要审计、评估、法律、拍卖、监管等专业机构各负其责、密切配合，那么，为了使相关数据和资料能够在各机构之间顺畅流转，国家就必须得考虑不同系统之间数据的兼容性问题，最好的办法是统一规划和建设产权交易机构的信息系统，以技术标准统一的平台让各产权交易机构联网。首先，国家可以制定标准化的信息格式，比如，信息披露格式、合同格式、转让方申请转让和受让方申请受让的申请表格式、各种批复文件的格式等，以及客户信息、转让的项目信息等也规定统一的格式，这样数据信息就可以很方便的在各机构系统之间传输，防止了数据在转换过程中可能发生的错误，也省去了因系统对数据格式的支持不一致需要构建数据转化接口的工作。其次，国家可以制定交易系统的数据交换协议，用以统一规范各市场参与者的信息系统对有关交换数据格式、绘画机制以及市场业务数据交换内容的描述。可以预先制定一套与交换协议相关的数据字典，统一交易系统的数据库字段等内容，并根据新的业务活动对原有系统建设标准的消息字段进行统一的修改，如增加或删减信息的消息字段、更改字段的约束、更改字段的类型等，这样，就避免了传输文件转换的必要。再次，为了提高各机构系统升级更新的灵活性，产权交易参与者可以制定一致认可的系统接口协议，各机构系统根据该协议来准确接收、发送并正确识别对方系统的信息交换数据。这样，机构系统之间不仅保持了相对的独立性，不需要对机构原有的系统进行完全的更换，节约了系统建构的成本；而且这种独立性也有助于系统的更新升级，在出现新的产权交易业务时，只需要对系统做部分改动即可实现与其他系统之间的衔接，这在某种程度上也是一种成本的节约。证券行业交易过程普遍采用的是 FIX 协议（Financial Information eXchange，金融信息交换），它定义了每一条交易信息的内容和格式、该信息和证券交易流程的对应关系，以及保证这些交易信息安全准确的传送的技术规范，主要用于连接证券机构与金融结算单位、证券机构与交易市场、证券机构之间，并用于证券交易的交易前、交易中和交易后的各类信息交换[2]。该协议做到了把各类证券金融业务需求流程格式化，使之变成一个个可用计算机语言描述的功能流程，并在每个业务功能接口上统一交换格式，方便各个功能模块的连接，从而提高整个业界的应用水平。

3）系统安全性原则

一般来说，影响网上交易安全性的因素主要有两个方面，一是网上交易载体——信息技术系统的安全性，它包括网上交易系统稳定性、网络安全性、硬件防火墙安全性能、机房供电保障等；二是交易机构对网上交易的管理、风险控制能力，以及投资者自身安全防范意识和能力等[3]。在互联网高速普及的今天，产权交易用户对网上交易的安全性都相当重视。针对网上产权交易，交易用户比较关心的问题是：第一，当交易用户进行网上交易时，产权交易机构往往要求用户同意一份协议，协议上详尽的列出了网上交易可能存在的风险，产权交易机构不承担无法预知和控制的风险，如网上产权交易系统会因网络繁忙或其他原因使得交易出现延迟、中断或数据错误，从而给交易双方带来利益的损失。产权交易系统的稳定性对网络竞价环节来说是特别重要的。第二，交易数据是否保密，是否会被非法拦截、窃听、破译和篡改；从技术上，产权交易机构采取了多种手段以保证交易数据的保密性，如客户的交易密码，它作为后台交易服务器对网上交易服务器、分发服务器等发出交易请求的认证，从客户端到网上交易服务器的传输加密等来保证信息在传输过程中不被窃取和篡改；即使产权交易机构采用了这些手段来保护交易数据的安全性，交易数据被泄露的情况还是可能存在的。因此，交易数据的保密性是客户比较关心的问题。第三，网上产权交易服务机构内部人员是否会利用自己掌握的内部系统的数据信息，进行非法挪用资金、破坏交易系统等[4]。为了防范技术风险，保障网上产权交易的安全平稳进行，产权交易相关机构需要提高对信息系统建设和运行维护的认识。在国家对产权交易机构信息技术建设方面还未出台相关文件之前，产权交易机构的基础环境（如机房建设、场地选址等），网络通信，应用系统，管理制度（如数据管理、技术文档管理、网络管理、机房管理等），系统运行和维护（如用户权限管理等），安全保障（如技术故障、对应用系统重大升级或改造、病毒检测、计算机终端的管理、客户访问互联网的管理）等，可以借鉴《证券营业部信息系统技术指引》中的相关要求进行建设和管理。对于建立异地灾备、进行网络隔离等制定相应的解决方案和时间表。

一般来说，网上产权交易系统在安全性方面主要包括以下几点：第一，标识。网上产权交易系统对每个授权转让方和意向受让方进行唯一标识；在允许任何转让方或意向受让方执行任何操作之前，系统能够鉴别每个客户身份。第二，访问控制。网上产权交易系统能够在达到管理员预设的失败登陆尝试次数后自动锁定用户账号。Internet 与网上交易的入口处建立访问控制策略。通信前使用数字证书验证和标识通信双方的身份。第三，备份和恢复。制定详细的备份策略，保护网上交易的客户数据、安全功能数据、系统和应用程序、物理设备。对备份和恢复进行管理，制定备份和恢复权限、受备份的数据、程序和设备实施相应的访问控制。第四，加密。基于法律依据，加密管理，加密数据处理，密钥管理等。

2. 业务标准体系的研制原则

1) 遵循当地特色原则

不同地区的国资存量、经济发展状况、国家经济政策、区位优势等存在差异，各地区产权市场的业务发展，需要根据当地的特色来发展，而不能采取一刀切的办法，硬性的不加区分的规定各地产权市场开展的业务。在业务发展方向上，只有在遵循基本原则的情况下放权给地方产权市场，才能让其发挥自身核心竞争力的同时，根据当地产权市场不同的内容、规模、行业和地域、发展阶段等更好的进行服务和发展产权市场。

2) 业务种类可以扩展的原则

标准体系在规定产权业务发展的种类时，需要对业务的发展留有扩展的余地。产权市场处于不断发展之中，业务的种类根据市场发展的需要不断的在更新，并且，要谋求持续发展，扩展产权新业务也是必须的选择。北京产权交易所推出的股权融资平台、天津金融资产交易所进行的信贷资产交易，以及矿权、林权、文化产权、排污权交易、政府公共资源的出现等都是产权业务不断创新的结果。

3）交易规则遵循业务特点的原则

企业国有产权交易一般会根据股权的特殊性而设置一些准入条件，相对性的要求公开交易，对于非国有企业股权转让而言，如果机械化的要求"信息充分公开"可能会导致企业内部不稳定、商业竞争对手可能趁机通过曲解宣传发起攻势等问题，最后可能使整个企业垮掉。因此，在制定产权交易规则时需要考虑到产权业务的特点，不能以某一种产权交易的要求来涵盖产权交易市场的整个属性。

6.2.2 标准化的推进步骤

随着经济全球化的深入发展和国际市场竞争的日趋激烈，不论是产权业务标准化还是产权技术标准化都已经成为产权业必须遵守的规则。标准化已经成为产权电子商务发展追求的一种体现形式。加强产权标准化研制，是增强产权市场自主创新能力、提高产权市场综合竞争力的迫切需要，是应对国际资本市场冲击的重要措施，也是保障网上产权交易安全的重要基础和客观要求。利用现代网络体系，在标准体系的指引下构建统一、开放便捷、科学实用的网上产权交易平台，并且在相应的政策法规的规范下确保市场交易主体的规范竞争和产权的顺畅流转，实现"平台"和"规则"的有机结合，最大限度的发挥两者的作用，促进网上产权交易的规范发展。

标准化对产权电子商务发展虽然具有重要的意义，但是任何新事物的推广和被人接受都需要一个过程，标准化要最终成为人们自愿接受的准则需要加强对其的推进。具体来说，标准化的推进可以按照以下几个步骤进行。

1. 统一区域性信息系统平台

一是做好基础设施建设，积极推广，经实践验证并确认有效的应用软件系统，逐步实现信息软件的兼容与统一。上海联合产权交易所的产权交易管理系统和竞价交易系统，集中了上海产权市场和共同市场其他成员的管理经验和创新。经过与部分理事单位商量，建议以这套系统为基础，构建共同市场的项目挂牌、报价询价、信息披露、交易管理、数据统计、项目推介、竞价交易等共享系统。当前，要继续做好软件维护、使用辅导、适当兼容工作。二是试运行网上产权交易系统，积极推动信息共享、资源共享。在已有系统的基础上，不断吸收共同市场全体成员创造的经验，进一步改进系统性能，不断完善系统功能，使之惠及共同市场全体成员，并着手建立"区域产权交易网上市场"。三是构建及实施区域性产权交易网上市场。在总结区域产权交易网上市场试运行情况后，根据市场发展需要，统一更新、升级，进一步构建及实施"产权交易网上共同市场"，以信息化加快区域性产权交易一体化进程。

2. 构建跨区域信息网络共享平台

国务院国资委产权局通过鉴证并认可某一产权交易所的产权交易系统，然后以该认可的系统为标准，其他产权交易所在该产权交易所的指导下安装该系统，并且接受培训、使用和维护。另外，产权机构在建立了自己网站的基础上，为了在区域之间实现信息的顺利传递，以及数据的有效接收，各机构之间可以在软件开发、接口、各机构的自由控制设备能力和人员培训等方面进行推进。利用这些方式建设信息平台可以有力地推进产权交易市场信息化和一体化建设。目前，上海联合产权交易所已为全国17家省级机构、7家地市级交易机构安装了产权交易系统，包括产权交易信息管理系统、与国务院国资委监测系统对接的程序和竞价系统。

3. 构建与国际接轨的产权交易电子平台

目前影响产权交易国际化的主要问题，是大批境外投资者缺乏直接进行与中国企业产权交易的信息渠道和市场支持，他们在主观和客观上都需要借助专业的中介市场和中介力量，协助其寻找合适的项目资源、协调政府资源，以及提供各类的专业化服务。建立与国际接轨的产权交易电子商务平台，有利于削减该类问题。产权交易所通过与国际著名的交易平台进行合作，国际通用的电子化手段实现项目信息的高效上载与发布，按照国际规范进行信息披露，采用国际惯例规范相关文件的格式和语言，为国内企业开辟一条专业化、规范化的跨境产权交易信息发布渠道，迅速将中国企业产权转让信息传达给世界各地的潜在投资者，实现国内项目与海外投资机构的直接对接。另外，产权交易机构通过开设外汇结算账户，为国外投资者进行产权交易提供方便、快捷的外汇结算服务，也极大地促进了产权交易与国际资本市场接轨的进程。

4. 建立统一的产权交易信息检测系统

要使网上产权交易规范运作，对交易行为的监测是非常必要的一项措施。产权交易监管部门（如国务院国资委）通过建设"企业国有产权交易信息监测系统"，对各地国有资产"买卖"从挂牌、举牌、竞价到成交的每一动向进行全程跟踪，并且设置"电子警察"来分析判断产权交易行为的合理性，预算预警级别。另外，该系统通过对全国产权交易机构的交易信息，进行自动采集和产权转让信息的集中再发布，进而促进产权交易场内交易竞价机制的形成，提高产权市场信息透明披露功能，实现国有资产监管机构对国有产权交易过程的动态监测。

产权交易机构在中共中央纪律检查委员会和国务院的要求下，需要完成"企业国有产权交易信息监测系统"的对接，实现在这种监测网络的帮助下，监管方对重要的交易环节进行实时的观察。

6.2.3　政策与政府层面的措施

首先，在政策上支持将产权电子商务标准化工作纳入国家标准化工作体系中。上升到国家标准化工作体系的高度，一方面可以引起国家和产权相关机构的足够重视，投入相应的资金组织在全国范围内进行网上产权交易的监测、反馈和评估，及时掌握产权业交易情况和需要解决和改进的问题，从全国产权业整体发展的视角不断推进和完善产权市场的标准化建设，制定符合实际需要的产权电子商务标准化体系，克服目前我国产权市场不规范发展的状况；另一方面，把产权电子商务标准化工作纳入国家标准化工作体系，可以增加该标准体系的权威性和影响范围，执行起来更加有力。《企业国有产权转让管理暂行办法》能够起到规范全国产权交易的效果，其中一个重要原因就是它是由国资委和财政部制定并在全国实施的法令，具有很强的权威性。因此，在政策上将产权电子商务标准化工作纳入国家标准化工作体系中，对于产权电子商务标准化体系的实施具有重要的意义。

其次，在政府层面需要与产权市场管理有关的各部委部门如国资委、证监会等的联合行动。产权市场和证券市场都属于资本市场范畴，它们之间虽有很多区别但也有相通点，一些产权业务的发展与证券市场紧密的联系在一起。国务院下发了一些文件鼓励产权交易机构探索利用产权交易平台为非上市公司的流转提供服务，这一创新领域就需要严格按照《公司法》和《证券法》的规定办事，并且对其交易形式和交易对象加以严格的限制，做到谨慎对待。比如，对于未上市的股份公司的股权转让问题，在具体工作中，根据《公司法》规定需要特定场所要求，但对国务院制定的其他方式并没有明确，在具体的股权转让过程中有些是通过产权交易所进行转让的，但是它们的股份性质还没有界定的依据。目前，证监会对非上市股份公司股份的委托中介进行市场转让行为采取了打击活动，依据主要是中介行为的非法，它们不具备证券从业资格，证监会对其打击的前提条件是非上市股份公司的股份转让就是证券交易。但是，从目前的法律法规来看，非上市公司的股份转让是不是证券交易还不能清晰的界定，因此，在产权市场和证券市场交易的业务中，特别是涉及场外交易的规定，产权市场相关部门需要与证监会沟通协调，进而解决不明确或冲突问题。对于产权交易市场，国资委作为出资人代表，为了市场交易的公平不承担监管的职责，主要是国有资产产权交易的规则制定、监督管理等。从这一方面来看，产权电子商务标准化体系的制定也需要与国资委等政府部门联合行动。

再次，在执行层面需要在全国金融标准化委员会下设产权交易技术标准化专业委员会，来统领全国的产权电子商务标准研制与标准化发展工作，并支持建立各级产权电子商务标准化研究机构。信息技术是产权电子商务发展的保障，是进一步创新并改善交易方式的必要条件。针对目前我国产权市场出现的交易系统之间不兼容的问题，要实现产权市场的统一化发展，非常有必要设立专门的产权电子商务标准化研究机构，探索如何构建和统一信息化产权交易平台问题。全国金融标准化技术委员会是在金融领域内从事全国性标准化工作的技术组织，负责金融系统标准化技术的归口工作，以及其他归口工作，到目前为止已经颁布和实施了许多技术标准，很有经验，在其下设立产权交易技术标准化专业委员会，然后由其统领各级产权电子商务标准化研究机构的技术标准化的研究工作，将很有实践性和权威性。各级产权电子商务标准化研究机构深入地方产权交易市场，研究探索网上产权交易的管理体系，包括组织结构与职能、人员管理、安全管理、技术文档管理；机房与设备管理；网络通信，包括网络建设、网络管理、网络安全；软件，包括系统软件、应用软件、软件管理；数据，包括数据管理、数据安全；运行管理等，对这些方面进行研究，制定出产权电子商务技术标准体系，在技术层面上为网上产权交易扫清障碍。

6.2.4　产权交易机构层面的措施

各产权交易机构应主动协助全国金融标准化委员会下设产权交易技术标准化专业委员会，逐步建立产权电子商务标准化发展联盟，加快产权电子商务标准化应用与发展步伐。

我国产权市场之所以出现混乱局面，主要是各地产权交易机构在执行产权交易过程中，使用的规则不统一造成的，全国产权交易规则的统一也就是各地产权交易机构规则的统一。除此之外，由于各地产权交易是一个个独立的机构，没有形成产权市场的整体和系统发展，网上产权交易就会因为交易系统的不统一，而出现机构与机构之间数据不兼容或无法转化或转化困难的问题。各产权交易机构积极主动的协助全国金融标准化委员会下设产权交易技术标准化专业委员会，并逐步建立产权电子商务标准化发展联盟，对产权电子商务标准化的制定和应用具有很重要的意义。

首先，产权交易机构是产权交易的场所，直接负责接收产权交易转让和受让的申请、申请审查、信息披露、组织竞价、交易价款结算等，它们对产权交易的业务流程非常熟悉，对产权交易中出现的问题以及需要改进的方面也有独特的切实可行的想法。产权交易机构中从事技术研发的技术人员，对技术标准的运用也具有很强的技术实践经验。如果产权交易机构积极主动的参与到产权电子商务标准化规范体系建设中来，结合传统的产权交易，根据业务实践经验努力探索网上产权交易与传统产权交易的区别和联系，并对其进行改进，那么在产权电子商务标准化发展流程上就会做到切实可行。另外，产权交易平台的技术研发人员积极配合技术标准体系的制定，研究系统构建的标准规范以及系统之间的数据转换措施，最终使得产权交易技术标准化专业委员会制定的标准规范切实可行。

其次，产权交易机构是产权电子商务标准化体系的最终执行者之一，它们是否积极主动协助产权交易技术标准化专业委员会，制定产权电子商务标准化体系的建立，将会在很大程度上影响该标准体系的执行效果。一方面，产权交易机构的主动参与说明了产权业人士在执行目前的产权交易过程中，发现了问题或产生了更好的想法，这样他们在参与的过程中就会提出这些问题和新的想法，当这些问题和想法在标准化体系建立过程中得以体现时，他们就会更加积极主动的执行标准化体系。另一方面，产权交易机构从业务实践经验出发，主动协助建立产权电子商务标准化体系，保证了标准体系执行的可行性，提高了标准体系的执行效果。如果全国金融标准化委员会只是凭借其技术标准体系建立的经验，不联合基层的产权交易机构，把一些技术标准强加于产权电子商务标准化体系中去，那么，很可能产生的结果就是一些技术标准在产权业根本无法实行或需要花费昂贵的代价才能实行，这会大大降低标准体系的执行效果。

鉴于此，要加快产权电子商务标准化应用与发展步伐，需要各产权交易机构与相关机构之间积极主动的协助。

6.2.5　产权交易主体层面的措施

无论国有机构产权还是民营机构产权、无论有形产权主体还是无形产权主体，不同性质产权主体的交易需求与业务流程存在一定差异，因此还需要面向应用，进行产权电子商务信息披露与交易服务的客户端开发与应用的标准化工作，需要各类产权交易主体的参与。

有形产权交易和无形产权交易不管是在交易方式还是交易内容等方面都存在差异，为了促进产权交易客户端应用的标准化工作，需要各类交易主体分别参与，有针对性地提供较为专业的标准化意见。而对于同一类的产权交易，比如，有形产权交易或无形产权交易，则没有必要区分是国有企业还是民营企业，既然都是企业在进行产权交易，那么在进行产权交易时就应该根据产权交易的类型对其实施该类型交易的流程以及需要提交的材料等。从各大产权交易机构的产权业务交易流程来分析，虽然大部分的产权交易机构把国有产权交易单独作为一个业务类型，如果交易的是实体型的产权，我们可以看到其交易流程与其他的民营企业的实体型产权交易流程的规定是一样的。

具体来说，有形产权交易，主要是指企业实物资产交易，不管是国有机构有形产权交易还是民营机构有形产权交易，其在产权交易机构的交易流程差别不大，都要经过提交转让申请、信息披露、提交受让申请、确定受让方、拍卖程序

（确定进行拍卖才有此步骤）、签订交易合同、交易价款结算、出具交易凭证、办理变更手续等，产权交易机构对转让和受让时提交的材料要求、信息披露的时间和媒体要求也相同，主要的区别就是针对不同的产权转让企业，其要求的受让方资格条件会不同。对于有形产权交易标准体系的制定，总体的交易流程规定可以相同，包括路演、电子竞价等活动，不过考虑到客户端的应用需求，这就需要相应的实体产权交易主体参与到客户端标准化的制定，在满足客户完成交易流程的共同使用功能的基础上留有客户端个性化需求的特点。

无形产权交易，包括知识产权交易、企业融资服务、公司股权托管、文化创意等，它们各自的特点存在很大的差异，交易流程不同，交易过程中涉及的部门也不同，比如，在金融企业国有资产转让时，从防止国有资产流失方面出发，国家对转让方的性质、转让资产的特点等都有相关的规定，因此，对于这类产权交易，产权交易系统在客户端需要按照国家的相关要求给予权限控制，而其他的无形产权交易，如文化创意等，客户端的权限范围就会扩大。从这些方面来看，在对无行产权交易客户端进行标准化研制时，需要仔细分析各种无形产权交易的特点、交易流程以及相关的国家政策，为了方便产权交易主体更好的利用产权交易系统客户端进行网上产权交易，这就需要各类具有实践经验的产权交易主体的参与。

6.3　标准体系应用措施

6.3.1　产权电子商务标准化发展与产权市场创新

创新对中国产权市场的发展具有特殊的意义。中国的产权市场在创新中诞生，它也应该在创新中发展。产权市场的规范化和标准化有助于创新的发展，规范是产权市场的发展之路。国务院国资委产权局副局长邓志雄在 2006 年"首届产权市场创新论坛"中就提到了"大力推广利用信息化手段创新产权交易办法"，他认为信息化是交易机构保证规范操作的基础，大大小小几十个交易步骤，步步都应该是有制度规范的、能自动预警的、可实时监测的、不可逆转的过程。我们需要在客观的标准化规范的条件下，把创新的思维转变为产权市场发展的资源，推动产权市场的发展。

1. 产权交易市场分类

在各地产权机构"自下而上"的不懈努力下，产权市场的业务形态、交易形式、专业程度和从业理念正在发生质的变化。与此同时，市场创新引发的庞大需求也吸引了各方资本的争先进入。产权市场自 2008 年开始，其形态创新的脚步是越来越快。2008 年 8 月 5 日，随着低碳经济全球化的推行，上海环境能源交易所和北京环境交易所分别揭牌成立。9 月 25 日，具有国家政策依据的天津排污权交易所挂牌。10 月，成都农村产权交易所成立。12 月，重庆农村土地交易所成立，产权市场从区域中心领域逐渐向周围领域发展。2008 年 12 月，天津股权交易所接受企业挂牌，中国多层次资本体系开启了 OTC 的逐步探索。随着天津滨海国际股权交易所的揭牌，各个地方也逐渐开启了对股权交易的创新性试探[5]。

我国产权市场从市场形态上则表现为综合产权交易所、专业产权交易所和股份转让系统（三板市场）三种类别，其基本构成如图 6-1 所示。

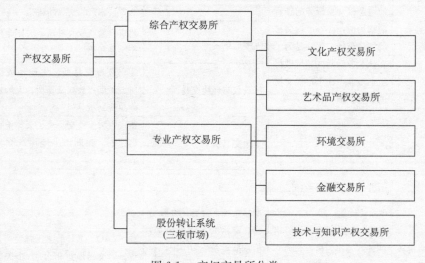

图 6-1　产权交易所分类

如表 6-1 所示，对上述三种产权市场类型及其基本构成进一步作了释义性说明。

表 6-1　我国产权市场基本构成说明表

产权市场形态类别	市场释义	类别细分	市场枚举
综合产权交易所	可以进行包括物权、债权、股权和知识产权等各类财产权交易的综合性产权交易场所	内部业务部门细分，下设有国资产权交易中心、知识产权交易中心、矿权交易中心、金融资产交易中心等	北京产权交易所、西南联合产权交易所、上海联合产权交易所、天津产权交易中心、长江产权交易所、江西省产权交易所等

续表

产权市场形态类别	市场释义	类别细分	市场枚举
专业产权交易所	以某一专业或行业类别为业务主线来进行单一性质的财产权交易服务的经营活动场所,亦即产权交易的细分市场。主要是为了在该业务触及的领域做得更加专业,便于产权交易的业务创新	文化产权交易所	成都文化产权交易所、上海文化产权交易所、深圳文化产权交易所等
		艺术品产权交易所	天津文化艺术品交易所、北京文化艺术品交易所等
		技术产权交易所	中国技术交易所、河南省技术产权交易所、上海技术产权交易所、山西省技术产权交易所等
		金融产权交易所	北京金融产权交易所、天津金融资产交易所等
		排放权与环境交易所	北京环境交易所、大连环境交易所、深圳排放权交易所、上海环境能源交易所等
		土地交易所	重庆农村土地交易所、天津土地交易中心、深圳市土地房产交易中心等
		……	……
代办股份转让系统(三板市场)	以具有代办股份转让资格的证券公司为核心,为非上市公众公司和非公众股份有限公司提供规范股份转让服务的股份转让平台	交易系统在具有代办股份转让资格的各证券公司,信息披露系统为中国证券业协会委托深圳证券交易所下属深圳证券信息有限公司的信息披露平台 http://www.gfzr.com.cn	原 STAQ、NET 系统挂牌公司;沪、深证券交易所退市公司;中关村科技园区等高新技术产业园区的非上市公司

1)一级大类

一级大类主要包括:综合产权交易所、专业产权交易所、代办股份转让系统。

(1)综合产权交易所。综合产权交易所业务范围比较广泛,不以某一类业务为经营重点,而是由许多种业务活动构成的综合体。在某种程度上来说,综合产权交易所可以被看成是一个个的专业产权交易中心,因为综合产权交易所下设有国资产权交易中心、知识产权交易中心、矿权交易中心、金融资产交易中心、对外战略合作中心等,开展国有和非国有企业,以及自然人、其他法人和组织的产权、物权、债权、矿权、林权、排污权、特许经营权、商标权、技术和知识产权、文化创意产权、涉讼资产等的交易服务。综合产权交易所的网站设计融合了交易所的所有业务,统一为各业务范围内的项目进行信息发布、挂牌交易。比如,北京产权交易所网站按照矿业权项目、合作机构及国际项目、投融资服务、中国金融资产超市、央企、市属国企股权项目、实物资产转让项目信息发布等进行了分门别类的部署,并且也为各个业务建立了市场平台,列出了各种业务的交易规则、政策法规等。网站显示出了很强的综合性。

代表机构:北京产权交易所、西南联合产权交易所、上海联合产权交易所、天津产权交易中心等。

(2)专业产权交易所。专业产权交易所以某一类业务为主线来开展相关的经营活动,主要是为了在该业务触及的领域做的更加专业。一些专业产权交易所是从综合产权交易所分离出来单独成立的,如 2010 年 5 月 30 日正式揭牌的北京金融资产交易所就是在中国最大的产权交易机构北京产权交易所原有的金融国资与不良资产交易业务基础上,为了进一步探索信贷资产交易、信托资产交易、私募股权资产交易等创新业务而成立的。

(3)代办股份转让系统。代办股份转让系统是为妥善解决原 STAQ、NET 系统挂牌公司流通股的转让问题。2001 年 6 月 12 日,经中国证监会批准,中国证券业协会发布《证券公司代办股份转让服务业务试点办法》,代办股份转让工作正式启动。2001 年 7 月 16 日第一家股份转让公司挂牌。为解决退市公司股份转让问题,自 2002 年 8 月 29 日起退市公司纳入代办股份转让试点范围。2006 年《证券公司代办股份转让系统中关村科技园区非上市股份有限公司股份报价转让试点办法》的公布,使得中关村科技园区非上市股份有限公司也进入代办股份转让系统,俗称"新三板"。随着我国创业板的顺利推出与成功运营,完善我国多层次资本市场建设的呼声越来越高,市场对"新三板"的要求越来越迫切,如支持挂牌公司定向增资、推动做市商等新业务开展、统筹研究各层次市场间转板制度等,于 2010 年6 月中国证监会又提出扩大代办股份转让系统试点范围,并公布了代办股份转让系统扩大试点具体方案,即在中关村园区基础上,将试点范围扩大到其他具备条件的国家级高新技术园区。目前,全国共有 50 多个国家级高新技术园区,上海张江高新技术园区、武汉东湖高新技术区、西安高新技术开发区等多家高新园区正在积极争取进入试点范围。在扩大试点范围的同时,监管部门还将研究制定非上市公司管理办法,探索建立集中统一的监管制度,进一步明确代办股份转让系统管理体制框架,加强公司挂牌之后的监管。同时,统筹研究各层次市场间的转板制度。作为代办股份转让系统的管理部门,中国证券业协会也将全力做好代办股份转让系统扩大试点工作。一方面,支持挂牌公司通过定向增资提高直接融资比重,继续依据新老股东利益平衡原则及公司稳健发展原则不断优化定向增资制度,并在条件成熟后择机推出。另一方面,努力推动做市商等新业务的开展,为主办券商拓展新的业务模式和盈利渠道。同时,加强对并购重组、股权激励等方面的研究,以适应挂牌公司不断增长的业务需求。目前,代办股份转让系统主办券商已经超过 30家,并有 10 家左右预备券商。有关部门将继续稳步壮大主办券商队伍,授予符合条件的优质券商,特别是在报价业务方面有潜力的区域性中型证券公司主办券商资格,积极开展报价业务培训工作,为扩大试点做好中介储备。

2) 二级分类

根据业务发展的需要,专业产权交易所又可以进一步分为文化产权交易所、技术与知识产权交易所、环境交易所、艺术品产权交易所、金融产权交易所等。下面对这些专业产权交易所作出简要的介绍。

(1) 文化产权交易所。包括以下几点:①平台性质。它是文化产权交易、投融资服务、文化企业孵化、文化产业信息发布的平台。②交易对象。文化物权、债权、股权、知识产权等各类文化产权。③目标。促进各类文化产权跨行业、跨地域、跨国界、跨所有制、跨时界流动。④服务内容。为文化产权依法开展政策咨询、信息发布、产权交易、项目推介、投资引导、项目融资、权益评估、并购策划等服务。⑤业务范围。第一,新闻出版物、广播影视作品、文化艺术产品及创意设计、网络文化、数字软件、动漫网游产品等各类文化产权及版权的交易服务。第二,企业管理及咨询服务,会展服务,设计、制作、代理、发布各类广告业务,文化产业项目投资及投融资咨询服务和商务服务。第三,政府采购。政府文化专用权益、文化系统政府采购、电台电视台节目采购等服务。第四,文化体制改革。国有文化企(事)业单位的产权交易及资产并购重组等文化产权交易服务。第五,文化产业投融资、咨询、项目评估、并购重组等服务。第六,知识产权及版权的登记、代理、推介、交易等综合服务。第七,政府有关部门授权或委托的其他有关交易。

代表机构:成都文化产权交易所、上海文化产权交易所、深圳文化产权交易所。

(2) 技术产权交易所。包括以下几点:①平台性质。它是旨在通过为技术产权买卖双方提供信息交流和达成交易服务,促进科技成果转化的平台。②交易对象。科技成果和科技企业以及成长性企业的产权为交易对象。③目标。推动高新技术成果转化和产业化进程;解决科技成果转化和产业化过程中,科技与产业资本、金融资本结合之间存在的障碍及融投资瓶颈问题;探索形成创业资本的运行和退出机制。④服务内容。科技企业、科技成果、成长性企业以及各类所有制企业的股权投资、产权交易;创业资本的股权投资、产权交易;技术产权的评估、鉴证、交易及其相关的咨询服务。⑤业务范围。专利技术的转让交易;对经认定的高新技术成果的产权交易;科技成果转化基金、技术创新基金、知识产权交易、债权交易、物权交易、企业产(股)权交易;技术产权交易鉴证,技术合同登记;科技咨询、技术诊断、人员培训;企业改制重组、投融资咨询和策划。

代表机构。河南省技术产权交易所、上海技术产权交易所、山西省技术产权交易所。

(3) 环境交易所。包括以下几点:①平台性质。集各类环境权益交易服务为一体的价值发现和市场交易平台。②交易对象。环境领域的物权、债权、股权、知识产权等权益交易。③目标。发掘环境权益交易项目价值,推进环境权益交易市场化进程,促进节能减排,将环境权益"价值化"、"价格化",实现节能减排领域的资源优化,降低污染治理的成本和交易成本,提高环境治理的效率。④服务内容。开展节能减排技术转让和推广,环境保护与能源领域中的各类技术产权交易、二氧化碳及化学需氧量等污染物排放权公开交易,二氧化碳等温室气体减排量交易等。⑤业务范围。环境事业投融资服务、碳排放权项目服务、生态补偿机制信息咨询服务、排污权交易服务、合同能源管理和节能减排技术交易等。

代表机构:北京环境交易所、大连环境交易所、上海环境能源交易所。

(4) 艺术品产权交易所。包括以下几点:①平台性质。文化艺术品投资平台。②交易对象。国家管理部门允许并批准市场流通的文化艺术品,包括书画类、雕塑类、瓷器类、工艺类,以及既符合国家战略利益,又符合国内、国际市场需求的艺术品交易品种等。③目标。规范艺术品拍卖市场,通过制度创新从根本上解决艺术品造假、售假、拍假现象,实现艺术品快速充分的交易,进行公开透明、快捷便利的艺术品投资活动,促进文物的收藏与保管,促进文物与艺术品的回流。④服务内容:艺术品的推广、组织艺术品交易。⑤业务范围:艺术品托管、鉴定与评估、发行与交易以及艺术品的上市和退市、艺术品合约研发设计等。

代表机构:天津文化艺术品交易所、北京文化艺术品交易所。

(5) 金融产权交易所。包括以下几点:①平台性质。保险、信托、私募的募集和退出等大量具有可交易属性的金融资产进行公开交易的专业化平台。②交易对象。不良资产、信托资产、信贷资产、私募股权资产等。③目标。让金融资产规范交易,提高金融资产的流动性。④服务内容。不良资产处置和金融企业股权交易、信贷资产交易、信托产品交易,股权投资基金的募集、退出及转让服务和保险类、理财类及其他金融资产的交易等,为多种金融资产提供从登记、交易到结算的全程式交易服务。⑤业务范围。金融国有股权、不良资产交易、信贷资产交易、信托资产交易、私募股权资产交易、保险资产交易、其他金融创新产品的咨询、开发、设计、服务和交易等。

代表机构:北京金融产权交易所、天津金融资产交易所。

上面列举的各专业产权交易所是国家和相关机构根据目前业务发展的需要建立的。随着产权市场的发展,新业务的出现必然会带动与该业务相关的新的专业产权交易所的建立。

2. 产权交易客体的创新

产权市场不断创造性的引入新的产权交易产品,然后建立新的产权交易机构来专门发展该产权交易产品,这是产权市场创新性发展的一大表现。近年来,我国产权交易市场积极的对产权交易客体从实物型向价值型转变进行探索,努力让其向标准化的价值型的资本市场靠拢,表现出了强有力的交易模式的创新性。天津文化艺术品交易所的成立就是产权交易客体,从实物型向价值型转变的典型案例,很好的反映了我国产权市场交易客体的价值型标准化转变。下面我们以天津文化艺术品交易所作为案例来探讨产权电子商务标准化对产权市场创新的影响。

➤ **案例介绍**

天津文化艺术品交易所

1. 业务介绍

【创新业务】

天津文化艺术品交易所在天津市政府的支持和指导下,为艺术品持有人和相关的投资人提供最佳的交易服务。公司创造性的提出了艺术品份额化的理念,采用全新的艺术品交易模式,使普通投资人能够方便快捷的进入艺术品投资领域,有效解决了普通投资人因资金量小无法参与投资艺术品的问题,实现足不出户就可以投资文化艺术品,享受艺术品投资的高额收益。

艺术品份额化是指在对艺术品实物鉴定、评估、保管和保险后,按其价值拆分成相应数量的份额予以发行并上市,采用市场申购与竞价交易方式,按时间优先价格优先原则完成份额的交易与划转。举例来说,假如一件艺术品价值 1000 万元,那么就可以把它分成 1000 万个份额,每份份额代表了该艺术品相应比例的所有权,定价 1 元;此时投资人可以参与艺术品上市前的发行申购,持有艺术品的原始份额。当市场价为 1 元时,此时投资人有 3000 元钱,那么就可以购买 3000 份份额,当每份份额价格从 1 元涨到 2 元的时候,投资人所持有份额的价值就变成了 6000 元,如果投资人出售手中所持有的份额,就获利 3000 元。

文化艺术品经此拆分后,就可以放到艺术品交易所的电子交易市场上像股票那样地买卖。这种按份额买卖艺术品的方式就是份额化的艺术品交易。交易方式基本和股票市场一样,只是全部在网上开户、网上交易,可以当天买、当天卖,佣金双向收千分之二。

与拍卖实物交易方式不同,该所采用基于份额化的电子化的交易方式,用户只要在网上下载客户端,就可实现投资交易所有过程。该交易方式可以有效完善国内的文化艺术品流通市场,降低文化艺术品投资门槛,实现文化艺术品投资的大众化。份额化的艺术品投资方式,有效的降低了投资门槛,对资金没有限额要求。而且通过艺术品上市之前,经过严格的鉴定、评估,为投资者买入的份额标的物进行严格的把关,把投资者的风险降到最低。

【交易优势】

作为一家创新型的企业,天津文化艺术品采用完全无纸化的网上交易模式,投资人通过互联网就可以实现开户功能,通过下载相关的客户端就实现投资交易功能。同时,还提供了强大的电子交易系统和网站系统,使交易结果更加真实、公平、科学,提供的信息更加及时、有效,从而让投资人的交易变得更加方便、简单。

2. 投资人投资交易流程

(1) 到交易所指定银行(目前为招商银行)开立交易结算资金账户。投资人要参与艺术品份额交易,首先要开立交易结算资金账户(目前合作银行为招商银行),并开通支付中介服务。

(2) 到交易所官方网站开立份额账户。在开立交易结算资金账户后,到文化艺术品交易所官方网站开立艺术品份额账户,等待审核。

(3) 下载交易软件。待份额账户通过审核后,到天津文化艺术品交易所官方网站下载交易软件,在保证资金账户内足额资金的情况下,就可以进行艺术品份额交易了。

(4) 参与投资交易。艺术品份额投资交易通过网络进行,可以进行发行申购,份额买入和卖出交易,交易采用 T+0 方式。

(5) 强制要约收购。如果投资人想对某个艺术品进行个人收藏,可以持续买入触发强制要约收购,在强制要约收购完成后,投资人与交易所办理艺术品的交接事宜。

3. 资金安全

天津文化艺术品交易所目前与优质的商业银行合作,实行交易所管理份额、银行管理资金的方式。这种资金管理模式核心包括以下内容:

(1) 交易所为投资人开立份额合约交易账户,合作银行为投资人开立资金交易账户。

(2) 交易所负责投资人份额交易的申报、撮合、清算与交收,担任投资人交易结算资金的记账主体,并向合作银行提供投资人交易情况的明细。

(3) 投资人交易时,可通过网上银行将交易资金从存款账户划转至自己在银行开设的支付中介账户;投资人需要提取资金时,可通过网上银行将交易资金从支付中介账户中划转至指定个人存款账户。

(资料来源:天津文化艺术产权交易所. http://www.tjcae.com)

从上面的案例中我们可以看到,天津文化艺术品交易所通过对文化艺术品进行份额化的方式,实现了产权交易客体实体型向价值型的转变,然后通过建立网络交易平台和制定标准的交易规则,让与艺术品交易相关的所有环节都在网上进行,保证了交易的规范性。同时,利用最新的信息和通信技术,这种网上交易方式增加了文化艺术品的流动性,扩大了投资主体,平衡了艺术品市场买卖力量对比,使艺术品投资成为大众化的投资方式。从总体上来说,电子化的交易模式通过合理的流程设计,有效的避免了当前文化艺术品拍卖市场存在的"制假、售价、拍假"现象,从而消除了投资者的后顾之忧;通过第三方鉴定机构的引入,弥补了投资者文化艺术品鉴定知识和鉴定经验的不足,以"傻瓜式"的投资方式免除了投资者因知识欠缺而带来的投资损失。同时通过制度化的设计,电子化的交易模式可以有效的促进国家文物保护工作,弘扬东方文化艺术,助推文化投资途径和理念的形成,增加国民文化财富的范围。从上面的介绍中,我们可以看到,网上程序化的交易保证了交易的透明性、公开性和公平性;程序的制定方面体现出了公正性原则。

第一,在份额的最终发行价格标准确定方面,文化艺术品份额上市前由交易所送组织权威专家对其评估鉴定并出具建议价格,在此基础上,天津文化艺术品交易所与艺术品持有人、发行承销商进行三方协商,确定该艺术品的发行总价值。

第二,在竞价方面,天津文化艺术品交易所采用集合竞价和连续竞价方式。集合竞价,是指对在规定的一段时间内接受的买卖申报一次性集中撮合的竞价方式。天津文化艺术品交易所规定每个交易日的 9:15～9:25 为开盘集合竞价时间。连续竞价是指对买卖申报逐笔连续撮合的竞价方式。天津文化艺术品交易所规定 9:30～11:30、13:00～15:00 为连续竞价时间。连续竞价阶段的特点是,每一笔委托输入电脑自动撮合系统后,当即判断并进行不同的处理:能成交者予以成交,不能成交者等待机会成交,部分成交者则让剩余部分继续等待。

第三,在对艺术品持有者的收益和保障方面,天津文化艺术品交易所开拓了高价值艺术品出卖的另外一条途径,让艺术品持有者不仅仅限于用拍卖这种方式进行艺术品的出卖。它不仅在一年的任何交易日都可以发行上市,发行上市的费用低廉,并且艺术品持有者还可以选择在发行过程中保留不超过 30% 的艺术品份额,在该艺术品成功上市后逐步卖出,进而做到尽力保障艺术品持有者获得更多的收益;另外,该所规定发行不出去的份额由发行商包销,从而保证了艺术品的发行成功。

第四,在艺术品投资者的收益和保障方面,由于高价值的艺术品被拆成了低值的份额,投资人可以通过自己的资金状况购买份额,来获得增加收益的机会,并且还可以投资于多种艺术品来分散投资风险。另外,天津文化艺术品交易所与国内优质的银行合作,与国内公信力较高的保险机构对艺术品进行保险,艺术品由国内权威的专家团队进行严格的鉴定评估,从根本上满足了投资人资产的保值和增值。另外,在该所上市的艺术产品都属于国际和国内有影响力的艺术品,具有较大的升值空间。这些方式保障了艺术品投资者的收益。

一般来说,实体型的产权交易涉及到的资金数额都比较大,个体投资者很难支付这么大数额的资金量,所以,交易双方大部分是企业,这就限制了产权交易市场的大众化。对于文化艺术品市场来说,由于"制假、售假、拍假"现象严重,缺乏中立的权威性文化艺术品鉴定评估机构,投资门槛过高,与金融领域的融合不足等,使得文化艺术品市场缺乏规范,让投资者对其缺乏信任和安全感,进而严重打消了大众参与文化艺术品交易的积极性。

艺术品份额化作为世界首创的交易模式,独辟蹊径,通过合理的制度化设计,融入了创新精神和最新的金融理念;建立中立权威鉴定机构,消除拍卖行业存在的"三假"现象,确保每一个上市的文化艺术品都能够经历起历史的考验;艺术品份额化将高价值的艺术品拆成低值的份额,降低了文化艺术品的投资门槛,让普通的个人投资者能够参与到交易中来,并且这种模式也有利于投资人投资于多种艺术品来分散投资于单个艺术品的价值风险;这些因素在某种程度上增加了文化艺术品投资的流动性,将有利于推动我国文化艺术品市场的发展,进而带来良好的经济和社会价值。

天津文化艺术品交易所在规范产权交易的基础上引入创新的交易模式,创造出了实现人们公开透明、快捷方便的从事艺术品交易与投资的制度安排,让人们投资于文化艺术品就像投资股票市场一样,把一个贵族化的市场变成了一个普通大众的市场,这对于中国文化艺术品全面参与国际文化市场的综合竞争具有相当的战略价值。

天津文化艺术品价值型交易模式的有序运作离不开规范的标准和网络技术的应用。如果没有制定文化艺术品交易的统一标准,以及没有对艺术品交易相关的机构(如评估机构等)职业道德和运作标准进行规范,做到令投资者满意的交易是不可能实现的。没有标准,人们对交易流程的公平性就会质疑;没有标准,人们对交易价格就没有评判的标准,不服者就会增多;没有标准,利用电子商务平台进行网上交易就不可能实现。这些问题的解决都要有一个经得起普遍大众认可的规范化的交易标准。如果没有网络技术,也无法做到令投资者满意的交易。没有网络平台,产权交易所的信息发布就无法普及,投资者必须亲自到交易所询问了解交易的相关情况,这增加了投资者的时间成本;没有网络平台,投资者就不能根据交易行情及时的进仓和出仓,这会让投资者失去增加投资收益的机会;没有网络平台,就有可能出现交易程序的不规范,从而丧失交易的公开、公平、公正。总之,标准化规范和网络技术的应用帮助了产权价值型模式的应用。

从另外一方面来看,天津文化艺术品价值型交易模式的有序运转,让我国各地的产权机构和产权人士看到了产权电子商务标准化发展的意义,人们意识形态的改变将大大促进我国产权市场的规范化、统一化建设进程。我国产权电子商务发展受阻,一方面是由于该交易方式还处于初级摸索发展阶段,技术和管理方面都不是很成熟。另一方面是前期技术投入的回收需要一个过程,一些产权交易机构缺乏足够的资金进行前期的投入以及后期的维护和运营;再加上各地利益的不一致,政府也对产权市场标准化发展持不欢迎的态度。随着产权电子商务的发展,一个个典型例子的出现,比如,天津文化艺术品交易所的规范运营,金马甲网上产权交易的运作等,人们逐渐看到了规范化的网上产权交易较传统产权交易的巨大优势,也逐渐承认产权电子商务是今后产权市场发展的方向。这种心理转变,必定有助于我国产权市场全国的统一化和网络化。

综上所述,产权电子商务标准化与产权市场创新是相辅相成、相互促进的。

6.3.2　产权电子商务标准化发展与信息不对称

1. 产权交易信息不对称的原因及影响

信息不对称指信息在相互对应的经济个体之间呈不均匀、不对称的分布状态[6]。在这里,我们主要研究产权交易前的信息不对称对产权交易行为的影响。在通常情况下,信息不对称,进行市场交易的一方拥有另一方所不具有的私人信息,并且利用另一方缺乏这些信息的特点而使对方不利,从而使得交易过程偏离信息缺乏者一方,也就是存在因信息不对称而引发的逆向选择问题。产权市场的有效运作需要交易双方拥有对称的信息,但是在很多情况下产权交易信息在交易相关机构之间是不对称的,造成我国产权交易信息不对称的原因主要包括以下几个方面。

1) 信息发布不畅

产权市场交易规则的不统一,信息披露标准不统一,地方政府的政策导向性等因素阻碍了产权交易信息的广泛传播,再加上产权交易市场具有区域归属性,各地方产权交易机构的大多数项目都是本地区的项目,大部分投资者也是集中在本地区,这样就使得一个地方的产权交易机构的项目很难在其他地方的市场显示,造成了交易双方出售和购买信息的不对称。

2)市场经济体制不健全

我们知道,完善的市场经济体制是以价格为核心的,而实现合理价格的充分条件是与交易相关者之间信息的对称性。我国产权交易市场的产权转让企业和投资者之间对产权价格信息存在不对称的现象。一般来说,产权转让企业拥有的关于企业的价格信息多于产权投资者,因为他们比投资者更多的了解企业的资本现状,也就是产权转让企业比产权投资者占有更多的信息优势。价格信息不对称对投资者的经济行为会产生很大的影响,进而影响到他们的未来收益和投资风险性。

3) 产权市场监管薄弱

目前,我国的产权市场的监管政出多门,各个管理机构制定的监管法规不统一,比较分散,法规之间存在交叉管理和漏洞的情况,使得可操作性比较差,监管质量和监管效率比较低。监管的薄弱提供了产权信息出现不对称的机会。相关机构可以利用手中的权力和操作的方便性,出现内幕交易,或让产权信息的发布出现时间差,或让信息内容的数量不同,或让信息的质量出现差异等,也就是让交易者在信息不对称的情况下进行交易。这势必影响了交易者的交易利益和交易成本。

从信息经济学的角度来说,信息不对称造成了市场交易双方的利益失衡,影响社会的公平、公正原则和市场配置资源的效率[7]。具体到产权交易市场,信息不对称对产权交易带来了许多负面影响,制约了产权市场的发展,具体表现在以下三个方面。

第一,信息不对称容易导致产权交易双方彼此不信任,进而造成产权市场交易的不活跃。一方面,产权转让方在转让其产权资源之前必须对受让方进行足够的了解,比如,受让方的股东背景、交易意图、资金状况等。另一方面,受让方对转让的产权资源也需要进行充分的了解,比如,转让方企业的历史业绩、财务状况、遗留问题等。由于产权市场信息披露制度的不规范,有些信息没有进行披露,或披露的不详尽,产权交易双方必须采取某种方式,如谈判,来对交易的产权资源和交易双方的相关信息进行详尽的了解,以免由于不了解对方的信息而上当受骗带来损失。比如,2008 年北京市第二中级人民法院受理的一起股权受让方以转让方已事先抽走出资为由,要求确认股权转让协议无效的上诉案件,就是因为信息不对称造成的。当事人周先生称 2004 年 8 月 16 日,其与旅游报社、纺织公司签订股权转让协议书,约定旅游报社将其持有的北京品一村旅游商品有限责任公司的 51% 股权转让给周先生与纺织公司,股权转让费作价 10 万元。股权转让协议签订后,周先生了解到旅游报社、纺织公司在成立品一村公司后的 2002 年已抽走了各自在品一村的全部出资,品一村公司实际上已成为空壳,且欠付巨额外债,无奈之下,周先生向人民法院起诉要求确认周先生与旅游报社、纺织品公司签订的股权转让协议无效[8]。不管诉讼结果如何,从这一案件中我们可以看到,由于产权受让方不完全了解产权转让方的信息导致了损失。另外,由于我国中介机构的素质普遍不高,比如,资产评估机构对转让产权的资产评估是否公正合理,受让方的资质是否真实等,这些信息只有相关的交易方自己清楚,这就让交易双方处于信息不对称情况下进行产权交易活动,影响了交易的活跃度。

第二,信息不对称影响了产权的顺利交易。产权市场的相互隔离,交易信息无法在大范围内传播,一是增加了产权投资者搜索项目的成本。二是增加了产权转让企业产权转让是否顺利的风险。产权长时间无法转让,也增加了产权转让企业的转让成本，如挂牌费用等。三是增加了产权资产流失的风险。由于交易信息的闭塞，无法聚集足够多的产权投资者，这样就无法形成充分的产权竞价局面，无法发现产权的交易价格，容易造成产权资产的流失。

第三，信息不对称增加了产权交易的成本。在没有形成全国统一的产权市场以及没有利用互联网的情况下，由于受地域分割、地方保护主义等因素的影响，产权交易信息发布渠道、手段和传播范围都非常有限，公开的信息在传播过程中也会发生失真现象。这样的结果是不同的投资者接收到的产权信息存在时差或内容的详细程度不同，从而使得他们对产权信息的理解不完全一样，因此他们对产权价值评估也产生了差异，最终造成了产权交易成本的增加。

2. 产权电子商务标准化发展对信息不对称的影响

信息不对称提高了产权交易成本，影响产权价值最大化的实现，降低了产权交易效率，阻碍了产权的流动。目前，产权业人士以及许多产权交易机构都在关注信息不对称给产权市场发展带来的影响，并努力建立规范的产权交易电子商务平台进行产权交易，利用产权电子商务标准化发展来解决产权交易中出现的信息不对称问题。

(1) 产权电子商务标准化发展可以做到产权交易信息发布的公开化和透明化。业界人士认为，信息公开能最大程度的解决交易双方之间存在的信息不对称问题。信息发布公开透明可以让投资者带着公平的心态进行投资活动，有利于提高他们的积极性，从而让产权市场发挥较强的价格发现功能，进而让交易项目增值。如果信息发布不完善，发布范围不广，那么，交易各方就会缺乏足够的信息来进行公平合理的进行交易活动，投资者选择交易项目的余地也有限，这样交易成功的机会就不会很高。网上产权交易的发展和各种交易规则的逐渐完善，大大促进了我国产权交易信息公开程度的提高，缓解了产权交易的信息不对称问题。

(2) 产权电子商务标准化发展可以让产权信息披露和产权交易都按照统一的标准进行，避免了产权转让企业与产权交易机构之间的信息不对称带来的幕后操作行为。

在信息发布之前，产权转让企业需要将发布的信息内容报经相关的审核机构进行审批，审核通过后才能由产权交易机构对信息进行披露。由于网上产权交易相关的各个环节都有相应的标准规范，那么，审核机构就只能按照严格的审核标准对信息披露内容进行审核，而不会出现由于其与产权转让企业之间的利益关系而引起认识标准不统一的情况，进而影响产权交易机构对信息的判断。这样就消除了审核过程带来的产权转让企业与产权交易机构之间的信息不对称。另外，网上产权交易的标准化发展，让产权交易的各个过程都在计算机的严格控制之下，保证了产权交易的透明性，同时也能够保证产权交易机构无法与不正当利益获取者合谋操纵交易过程。这样就消除了产权交易过程中产权交易机构与产权转让企业之间的信息不对称。

（3）产权电子商务标准化发展，可以避免产权转让企业与产权受让方之间的信息不对称，而引起的产权受让方利益受损。产权转让企业委托评估机构对产权进行评估，然后把评估信息通过产权交易平台转递给产权受让方。产权受让方通过自己在市场中搜寻的产权信息，主要来自于评估机构对转让产权所做的评估说明书。这样，评估机构对产权的评估结果直接影响了产权受让方对产权交易的价值判断。在未使用标准化的网上产权交易方式之前，产权转让企业完全可以利用与评估机构之间的关系，让其按照对自己有利的方面进行评估，即通过合谋，向产权受让方提供不真实的信息，误导交易。产权受让方遭受到的利益损害是由双方的信息不对称引起的。产权电子商务标准化发展，让交易相关的各个环节都在统一的标准规范下进行，避免了评估中的幕后勾结赚取利益的行为。

（4）产权电子商务标准化发展，可以避免代理人与产权转让企业之间的信息不对称，而让产权转让企业利益受损。

现阶段的产权交易机构一般都实施交易代理制度，即信息资料的提供、产权交易都由代理人来完成。代理人可能缺乏产权责任，违背产权交易规则。比如，代理人可能与产权投资者之间达成某种私下交易，进行暗箱操作，压低产权交易的价格，这种信息不对称，让产权转让企业得不到真实的产权转让信息，蒙受转让价格偏低带来的资产损失。产权电子商务让产权价格产生于标准化的网络竞价环节，比较公平、公开和公正，这就避免了产权价格形成过程中的幕后操纵行为，从而保护了产权转让企业的利益。

（5）产权电子商务标准化发展，可以利用标准化的规范管理来解决信息不对称问题。在标准化的网络产权交易环境之下，政府完全可以通过建立监测系统，对产权交易进行规范化的严格的监管，避免幕后操作让交易双方处于信息不对称情况下的非公平交易。政府通过发挥自己的职能，制定一系列与产权电子商务发展配套的法律法规，规范交易，进而培育市场体系、监督市场运行、维护公平交易；然后通过构建产权交易监督系统对产权交易进行严格的监控，把信息不对称程度降到最低，让交易双方的信息地位达到平衡，保证交易双方的成本、风险和收益的均衡。

综上所述，只有建立畅通的信息渠道，发展标准化的产权电子商务，让产权交易各环节透明化，才能从根本上消除由于信息不对称给产权交易双方带来的经济损失，才能实现资源的有效配置。

6.3.3 作好产权电子商务标准化发展的宣传舆论工作

产权电子商务标准化发展需要作好宣传舆论工作，让产权交易机构、中介机构以及产权交易主体具有产权电子商务标准化发展意识，从而做到自觉地遵守产权电子商务标准化体系规范，促进产权电子商务标准化快速发展。要作好产权电子商务标准化发展的宣传舆论工作,可以从以下几个方面着手。

1. 实现领导的重视

充分利用各种媒体,通过各种渠道和形式,向全社会广泛深入的宣传产权电子商务标准化发展的目的、任务和意义,形成领导重视,机构配合。领导重视是实现产权电子商务标准化快速发展的基础。首先,产权电子商务标准化的发展得到各级领导的重视,才能做到统筹规划,周密部署,确保标准化工作顺利开展和有效实施。产权电子商务标准化的实施是一项系统工程,涉及的部门多、机构多,各方面的利益都需要调节好才能做到顺利开展,而且产权业务也在不断的发展,一些业务之间性质特点差别很大,没有融通点,需要大量的人力和物力来研究其标准化发展,因此需要统筹规划、精心组织、周密部署。如果产权交易相关机构领导不重视、不亲自抓,只是产权业界的研究人员在折腾,由于他们的职权范围有限,决定了他们不可能考虑、确定和部署产权电子商务标准化发展的全面规划,而只能在局部范围内考虑和安排,其结果必然会导致因无法统筹规划,产权电子商务标准化设想不能完全适应或满足产权业发展的需要,因而可能会半途而废,不但没有达到提高效益的目的,反而会浪费财力、物力和人力等资源。从这些方面来看,产权电子商务能否顺利实现标准化发展,需要得到领导的重视。如果国资委、发改委、财政部等国家重要部门的领导看到了产权电子商务标准化发展的意义,对其重视起来,那么,他们通过制定一些方针政策和财政补贴鼓励其发展,做好全国产权市场的统筹规划,然后在产权交易相关机构领导努力积极的带领下执行具体的规划部署,产权电子商务标准化工作必然会顺利实现。

其次,只有领导重视,才能保证所需资金,确保产权电子商务标准化顺利实施。产权电子商务标准化发展除了要统筹规划、周密部署外,还要有足够的资金做保证。要开展产权电子商务标准化工作,需要人员来作调研、需要技术人员来开发产权电子商务交易平台、需要购买计算机等硬件设备、需要资金来培训员工等,如果没有足够的资金做保障,那么这些就很难实施好。如果领导重视这项工作,认识到了产权电子商务标准化的优越性和紧迫性,就会集中使用资金,划出专款用于标准化工作,同时也会引导机构拓宽筹集资金的渠道来筹集资金,从而保证产权电子商务标准化的顺利实施。

再次,只有领导重视,才能有效协调单位内各个方面,共同实施好产权电子商务标准化工作。产权电子商务标准化发展,要涉及单位内的各个方面,可能要调整组织结构,抽调其他部门的人员参与产权电子商务标准化的研发工作,可能要调整岗位分工或人员安排,可能要改变原有部门的需要等,这些工作都必须得到单位内各部门的大力协助与支持。如果没有单位领导的重视,其他人员的职权范围决定了难以解决单位内部的机构调整、人员调用和安排等问题。只有领导亲自出面、亲自抓,各部门自然支持,产权电子商务标准化工作就能协同一致的顺利开展。

2. 工作的落实

产权电子商务标准化发展,仅仅只建立产权电子商务标准化体系和其他的规范制度还不够,最重要的是要按照这些规范要求实施好,把工作落实好,让产权业真正处于规范标准的产权电子商务环境中实现更快更好的发展。只有人们看到了和亲身体验了标准化给产权交易带来的便利性,人们才会更加自觉主动的支持产权电子商务标准化的发展。从这方面来讲,工作落实好是最好的宣传方式。

第一,明确职责、精心组织。各地区的政府要按照国家总体的产权市场发展规划,对那些不合格的产权交易机构进行改组或取消,整合好该地区的产权交易机构,并根据当地经济发展状况开展产权交易业务,明确产权交易机构的职责。争取做到机构不重复建设,资源能够合理利用。

第二,发展好的产权交易机构带动发展差的产权交易机构的信息系统建设。由于受地域、国家政策等因素的影响,我国的产权市场发展不平衡,一些产权交易机构发展迅速、资金雄厚,而另一些产权交易机构则发展较差。在统一产权交易系统的过程中,为了加快标准化进程,做到整体优化发展,知名产权交易机构可以帮助其他产权交易机构进行系统建设,上海联合产权交易所免费为联合市场中的其他产权交易机构安装系统就是一个很好的例子。

第三,加强监管,保证产权交易机构按照规则进行产权交易相关工作。产权电子商务标准化发展离不开监管。监管机构对产权交易相关机构的工作行为做好监督管理,可以让他们严格按照标准化规范开展产权交易活动,避免暗箱操作,牵手进入产权交易市场等腐败行为的发生。最后,让产权交易在标准化体系的规范下透明化,实现公平交易。

6.3.4　做好产权电子商务标准的推广应用工作

产权电子商务标准的推广离不开客户端的使用,怎么做好其推广应用工作呢?可以从以下两个方面入手。

1. 提升客户端的友好性

首先是交易界面的友好。一个用户友好的界面可以给使用者良好的第一印象,这种好的印象的效果甚至可以在一段时间里掩盖软件内部的缺陷,所以网上产权交易的推广,具有友好的交易界面是必须的。其次是结构的友好。随着重用需求和重用技术的发展,用户友好性不仅仅表现在界面上的问题,结构友好也是非常重要的,即要考虑好设计思想方法。与用户有接口的软件特性应该良好,在交互软件的人机界面上体现用户在软件特性中的位置。软件可以根据用户的需求表现出良好的重用性、可维护性。再次,客户端的可操作性要强。操作性的界面应该直观、透明、具有一致性。即使是初学者也只需理解最少的概念,就能够利用该软件进行网上产权交易。另外,交易系统需要具有较强的操作性,可以处理和响应正确与不正确的输入,出错时能给出有意义的信息,解释错误的地方和如何纠错,在设计时做出避免出错的预防性涉及。

客户端的友好与否在很大程度上决定了投资者是否愿意接受网上产权交易这种新的产权交易方式,进而决定了产权电子商务标准化发展的进程,因此,提高客户端的友好性是产权电子商务标准化顺利开展的一个重要环节。

2. 客户端应用辅导工作

做好产权电子商务标准化推广工作,对用户如何使用产权交易系统进行辅导是非常有必要的。不论客户端设计的多么友好,人们在接收到完全熟悉并掌握应用一个新的事物都需要前期的心理接受,以及后来的适应。当人们觉得掌握它需要花费相关的成本或潜意识的反抗改变原有的习惯时,一些投资者可能就不愿意转变传统的交易方式,那么,网上产权交易的应用推广就会出现困难。因此,对于产权电子商务标准化的推广,对用户进行无偿的培训和辅导可以让人们更快更透彻的了解它,从而消除心理上的抵触,进而也会迅速掌握使用交易客户端的技术,让人们逐渐的转变传统思维,转向新的网上产权交易上来。而用户对客户端的操作使用,又会给他们提供反馈的机会,这为客户端的升级提供了便利。

从这些方面来看,客户端的应用辅导工作缩短了用户适应的过程,加快了客户端改进的速度,两方面的相互促进最终会让客户端更加的友好,进而也会吸引更多的投资者参与到产权电子商务标准化发展中来。

本章主要参考文献

[1] 国务院国有资产监督管理委员会.《企业国有产权交易操作规则》(国资发产权[2009]120号),http://www.hncq.cn/new/News/Show.asp?id=1690.2009-7-13

[2] 杨书琴. FIX标准及引擎出访报告. 2000,12

[3] 张激光. 陕西辖区证券经营机构网上交易现状问题与监管对策研究. 陕西证监局

[4] 上海交通大学信息安全工程学院和华泰证券股份有限公司联合课题组. 固定收益平台网上交易业务的互联网安全保障技术研究. 上海证券交易所联合研究计划项目研究报告,2008.3

[5] 陆洲. 中国产权市场创新"百花齐放". http://stock.hexun.com/2009-07-06/119339940.html,2009-07-06

[6] 李光德. 关于产权理论框架下政府社会性管制的统一性分析. http://www.studa.net/jingji/090817/11255860.html,2009-08-17

[7] 百度百科. 信息不对称. http://baike.baidu.com/view/41335.htm,2010-12-26

[8] 陈贵民. 疑转让方已事先抽走资金股权 受让方诉转让无效. http://www.chinacourt.org/public/detail.php?id=290442,2008-03-06

第7章

产权电子商务标准化解决方案
——PrebXML

■ 7.1 产权电子商务标准体系建设思路

产生于20世纪80年代中期的中国产权市场，在其20多年的发展历程中，人们逐渐看到了条块分割、各自为政、多头管理、制度混乱、标准不一等问题，给我国产权市场的发展尤其是产权电子商务的发展造成了很大的障碍，因此希望通过统一交易规则和交易平台，建立区域性的联合市场，最终建立全国统一的产权市场，进而更好的利用现代互联网技术来发展产权电子商务。

近几年，我国产权市场统一化进程速度很快，目前，全国已经形成了长江流域产权交易共同市场、北方产权交易共同市场、黄河流域产权交易共同市场和西部产权交易共同市场等四大区域性的产权交易市场，基本上实现了区域内的信息共享和交易规则统一。在具体的产权操作规程上，国家制定了较有影响力的《企业国有产权转让管理暂行办法》、《企业国有产权交易操作规则》等法律法规，并且规定上海联合产权交易所、北京产权产易所、天津产权产易中心、重庆联合产权交易所四家交易机构按照这些规则进行操作，这就在一定程度上统一了区域间的交易规则。在信息平台建设方面，区域内实力雄厚的产权交易机构投入研发资金构建产权交易系统，然后在其他产权交易机构之间进行推广，对会员机构网站的软件开发、接口、人员培训等方面进行规范和改进，进而实现交易系统的统一。

虽然产权业界人士对产权统一化做了很大的努力，但是目前我国还缺少一部完整的产权电子商务标准化发展规范，这是我国产权电子商务标准化发展亟待解决的大问题。对产权电子商务标准化建设有直接参考意义的要数 XBRL 国际联合会制定并管理的 XBRL 标准和 UN/CEFACT 联合众多国际大型企业共同开发的 ebXML 标准[1]，中国证监会根据国际 XBRL 标准主持起草并发布了我国的 XBRL 标准《上市公司信息披露电子化规范》[2]，作为《上市公司信息披露电子化规范》标准的研制者和编制人之一，笔者深度参与了 XBRL 应用标准的研制工作。笔者认为，要实现产权市场与证券市场或产权电子商务系统与证券电子商务系统的上下对接，产权电子商务标准体系的建立离不开证券市场的 XBRL 标准体系，无论在业务类别还是在技术接口标准方面，二者都应当有一个很好的衔接。我们根据前面的分析总结并参照 ebXML 标准和 XBRL 标准，在国家标准化工作导则[3] 指引下，在刘碧松[1] 主编的《电子商务标准化指南》附录 B.1 "ebXML 电子商务标准化解决方案"的基础上推演出如下的产权电子商务准标化的粗略方案——PrebXML，以期能从业务规范到技术标准体系的建设给出一些设想，目的是促进我国产权电子商务标准体系的尽快建立，让产权市场能够以一种统一的方式开展产权电子商务活动，其终极目标是创造一个全国统一并与国际接轨的产权市场，任何地域、任何投资人在任何时间都能够借助互联网进行产权交易活动。

7.2　PrebXML 的适用对象

产权电子商务标准化解决方案 PrebXML 的适用对象为产权电子商务平台开发者、应用软件开发商、产权交易分析家及咨询机构等。基于 PrebXML 的产权交易平台系统及客户端的使用者包括产权交易机构、产权主体（产权所有人或产权卖方）、产权投资人（产权买方）、中介机构（投资银行、会计事务所、资产评估事务所、律师事务所等）、产权交易监管机构等所有产权电子商务的参与主体。

这里给出一个概念——产权交易当事人，既包括产权交易的买卖双方当事人，也包括参与该项产权交易活动的所有相关主体（以下所述的"产权交易当事人"即是基于此种概念）。

7.3　PrebXML 的功用及其应用的逻辑过程

7.3.1　PrebXML 的功用

首先，PrebXML 提供了一个确保数据通信之互操作性的"技术框架"，该技术框架包括具有良好接口的报文传输机制、封装规则、一个可预知的传输模型及其安全模型，以及可以在任意一个传输方发送和接收报文的业务服务接口。

其次，PrebXML 还提供了一个确保业务之互操作性的"语义框架"，该语义框架包括定义业务过程与信息模型的元模型、可重复使用的核心构件集（标准的业务语义和 XML 词汇库）、定义实际报文结构与行为过程、定义这些报文结构与业务过程模型所含活动之间的关系。

再次，PrebXML 还提供了一种"交流机制"，该交流机制可以使产权电子商务各参与主体能够无障碍地寻找到产权交易伙伴，并通过网络来达成协议，完成整个产权交易过程。该交流机制包括基于网络的业务注册查询系统（产权电子商务各参与主体均可以通过注册并查询到自己潜在的产权交易伙伴及彼此间的业务联系）、共享的产权交易主题知识库（囊括了产权交易主体的轮廓信息、业务过程模型、有关的报文结构等）、定义业务协同规程协议及其产生过程。

上述技术框架、语义框架、交流机制共同构成 PrebXML 的功用核心，PrebXML 的应用可使产权电子商务各参与主体在进行网上产权交易活动中产生如下效用：

第一，PrebXML 的应用，可使产权电子商务各参与主体的任何一方都能方便快捷地查询到其他参与各方及其所提供的标的产权和相关服务的全部信息；第二，可使产权电子商务各参与主体自主决定选取何种业务过程和相关的报文，用来获取潜在产权交易伙伴的产权标的和服务信息；第三，可使产权电子商务各参与主体自主决定联系细则与交换信息的通信方式；第四，可使产权电子商务当事人按照上述第二、第三选定的内容协商合同条款；第五，按照签定的合同以自动方式交换信息。

7.3.2　PrebXML 应用的逻辑过程

为便于理解 PrebXML 的功用，这里以图示的方式（图 7-1）来展示、诠释一下 PrebXML 应用的逻辑过程：

图 7-1 展示的是 X、Y 两个产权交易伙伴或当事人（当然也可以是多个产权交易伙伴或当事人）使用 PrebXML 进行电子化产权交易的框架性模型。

步骤一：当事人 X 首先通过互联网访问 PrebXML 注册查询系统，获取相关的业务规范、标准化业务文档、产权交易主体的轮廓信息等。

步骤二：在了解了 PrebXML 注册查询系统中的内容之后，当事人 X 就可以部署配置本地的 PrebXML 应用系统（可以购买现成的或向软件开发商定制兼容性应用系统与组件，也可以根据自己的实际需要自主开发）。

步骤三：当事人 X 向 PrebXML 注册查询系统提交自己详细的业务轮廓信息（须清楚地描述自己实施 PrebXML 的能力与约束条件及其所支持的标准化业务

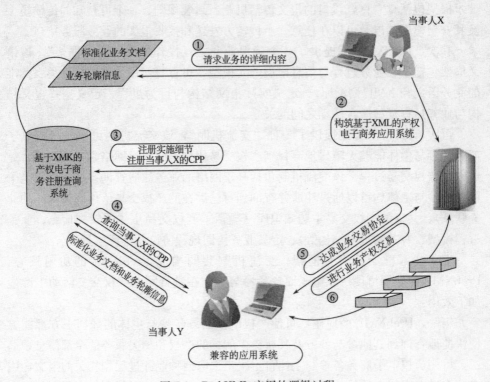

图 7-1　PrebXML 应用的逻辑过程

文档——当事人 X 所能处理的以 XML 格式表示的业务过程与相关的信息集），系统验证当事人 X 注册的标准业务文档及其用法正确后，系统将向当事人 X 反馈一个注册成功的确认信息。

步骤四：当事人 Y 在注册查询系统中检索查询到当事人 X 所支持的标准化业务文档，并下载当事人 X 的标准化业务文档及其业务轮廓信息。

步骤五：当事人 Y 配置搭建 PrebXML 应用系统，并通过该应用系统向当事人 X 发出愿意使用 PrebXML 进行产权交易的业务请求，同时向当事人 X 递交一份交易协议的建议书——详细阐述交易当事人双方可认定的标准化业务文档、相关具体协议、消息服务需求、突发事件处理机制与安全策略等。

步骤六：当事人 Y 与当事人 X 达成一致意见后，便可使用 PrebXML 正式签署具体的交易协议，进行产权交易。

执行上述 PrebXML 应用的逻辑过程，离不开相应的业务规范，正是因为有了这些业务规范，市场参与各方才能够方便地查询到产权交易伙伴的标准化业务文档及其轮廓信息。产权交易主体的轮廓信息是产权交易双方或多方当事人都需要了解和掌握的产权交易的市场情报，既包括受让方需要了解的基本信息，也包括转让方需要了解的基本信息。受让方需要了解的基本信息包括：转让标的的基本情况（包括转让标的的名称、资产评估备案情况等），交易条件，受让方资格条件，转让标的的价款支付方式和期限要求，对转让标的的企业职工有无继续聘用要求，产权转让涉及的债权债务处置要求，转让方的基本情况（如转让标的企业名称、最近一个年度的财务报表、审计报告、职工人数、主营业务、企业性质、成立时间、所属行业等）以及其他一些与产权交易相关的重要信息；转让方需要了解的基本信息包括受让方的基本情况（如受让方企业的名称、最近一个年度的财务报表、资产规模、管理能力、职工人数、主营业务、企业性质、成立时间、所属行业等）以及其他一些与产权交易相关的重要信息。

以上这些信息获知详尽与否是产权能否成功交易的前提，根据产权成功交易实践积累的经验，以及对各产权交易机构交易规则的分析和总结，在产权电子商务标准体系 PrebXML 中，规定了企业进行产权交易必须要披露的内容，以及产权意向受让方必须向产权转让方提供的信息，通过对信息披露内容进行基本统一的规定，一方面来满足交易双方对交易信息的需求，另一方面也从整体上统一了各产权市场产权交易披露信息。

产权交易机构是信息披露的最终实现者，为了让产权相关信息能够在各产权交易市场同时披露，除了上述谈到的对信息披露的内容进行统一规定外，产权电子商务标准体系 PrebXML 还从业务规范与标准化业务文档方面作了如下规定：

（1）对信息披露过程中涉及的资料的格式做了规范性要求。这包括各产权市场项目编号的规则、项目的分类规则、规定披露内容的一致性规定（如公司名称的一致性、交易产权相关信息的一致性规定等）。标准规范体系要求各产权交易机构对需要相互之间传输数据的数据库在设计时保持数据字段的一致性。

（2）规定了交易系统业务服务接口。规定了交易系统业务服务接口来确保各机构之间可以通过该接口进行发送和接收数据信息。这一规定涉及产权交易相关的系列机构，包括监管机构、资产评估机构、会计师事务所、投资银行、产权交易机构等。接口的规定和相关数据库的统一规定，为各机构提供了基于网络的知识共享库，在这个知识共享库中，机构之间可以互通业务，互相合作，让产权在全国各地都能够实现交易。

（3）资产评估机构对产权价值的评估结果将对产权最终的交易价格产生很大的影响。资产评估机构必须依照国家有关规定进行合理合法的资产评估，不得与企业相互勾结谋取自身的利益。评估报告需要经过后期的核准，审核通过后才能作为产权转让价格的参考依据。

（4）标准体系提供监管机构的行为规范。标准体系提供监管机构的行为规范以使各产权交易相关机构能够按照规范实施自己的权力和行为。此方面的规范包括：监管机构的设立条件、各监管机构的权力范围、监管对象、惩罚措施等。

（5）标准体系提供产权交易机构的行为规范。产权交易大部分都在市场内进行，这主要由产权交易机构来撮合，因此，各产权交易机构的行为必须规范一致，保证产权交易的公平、公开、透明。此方面的规范包括：产权交易机构设立的条件、收费标准、交易流程的电子化规定、交易流程的统一化规定、信息披露的一致性规定等。

产权交易过程中涉及的各机构之间的关系描述，如图 7-2 所示。

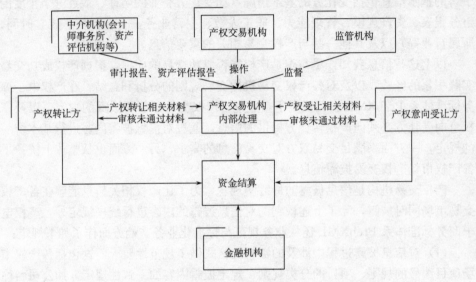

图 7-2　产权交易相关机构关系图

图 7-2 描述了产权交易过程中涉及的相关机构之间的关系，标准体系提供对各机构行为和权力范围详尽的规范。它们之间的关系主要表现在：产权转让方在进行产权转让前，需要中介机构（如会计师事务所、资产评估机构等）对资产进行审计、评估；产权交易机构对产权转让企业提交的材料进行审核，审核通过的再按照规定进行信息披露、路演、网上竞价等活动，其他产权交易机构可以依靠系统接口接收和传送数据，进而协助这些活动的顺利进行；产权意向受让方对感兴趣的产权向产权交易机构提交受让相关的材料，审核通过的参加产权竞价活动；监管机构监管产权交易整个流程；产权交易决定了受让人之后进行资金的结算，通过金融系统来实现。

7.4　PrebXML 的组成要件

7.4.1　业务过程与信息分析模型

产权电子商务业务分析人员使用分析方法和元模型来说明业务过程。分析方法要规定业务分析人员在定义业务过程时需要进行的全部过程和子过程。元模型要定义分析过程中需要发现的和文档化的信息。方法学通常包括一些模式，可以加快模型的设计，并有助于对相似概念进行统一表示。产权电子商务相关主体所涉及不同组织之间业务惯例是不一样的，这些惯例可以被分解为业务过程、业务协同、业务交易以及相关的业务信息。利用建模方法进行分析，可以标识出一些可以重用和标准化的业务过程和信息模型。

对于成熟的产权交易业务（如国有产权交易、投融资服务等），由于其交易流程在全国各产权交易市场已经比较稳定，因此，可以寻找标准化的组件，通过重用这些被一致理解的模型和子模型，来达到各交易机构互操作性的目的。基于业务的工作流各阶段的结果可以用图 7-3 表示。

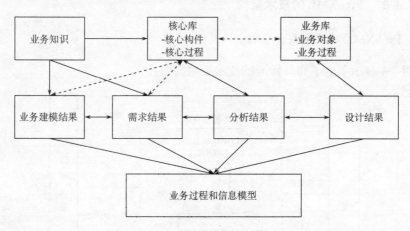

图 7-3　业务流和各阶段结果

注：本章的以下图例系根据刘碧松主编的《电子商务标准化指南》附录 B.1 "ebXML 电子商务标准化解决方案"之图例改编或直接引用。

对于创新型产权交易业务（如矿权、林业权、不良金融资产交易、信贷资产交易等），由于目前的这些业务交易主要由资金较雄厚、知名度较高的产权交易机构在进行探索，交易流程还未成型，全国产权机构普及率不高，基于这些业务的工作流程，操作的最基本的条件是不违反我国现有的相关法律法规之规定和技术标准体系对其进行必要的指导性的补充说明。

为了实现对产权电子商务业务的每个过程模型进行多角度的观察分析，特推荐如下几种信息分析的视图组织方式：

第一，业务操作视图元模型（BOV）：把产权电子商务的业务过程分解为业务域和业务范畴。

第二，业务需求视图元模型（BRV）：展示产权电子商务的用例图、输入输出、约束条件、系统边界及它们之间的关系。

第三，业务交易视图元模型（BTV）：展示产权电子商务业务信息实体的语义信息和业务活动发生时各角色之间交换的信息流。

第四，业务服务视图元模型（BSV）：定义在执行和确认一个业务过程时必要的网络组件服务及其业务文档信息的交换。

第五，功能服务视图元模型（FSV）：展示如何从 PrebXML 注册查询系统中得到一个分布式的关于 PrebXML 应用的知识库集，表述用于发现和传输业务信息的技术框架。

上述多视角的模型构造方法能够有针对性地提供不同力度的业务规范，适用于与业务人员、业务应用集成商和网络应用提供商进行交流。

7.4.2 PrebXML 的技术架构

1. PrebXML 的技术架构分析

图 7-4 显示了电子商务标准的技术架构模型：

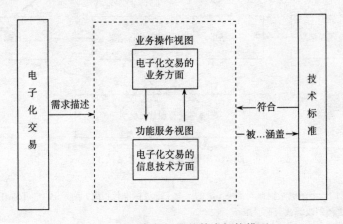

图 7-4   电子商务标准的技术架构模型

技术标准是对产权电子商务系统及相关的辅助技术构建统一的规范，让其在统一的标准下利用电子商务平台顺利实现产权交易，实现相关机构业务数据交换。这些标准包括有 PKI 技术标准、用户视图标准、业务分类标准和数据交换标准等标准体系。首先是 PKI 技术标准。网上交易存在一些问题和风险，参加网上交易活动的各方都不能离开一个完善的 PKI 体系，技术标准体系确定 CA 的资格建立者、审批者和管理者，CA 市场准入机制及管理机制，CA 颁发数字证书、识别交易方、认证的方法、过程和效力，CA 赔偿机制，使用数字证书的限定条件，加密技术管理规范等。其次是用户视图标准。用户视图是最终用户对信息需求和数据实体的看法，主要有单证、报表、账册和屏幕界面等，用户视图的规范化管理，包括用户视图名称、标识和组成的管理，它是机构之间以及机构与投资者之间信息共享和交换设计的基础。不一致的单证、报表会导致低水平的数据环境，标准化体系的技术标准化条款对用户视图进行了统一性的规定，按照标准化的统一的格式"建库"，保证数据的一致性和共享性，构造高档的数据环境，让产权交易数据信息在不同系统之间可以进行数据交换。再次是业务分类标准。产权电子商务的业务分类标准是产权电子商务标准的基础性标准，是实现大一统产权电子商务市场的根本，为了实现我国多层次资本市场的无缝对接，产权电子商务中关于债权、股权类产权的业务分类标准应当充分考虑并尽量服从于中国证监会颁布的金融行业标准《上市公司信息披露电子化规范（JR/T0021—2004）》、国标《可扩展商业报告语言（XBRL）技术规范（GB/T 25500—2010）》[4]和国家财政部 2010 年 10 月 19 日颁布的《企业会计准则通用分类标准》（包括《企业会计准则通用分类标准指南》和《企业会计准则通用分类标准元素清单》两个附件，本分类标准的命名空间为 http://xbrl. mof. gov. cn）[5]。最后是数据交换标准。数据交换协议的标准化建设可以参考金融信息交换协议（financial information exchange, FIX），该协议是由国际 FIX 协会组织提供的一个开放式协议，是适用于实时证券、金融电子交易开发的数据通信标准，目的是推动国际贸易电子化的进程，在证券交易的各类参与者之间，包括投资经理、经纪人、买方、卖方建立起了实时的电子化通信协议。FIX 协议的目标是把各类证券金融业务需求流程格式化，使之成为一个个可用计算机语言描述的功能流程，并在每个业务功能接口上统一交换格式，进而方便各个功能模块的连接。另外，ebXML 系列标准、SWIFT 协议、ISO20022 等也是金融领域用的比较普遍的一种协议，也可以作为产权电子商务的数据交换协议参考之一。

　　技术标准体系在数据交换方面，规定了数据交换涉及的数据域和消息的定义规则，数据交换的消息体和代码型字段的取值，并且对数据域、数据域模块、消息类型等都进行了详细的解释，对字符集、词法格式、消息结构和消息的设计规则进行了定义，对数据域字典的组成部分、数据域的状态规定进行了详细的说明。这些规定方便了消息连接的建立、会话和撤销等过程，进而实现数据在彼此之间的交换。

　　技术标准体系允许产权交易各参与方在遵守接口标准框架的前提下，对交换的内容和格式进行灵活配置以满足其自身的技术和业务需求，同时规定了数据字典和消息目录的维护机制，允许参与方按指定的程序修改数据交换协议，表现出了开放性原则。

　　技术标准体系只规定数据交换的形式和内容，不对各机构的内部业务处理流程进行限制。在数据字典的内容设计上，允许能够兼容各机构业务处理特定的业务运作模式。表现出了兼容性原则。

　　基于以上思想，在此给出如图 7-5 所示的 PrebXML 的技术架构模型，该技术架构模型由基于 ISO 开放式 edi 参考模型(《信息技术开放式 edi 参考模型》GB/T17628—1999)的两个基本视图构成。

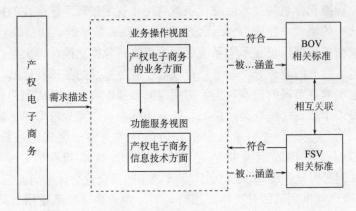

图 7-5　PrebXML 的基于开放式 edi 的技术架构模型

BOV 是以一种独立于任何交换语言与编程语言的格式来描述业务过程的,通过 BOV 我们可以清晰地看出产权交易当事人将如何从 PrebXML 注册查询系统中获取业务知识。PrebXML 注册查询系统中包括了用业务述语表达的数据和过程定义,以及它们之间的关联与交叉引用,而且这些都可以通过分类表来获取。PrebXML 注册查询系统在用产权电子商务业务、产权电子商务行业语言表达业务知识方面,与以更通用的行业语言并用模型方式表达的业务知识之间建立了一种桥梁。首先要定义产权电子商务业务需求结果,用图例来描述问题,如果 PrebXML 注册查询系统中有了所需内容,就直接引用,如果没有,须要创建新内容。其次通过业务分析,创建用于描述产权电子商务的业务过程活动图和顺序图,使人们能够使用类图来获取相关信息即业务文档,业务分析的核心就是科学地反映 PrebXML 注册查询库中的业务知识。再次是通过面向对象的原则来创建产权电子商务当事人及其业务过程的协作图和状态图,这是 BOV 标准化的最后一步,也是比较关键的一步。BOV 标准建立之后,通过产权所有类模型中的业务对象,就可以完成 PrebXML 的互操作性,通过分析现有的、众多行业使用的、与注册查询库内容及 PrebXML 所用建模方法相关联的业务对象,即可创建产权电子商务业务对象库的内容。

FSV 的核心功能就是从 PrebXML 注册查询系统中得到一个分布式的知识库集,其中包括来自 BOV 的业务过程、信息模型、PrebXML 元模型、PrebXML 规范、协同规程轮廓、协同规程协议等。

协同规程轮廓包括了产权交易当事人 IT 能力的轮廓,如传输协议、安全解决方案及其所支持的 PrebXML 业务文档等。协同规程协议是在有关他们产权交易当事人各自协同轮廓之上的公共轮廓协议。一旦达成协同规程协议,业务报文或有效负载即可在产权交易当事人之间传输,通信的物理层由 PrebXML 消息服务来定义,消息服务描述了所支持的协议、MIME 封装和传输头消息。

通过上面分析 BOV 和 FSV 两个视图,从业务外层到技术内层来看,PrebXML 的技术架构主要包括如下五个层次的内容:第一,产权交易当事人信息(包括协同规程轮廓 CPP 和协同规程协议 CPA);第二,业务过程和信息模型;第三,核心构件与核心库;第四,注册查询系统;第五,传输、路由和封装(消息服务)。

2. PrebXML 的技术架构详解

1)产权交易当事人信息 CPP 和 CPA

产权电子商务的顺利开展,需要在潜在的产权交易当事人之间建立一种机制,这种机制可以满足这些产权交易当事人发布和相互传递他们所支持的业务过程以及交换业务信息所需的具体技术实现方面的细节内容,此机制我们称之为协同规程轮廓(collaboration protocol profile CPP)。CPP 是一个表达某个产权交易当事人所支持的业务过程和业务服务接口的需求文档,该文档能够被所有使用 PrebXML 的产权交易当事人所理解。两个或多个产权交易当事人的 CPP 的交集构成一个特殊的业务协议,即协同规程协议(Collaboration Protocol Agreement CPA)。CPA 可以看做两个或多个希望使用 PrebXML 技术开展产权电子商务活动的产权交易当事人事先签订的技术合同。

(1) CPP 的功能。CPP 描述了一个产权交易当事人所支持的特定能力以及为了同其他产权交易当事人交换业务文档必须满足的服务接口需求,CPP 包含的基本信息有产权交易当事人的联系信息、行业分类、产权类别、所支持的业务过程、接口需求、消息服务需求、信息安全及其他方面的细节要求等。每一个希望使用 PrebXML 开展产权电子商务的产权交易当事人都应该向一个 PrebXML 注册查询系统注册自己的 CPP。如此就创造了一种发现机制,产权交易当事人通过 PrebXML 注册查询系统,不但可以方便地查询或寻找到合适的产权交易对象或满意的交易标的,而且还可以查询到自己潜在的产权交易对象所支持的业务过程。

(2) CPA 的功能。CPA 是两个或多个 CPP 的交集,是使用 PebXML 进行产权电子商务交易活动的产权交易当事人双方所接受的文档,一个 CPA 描述了消息服务及两个或多个产权交易当事人商定的业务过程需求。PebXML 提供了一个如图 7-6 所示的逐级嵌套的三层视图来形象地描述 CPA,从外到内三级层,分别为一个产权交易当事人可能的业务能力、能够的业务能力、约定的业务能力,里面一层是外面一层的子集,三层视图中的最内层就是两个或多个产权交易当事人达成的 CPA。

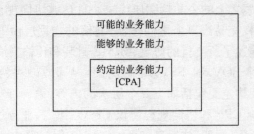

图 7-6　CPA 的形象视图

一个 CPA 包含消息服务接口需求和双方商定的业务过程的实施细节,产权交易双方或多方当事人可以向 PrebXML 注册查询系统注册他们的 CPA。业务协同是 PrebXML 产权交易当事人之间开展产权电子商务交易的前提,这种对具体的业务协同的支持声明 CPA 以一种特定的定义方式公布或刊登在 PrebXML 注册查询系统目录中。使用 PebXML 开展产权电子商务交易的产权交易当事人,需要向一个 PebXML 注册查询系统注册自己的 CPP,以此来提供一种发现机制,这样所有的产权交易当事人就可以寻找到其他产权交易主体所支持的业务过程,也就可以寻找自己的产权交易目标对象了。

(3) CPP 接口和 CPA 接口。①CPP 与业务过程的接口。一个 CPP 应当能够引用其他产权交易当事人所支持的一个或多个业务过程,CPP 应该也能引用业务过程中用户可以担任的角色,如一个产权交易业务过程中的转让方和受让方角色。CPP 可以存储在 PrebXML 注册查询系统中并可检索,CPP 还应描述那些用于构造 PrebXML 消息头的内容。②CPA 接口。CPA 管理着产权交易当事人使用的业务服务接口,产权交易当事人通过 CPA 中商定的一组参数对业务服务接口进行约束。③CPA 应有到 CPP 的接口,因为 CPA 是通过双边协议将产权交易对象能够做的 CPP 限定在要做的 CPA 的过程。所以,CPA 必须引用一个具体的业务过程和执行该业务过程的交互需求,CPA 可以存储在注册查询系统中并具有可检索性。

(4)推荐性实施细节。CPA 是潜在的产权交易当事人在发现和获取他们 CPP 之间的交集之后达成的协议,是两个或多个产权交易当事人,一致同意用于交换业务信息的消息服务和业务过程的简单描述。由于产权业务随着社会和经济的发展不断的出现新的产权需求,面对这种情况,在实施协议过程中,需要能够对 CPA 中的参数进行更改,假如对一个双方同意并已经执行的 CPA 中的参数进行更改的话,则应生成一个新的 CPA。因此,在实际工作当中,可能要描述一些 CPA 以用于突发的、非正式或默许的环境中。就是说,对于一些突发性的、非正式的情况,可以预先描述一些 CPA 来应对这种情况。

PrebXML 技术体系的最终目标是实现 CPA 的自动生成，因此必须要为 CPA 的协商过程规定一种规范化的方法。

2)业务过程和信息模型

产权电子商务的标准化发展离不开产权电子商务各参与主体之间的交互，实现业务的交互，业务过程是很重要的，一个业务过程详细描述了产权电子商务各参与主体或产权交易当事人如何扮演角色、他们之间的关系以及各自的责任，以便开展交互工作。在 PrebXML 标准化体系中，这种描述离不开 UMM 元模型，它提供了一种机制，允许所有产权交易当事人使用一致的建模方法，对特定的标准化业务文档进行描述。角色之间的交互可以看做按照设计好的程序进行一系列业务交易，每一个业务交易通过交换标准化业务文档来实现，而标准化业务文档则是由可重用的业务信息对象组成。业务过程是由可重用的核心过程组成，业务信息对象由可重用的核心构件组成，UMM 元模型支持一系列业务过程视图，并为这些视图分别提供了一套语义集合，并形成了一套推动业务过程和信息整合与互操作的推荐性规范。

在开发 PrebXML 兼容软件时，UMM 元模型中目前唯一必须执行的部分是用业务过程规范模式表示的语义子集。随着 UMM 的进一步发展，其他部分可能会变成强制执行。

UMM 元模型和 PrebXML 业务过程规范模式之间的关系如图 7-7 所示。

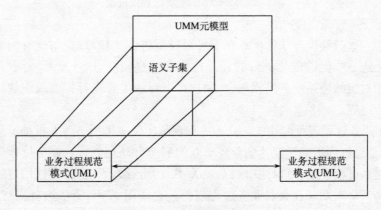

图 7-7　UMM 元模型-语义子集

按照图 7-7 所示，模型和规范的实例是这样生成的：业务过程和信息模型按照 UMM 元模型定义；业务过程规范按照业务过程规范模式定义。

PrebXML 业务过程规范模式支持业务交易规范和如何将业务交易编排成业务协同。每一个业务交易都可以通过使用众多可用的标准模式之一来实现。这些模式决定了产权交易伙伴之间实际交换的业务文档和信号。UMM 提供了一套标准的模式,业务过程规范模式提供了一套建模元素来支持这些模式。一个业务过程的 XML 规范被称为一个业务过程规范。

业务过程规范的内容也是形成 CPP 和 CPA 的主要内容,图 7-8 显示了他们之间的关系。

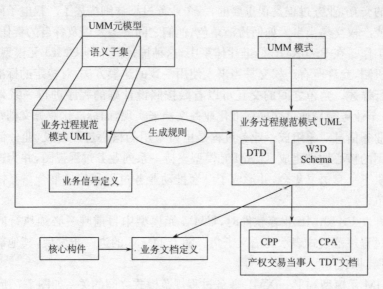

图 7-8　PrebXML 业务过程规范模式

采用一致的建模方法的优点在于可对模型进行比较,以免与现有的业务过程重复。为进一步促进创建一致的业务过程和信息模型,PrebXML 要定义一组与核心库相对应的通用业务过程集合,用户可以对该集合进行扩展或使他们自己定义的业务过程。

(1)业务过程规范的功能。业务过程规范实例应采用一种人机都能读懂的形式,有必要通过逐步的过度达到业务交互的完全自动化处理。业务过程规范应该是可存储和可检索的,可以注册到 PrebXML 注册查询系统中,方便用户或潜在的产权交易当事人发现和获取业务过程规范。它采用 XML 语法进行描述,以便被应用程序所理解。

业务过程规范包括的信息:业务文档实例的交换编排设计;对业务文档的引用(可能是 DTD 也可能是 Schema);业务过程中每一个参与者的角色定义;提供使用核心构件的语境约束;提供建立 CPA 的框架;说明业务过程的所有者以及相关的联系信息。

(2)接口,主要包括以下内容:

第一,与 CPP 和 CPA 的关系:产权交易当事人的 CPP 实例中定义了它的功能性和技术能力,以支持一个或多个业务过程规范中的零个、一个或多个角色。产权交易当事人之间的协议定义了他们之间开展业务交易的实际条件,业务过程和信息模型与 CPA 之间的接口是业务过程规范。根据业务过程规范生成的业务过程规范应写成一个 XML 文档,表示 UMM 元模型的业务交易和协同层,这种以 XML 格式表达一系列商业交易的方式被业务过程规范和产权交易当事人的 CPP 和 CPA 文档共同采用。

第二,与核心构件的关系:一个业务过程规范应该描述产权交易当事人之间所交换的业务信息的约束,业务信息由 PrebXML 核心库中的核心构件构成,一个业务过程规范应引用适当的基于 DTD 或 Schema 的业务文档,业务过程规范同核心构件和核心库之间的接口机制应通过为每一个构件赋予一个唯一标识符来实现。

第三,与消息服务的关系:一个业务过程规范应该能够通过消息服务从一个注册查询系统传递到另一个注册查询系统,它也应该能够通过消息服务从一个注册查询系统传递到用户端的应用程序。

第四,与注册查询系统的关系:在 PrebXML 注册查询系统中,业务过程规范应该可以通过注册查询系统的查询机制检索得到,每一个业务过程规范应该拥有一个唯一标识符。

(3) 推荐性实施细节。准确地构造业务信息对象或业务文档应由业务过程派生出的一系列语境来指导,具体的关系如图 7-9 所示。

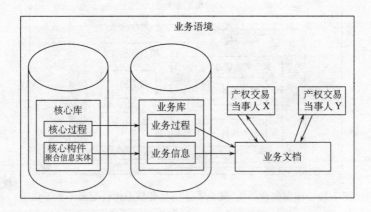

图 7-9　PrebXML 业务过程与信息模型视图

3) 核心构件与核心库

核心构件用于捕捉真实的产权电子商务世界中业务概念的信息,以及该概念同业务信息对象、语境描述之间的关系信息,其中语境描述表述了核心构件或聚合信息实体如何在一个特定的 PrebXML 业务文档中使用。核心构件可以是一个业务信息,也可以是几个业务信息对象组合在一起形成的聚合信息实体。PrebXML 给出了一个核心构件的基本集合,用户可以使用该集合也可对其进行扩展。

(1)功能。作为基本功能,核心构件应当满足如下功能:核心构件应该可以使用注册机制进行存储和检索;应该获取并拥有能满足产权电子商务交易需求的最小化信息;能够用 XML 语法格式表达;能够被唯一标识;应能包含与一个或多个业务信息对象一起使用的另一个核心构件、也包含与零个或多个业务对象一起使用的其他多个核心构件。

(2)接口。核心构件可以被一个业务文档实例直接或间接引用;业务过程可以规定一个或一组核心构件对一个业务文档实例来说是必选或可选的;核心构件应该有与注册查询系统交互的接口,以便进行存储和检索;核心构件可以与其他 XML 词汇表中的 XML 元素有接口,前提是他们在语义上双向或单向等价。

(3)推荐性实施细节。核心构件可以包含属性或作为另一个核心构件的一部分,因此需要规定它所使用的准确的语境或语境组合。

在一个特定业务语境中组合核心构件时,应有一种方法标识出一个核心构件在另一个核心构件中的位置,这种方法也可以是结构化语境的组合,以便于核心构件在另一个核心构件或聚合信息实体中不同层面上的重用,这就是业务语境(图 7-10)。

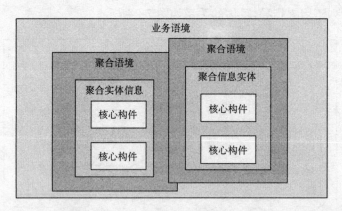

图 7-10　按照聚合语境、聚合实体信息和核心构件定义的业务语境

语境可以用业务过程和信息模型定义,该业务过程和信息模型定义了包含核心构件的业务信息对象的实例。一个通用的核心构件内的业务信息实体或核心构件可以是必备型或可选型,在特定语境或语境组合下,可以改变这种必备型和可选型的属性。

4）注册查询系统

PrebXML 注册查询系统提供了产权电子商务各参与主体或产权交易当事人之间共享信息的一系列服务，以及注册项的元数据接口，用户通过注册查询服务中的应用程序编程接口 API 访问注册查询系统，如图 7-11 所示：

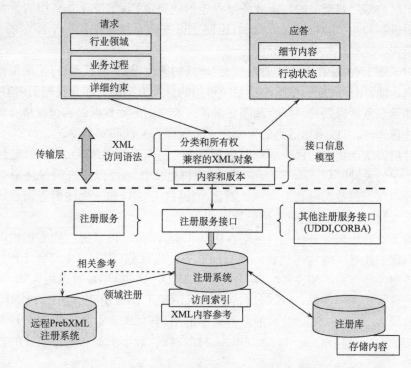

图 7-11 注册查询系统的结构与业务流程模型

（1）功能。一个注册查询系统应能够存储那些以多字节字符集表示的注册项。

产权交易相关主体所提交的每一个注册项，无论其颗粒度大小，都必须被唯一标识。这是实现应用程序到注册查询系统查询的基本条件。对于一个给定了唯一标识符的查询，注册查询系统应返回零个或一个匹配项。如果返回两个或多个结果，则应向注册者报告一个出错报文。

一个注册项应采用一种结构化的方式描述其所有信息：标识、命名、描述、给出其管理和访问状态、定义其稳定性和不稳定性、按照预先定义好的分类方案对其进行分类，声明其文件表示格式、标识其提交人和责任人。

注册接口是应用程序到注册查询系统的访问接口，人与注册查询系统之间的交互应属于注册接口(如 Web 浏览器)之上的一层,而不应作为一个单独的接口。注册接口应设计成独立于网络协议(如 TCP/IP 协议上的 HTTP/SMTP)。有关如何同注册接口交互的特定指令可以在消息的负载包中说明。

注册查询系统还可以支持:注册查询系统和注册客户端之间特定的一个CPA;注册查询系统和注册客户端之间的一系列功能函数的集合;注册查询系统和注册客户端之间交换的特定业务过程中的业务文档;支持业务文档的一系列基本接口机制和相关的查询应答机制;不同注册查询系统之间的一个特定的 CPA;一组错误响应和补救处理情况。

为了便于查找,在人和注册系统交互时(如通过 Web 浏览器)可使用浏览和逐级查询功能,用户应能够根据注册系统可用的分类方案浏览和查找相关内容。

注册服务可以创建、修改、删除注册项以及它们的元数据。通过注册查询系统访问注册库时,可以采用适当的安全协议来保证真实性和安全性。

注册查询系统中的每一项都应分配一个唯一标识符(UIDs)。UIDs 是注册查询系统中的关键字段。全球通用唯一标识符(UUIDs)可以用来确保注册查询系统中的项在全球范围内真正唯一。因此,当通过 UUID 向一个注册查询系统发出查询请求时,应且仅应返回一个结果。

为了更好地对业务过程规范进行语义识别,注册查询系统应能够提供一种便于人阅读的注册项的描述机制。现有的业务过程规范(如 RosettaNet PIPs)和核心构件向注册查询系统注册时,应分配一个 UID。这些 UIDs 可以用 XML 语法以不同的方式实现。例如,显示引用机制(如 URN、UID);引用方法(如 URI、UID/命名空间、UID);与 W3C 兼容的基本对象的引用(如 URN:复杂类型名);基于数据类型的引用(如 ISO-8601:2000 中的日期/时间/数字类型和遗留系统的数据类型)等。

PrebXML 的任何组件必须支持多语种。由于 UID 提供了一个中立于语言的引用机制,因此显得尤为重要。为了支持多语种,PrebXML 规范应兼容 Unicode和 ISO-10646 字符集及 UTF-8 与 UTF-16 字符集。

(2)接口 。与消息服务的接口:注册查询系统访问机制所用到的查询语法与后台系统的物理实现无关。消息服务可以作为传输机制实现对注册查询系统的访问。

与业务过程的接口:业务过程可以通过注册查询系统发布和获取。

与核心构件的接口:核心构件可以通过注册查询系统发布和获取。

与带有元数据的任何项的接口:XML 元素为注册查询系统中管理的每一项提供了标准的元数据。由于注册查询系统是分布式的,每个注册查询系统都可以与其他注册查询系统进行交互和交叉引用。

(3)推荐性实施细节。注册查询系统中的业务过程规范可以按照不同的分类方案进行存储。

最新版的国际标准 ISO11179-3：2003《信息技术——元数据元素的规范与标准化》中关于注册系统的内容可以为 PrebXML 注册查询系统的实施提供一个模型。注册查询系统及其元数据也可以看做基于 XML 的 URI 引用,能通过 HTTP 直接访问。

扩展的注册服务,比如,转换服务、工作流程服务、质量保证服务和扩展安全机制,可以逐步在以后的工作中加以完善。一个注册服务可以有多种配置模型,只要其注册接口是兼容的。

5) 消息服务

PrebXML 消息服务为产权电子商务各参与主体或产权交易当事人提供了一个交换业务文档的标准方式,它不依赖于特定的技术和解决方案,实现了业务文档的可靠传输。一个 PrebXML 消息包括一个消息头(用于路由和传送)和一个负载部分。PrebXML 消息服务从概念上可以分为三部分:第一是抽象的服务接口;第二是消息服务层;第三是到底层传输服务的映射。三部分之间的关系如图 7-12 所示。

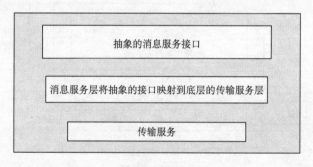

图 7-12　PrebXML 消息服务

图 7-13 描述了 PrebXML 应用消息服务体系中的各模块的逻辑组织方式,并给出了各模块之间的相互关系和依赖。该体系结构图描述了消息服务的灵活性,反映了能够实现的服务与功能的全面和广泛性。

(1) 功能。PrebXML 消息服务在不同的传输协议上为用户之间实现消息传输提供了一种安全、一致和可靠的机制。

消息服务描述了 PrebXML 分布式组件之间(包括注册查询系统和用户应用程序之间)的所有消息格式;消息服务不对负载部分的内容做任何的限制;消息服务支持简单(单向)和请求/应答(双向同步或异步)消息交换;消息服务支持负载的顺序传输,以满足产权电子商务各参与主体或产权交易当事人之间交换多个负载或多个消息的需求;消息服务层应执行产权交易双方在 CPA 中定义的"约定规则"(包含但不限于消息传递有关的安全和业务过程功能)。CPA 定义的是产权电子

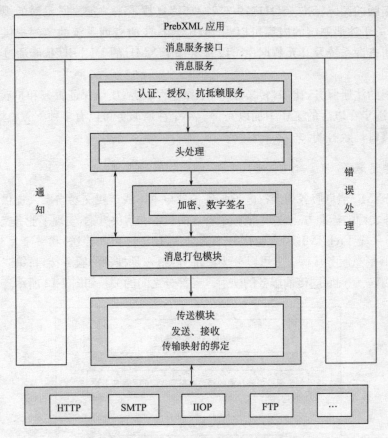

图 7-13   PrebXML 消息服务的体系结构

商务各参与主体或产权交易当事人一直同意遵守的行为规则。这些基本规则可以采用多种方式进行定义,比如,正式的 CPA,业务交易发生时订立的交互式协议或其他形式的协议。任何违反基本规则的行为都应导致一个错误异常,并用适当的方式报告出来。

  PrebXML 消息服务实现所有的安全功能,包括:标识;真实性(身份证);授权(访问控制);保密性(加密);完整性(消息签名);抗抵赖性;日志。

  (2) 接口。PrebXML 消息服务在抽象层面上提供了一个抽象的接口,该接口包括以下功能:

  ①发送。发送一个 ebXML 消息,参数来自消息头;

  ②接受。表示接受了一个消息的意愿;

  ③通知。为预料之内和预料之外发生的事件提供通知;

  ④请求。提供一种查询特定的消息交换状况的方法。

　　PrebXML 消息服务应提供与内部系统的接口,包括将接收到的消息传递给内部系统和错误通知。

　　PrebXML 消息服务应有助于实现对注册查询系统的接口。

　　(3) 推荐性实施细则。图 7-14 描绘了 PrebXML 消息的逻辑结构。

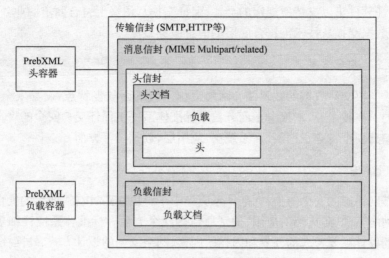

图 7-14　PrebXML 消息的逻辑结构

　　一个 PrebXML 消息有一个外部通信协议(可选择不同的传输协议)信封和独立于外部协议的 PrebXML 消息信封组成。消息信封使用 MIME 中的"Multipart/related"内容类型进行打包。之所以选择 MIME 作为打包解决方案,是由于它可以满足产权电子商务环境下产权电子商务各参与主体或产权交易当事人之间传输的信息多样性的要求。比如,产权电子商务各参与主体或产权交易当事人之间的一个复杂业务交易,可以要求传输的内容不仅包含业务文档(XML 格式或其他格式),而且还要求传输二进制图像或其他相关的业务信息。

3. PrebXML 的应用说明

　　产权电子商务或网上产权交易除了产权买卖双方当事人之外,还将涉及产权交易机构、监管机构、金融机构、资产评估机构、律师事务所等市场参与主体的当事人,而产权交易机构又包含很多相互合作的机构等,所以产权电子商务或网上产权交易的完成是一个多机构相互合作的模型。如图 7-15 所示。

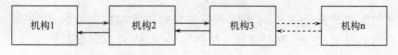

图 7-15　产权交易合作机构及其关系

按照上面介绍的 PrebXML 标准体系,机构之间在进行产权业务交易时,首先需要定义自己的 CPP,其次确认对方的轮廓,然后商定相关的 CPA,接着是合作机构通过创建和配置新的业务服务接口,或升级以前的系统来实施各自部分的轮廓,这些步骤至少包括:按照消息服务的规定,将原来的系统嵌入到 PrebXML 技术体系中;保证软件可以支持所规定的会话;保证交换从语义上符合商定的业务文档定义;保证数据交换从技术上符合底层的消息服务。

7.4.3　安全体系

由于产权交易数据的敏感性和网络通信系统的开放性特点,交易安全是必须得考虑的。在技术上,产权电子商务技术标准体系提供保证交易安全的规定,产权交易的信息安全贯穿于网络层、系统层、应用层、数据层等方面。

1. 网络层

对于网络层的安全防护,标准体系应集中于解决线路、设备、通信的安全问题,重点在网络监测、防火墙的应用、加密通信等几个方面。标准体系应详细规定:网络布线的设计需要考虑的外界和内在的因素、网络结构的设计方式、外网控制采用的安全监测产品、对敏感数据采用的数据加密技术等。

2. 系统层

系统安全是防止系统遭受从网络上、系统上以及应用上进行的破坏或者窃取机密等行为[6]。对于系统层的安全防护,标准体系应集中于提供系统的安全配置、系统的漏洞监测及修订方面的规定,比如,网络用户权限、资源分布配置、系统审计记录、安全日志、数据配置、系统安全信息的查询、病毒防范等。

3. 应用层

对于应用层的安全防护,标准体系应主要集中于对机构应用软件的规范性加以强调和说明,涉及的管理措施有应用软件项目实施过程中的测试、认证和评审,软件代码、文档的管理,软件用户设置及权限划分策略,软件使用人员的操作培训及安全教育等。

4. 数据层

对于数据层的安全防护,标准体系应主要集中于对数据备份、数据保密、数据稽核等方面的规定,比如,数据管理人员的岗位责任、客户数据监控以及异常数据的后台挖掘和分析等。

技术是不断发展的,其涉及的技术标准也需要随之更改;产权业务也是不断的在创新中发展,需要考虑新业务的发展标准的需求。产权电子商务标准化体系的建立与维护,需要根据技术和业务的变化而不断进行升级调整,让其以最佳状态促进产权电子商务市场的发展。

本章主要参考文献

[1]　刘碧松. 电子商务标准化指南. 北京:中国标准出版社,2004

[2]　中国证券监督管理委员会. 上市公司信息披露电子化规范(JR/T0021～2004),北京:中国标准出版社,2005

[3]　中国标准出版社第一编辑室. 标准化工作导则(国家标准汇编). 北京:中国标准出版社,2010

[4]　国家标准化管理委员会. 可扩展商业报告语言(XBRL)技术规范　第 1 部分:基础(GB/T 25500.1～2010). 北京:中国标准出版社,2010

[5]　中华人民共和国财政部. 企业会计准则通用分类标准. 北京:中国财政经济出版社,2010

[6]　上海交通大学信息安全工程学院和华泰证券股份有限公司联合课题组. 固定收益平台网上交易业务的互联网安全保障技术研究. 上海证券交易所联合研究计划项目研究报告,2008